本书出版获以下项目资助：

对外经济贸易大学中央高校基本科研业务费专项资金资助（16QD08）

Supported by "the Fundamental Research Funds for the Central Universities" in UIBE (16QD08)

莫里斯·巴雷斯小说中的爱国主义和乡土情怀研究

靳风华　著

WUHAN UNIVERSITY PRESS
武汉大学出版社

图书在版编目(CIP)数据

莫里斯·巴雷斯小说中的爱国主义和乡土情怀研究/靳风华著.—武汉:武汉大学出版社,2018.12
ISBN 978-7-307-12535-3

Ⅰ.莫… Ⅱ.靳… Ⅲ.莫里斯·巴雷斯(1862-1923)—小说研究
Ⅳ.I565.074

中国版本图书馆CIP数据核字(2018)第286665号

责任编辑:谢群英　　　责任校对:汪欣怡　　　版式设计:马　佳

出版发行:**武汉大学出版社**　(430072　武昌　珞珈山)
(电子邮件:cbs22@whu.edu.cn 网址:www.wdp.com.cn)
印刷:北京虎彩文化传播有限公司
开本:787×1092　1/16　印张:12.25　字数:203千字　插页:1
版次:2018年12月第1版　　2018年12月第1次印刷
ISBN 978-7-307-12535-3　　定价:30.00元

前　言

作为 19 世纪末 20 世纪初法国文学殿堂的重磅级作家，莫里斯·巴雷斯对当代法国社会和法国文坛影响深远。青年时期，《自我崇拜》三部曲的出版让巴雷斯在法国文坛崭露头角，此时的作者主要侧重于对人物内心世界的探索，字里行间也透露出对乡土的热爱。之后，随着政治生涯的开启，巴雷斯作品中的"我"也从孤独内在的我转向世俗社会的我，爱国主义思想逐渐凸显。1898 年父亲的去世、1902 年母亲的离去、1914 年第一次世界大战的爆发，这些因素都对巴雷斯的思想产生了深刻影响，他开始对人类终极命运的探索和思考，此时的"我"转向了形而上的、创世的我，自然界中的一草一木皆被赋予生命和意义。因此，本书以莫里斯·巴雷斯各个时期发表的作品和个人日记为研究素材，通过文本分析和主题研究，试图阐明其爱国主义思想和乡土意识在作品中的体现及所受到的影响等。

本书主要分为三个章节。第一章介绍莫里斯·巴雷斯的个人经历、主要作品及其主要思想的演变。巴雷斯出生在洛林省一个资产阶级家庭，他一生都对家乡怀有深厚的感情，即便后来在巴黎定居之后，也会每年在家乡度过一两个月。他对家乡的热爱在其作品中也表现的淋漓尽致：《离开本根的人》(1897)描写洛林省七个青年背井离乡、到巴黎寻找出路的历程，巴雷斯认为这些青年在自己的家乡才能落地生根，因此最终这些离开本根的青年人中有的流落街头，有的成为杀人犯，也有一人选择重返家园才得以找到心灵的宁静；《在德国军队中服役》(1905)讲述一个阿尔萨斯人艾尔曼如何在德国军队服役时努力维持拉丁文化传统、始终心向法国；《柯丽特·葆都许，梅斯一少女的故事》(1909)刻画一个梅斯少女虽然与一个德国人彼此相爱，但最终选择不与他结婚，因为潜意识告诉她要维持莱茵河流域的传统。但是在第一次世界大战之后，巴雷斯开始更多关注于人类的终极命运和对死亡这一主题的思考，其家国思想在某种程度上得以升华。在《莱茵河的精髓》（1921）中，作者认为融合了两种不同文化的莱茵河流域有它独特的性格，可以成为德、法两国联系的纽带。此时作者的家国思想不再局限于法国本土，开始扩展至莱茵河流域，不同民族、不同国家可以在求同存异中共同发展。第二章阐述爱国主义和乡土情怀在其作品中的体现：土地、死亡和家国。巴雷斯对家乡洛林怀有深厚感情，他喜欢这里永恒的荒芜，欣赏锡永丘陵的灵性，并赞美在此孕育的英才们，如维克多·雨果、弗里德里克·肖邦和克劳德·热莱。死亡的主题反复出现在巴雷斯作品中，就像其小说中的人物一样，巴雷斯经常去埋葬着祖先的墓地，试图在先人们那里找到根之所在和精神支柱。家国这一主题也始终贯穿于巴雷斯的小说中，他对第一次世界大战期间保家卫国、为国捐躯的法国士兵们进行歌颂，同时也在作品中极力推崇作为爱国主义化身的圣女贞德。在巴雷斯眼中，圣女贞德作为民族英雄是法国的象征，对法国人价值观的形成起着不容忽视的作用。巴雷斯也以其特有的方式表达对她的敬意：尝试创作一本关于圣女贞德的书、对圣女贞德的两次审判进行思考、多次前往圣女贞德的家乡以试图走进其灵魂深处、努力推动"圣女贞德节"的确立。在巴雷斯的努力下，1920 年 7 月 10 号法令终于将"圣女贞德节"确立为全国性节日，日期为每年五月的第二个星期日。第三章主要探讨莫里斯·巴雷斯所受的文学影响。他将自己看做布莱士·帕斯卡尔的忠实信徒，欧内斯特·勒南的门生，维克多·雨果的崇拜者。巴雷斯在其作品中多次赞美帕斯卡尔。在他眼中，帕斯卡尔是法国思想的代表，就像英国的莎士比亚、德国的歌德和意大利的但丁。他还用自己的方式来纪念帕斯卡尔——前往奥弗涅寻找帕斯卡尔的足迹、思考帕斯卡尔的作品、阅读帕斯卡尔喜爱的书籍、阅读有关帕斯卡尔的评论、与他人探讨帕斯卡尔的思想等。巴雷斯自称勒南的独立门生，一方面他承认勒南对自己的影响，另一方面他也毫不掩饰对勒南的批评。关于维克多·雨果，巴雷斯赞赏其丰富人们精神财富和提升法国人价值观所做的贡献，而且他们拥有相同的死亡观，认为即便肉体消亡，人的精神也会永存。

　　总之，爱国主义和乡土情怀在莫里斯·巴雷斯作品中占有非常重要的位置，对莫里斯·巴雷斯这一思想的研究有助于我们更好地了解该作家，而且其家国思想与其所处的时代紧密相连，也让我们对其所处的法兰西第三共和国有了更加深入的了解，从而可以更好地了解当代法国。

作者

2018 年 10 月

TABLE DES MATIÈRES

1

LISTE DES ABRÉVIATIONS

Le corpus de l'œuvre de Maurice Barrès dans la thèse concerne principalement deux éditions : 1° *Maurice Barrès, romans et voyages*, Tomes I et II, Paris, Robert Laffont, 1994 ; 2° *L'Œuvre de Maurice Barrès*, Tome I-XX, Paris, Au Club De l'Honnête Homme, 1965-1968. D'abord, nous choisissons la première édition qui est très bien annotée par Vital Rambaud. Et pour d'autres œuvres non intégrées dans cette édition, nous choisissons la deuxième édition complète qui comprend presque toute l'œuvre de Barrès et est annotée par Philippe Barrès. Ainsi nous faisons la liste des abréviations des œuvres de Barrès selon les deux éditions tout en mettant la marque ☆ de façon à montrer la fréquence d'une œuvre dans la thèse.

Maurice Barrès, romans et voyages, Tomes I et II, Paris, Robert Laffont, 1994.

Sous l'œil des barbares, t. I, [1888] ·· *Barbares* ☆

Un homme libre, t. I, [1889] ··· *Homme* ☆

Le Jardin de Bérénice, t. I, [1891] ·· *Bérénice* ☆

L'Ennemi des lois, t. I, [1893] ·· *Ennemi* ☆

Du sang, de la volupté et de la mort, t. I, [1894] ····························· *Du sang...* ☆

Les Déracinés, t. I, [1897] ··· *Déracinés* ☆ ☆

L'Appel au soldat, t. I, [1900] ·· *Appel* ☆ ☆

Leurs figures, t. I, [1902] ·· *Figures* ☆ ☆

Amori et dolori sacrum, t. II, [1903] ··· *Amori...* ☆

Les Amitiés françaises, t. II, [1903] ·· *Amitiés* ☆

Au service de l'Allemagne, t. II, [1905] ······································ *Allemagne* ☆ ☆

Le Voyage de Sparte, t. II, [1906] ·· *Sparte* ☆

Colette Baudoche, t. II, [1909] ·· *Baudoche* ☆ ☆

Greco ou le secret de Tolède, t. II, [1912] ·························· *Greco* ☆

La Colline inspirée, t. II, [1913] ···························· *Colline* ☆ ☆

Un jardin sur l'Oronte, t. II, [1922] ························ *Oronte* ☆

Le Mystère en pleine lumière, t. II, [1926] ················ *Mystère* ☆ ☆

L'Œuvre de Maurice Barrès, Tomes I-XX, Paris, Au Club De l'Honnête Homme, 1965-1968.

La Grande Pitié des églises de France, t. VIII, 1966 [1914] ············· *Pitié* ☆

Les Diverses Familles spirituelles de la France, t. VIII, 1966 [1917]··· *Familles* ☆ ☆

Une enquête aux pays du Levant, t. XI, 1967 [1923] ············· *Enquête* ☆ ☆

Faut-il autoriser les congrégations?, t. XI, 1967 [1924] ········· *Congrégations* ☆

Les Maîtres, t. XII, 1967 [1927] ····························· *Maîtres* ☆ ☆

N'importe où hors du monde, t. XII, 1967 [1958]····················· *Monde* ☆ ☆

Mes Cahiers, t. XIII-XX, 1968 [1896-1923] ····················· *Cahiers* ☆ ☆ ☆

INTRODUCTION

Maurice Barrès, en tant qu'un des plus grands maîtres au tournant du XXe siècle de la France, exerce une grande influence sur les générations suivantes, à travers des auteurs comme Louis Aragon, François Mauriac, Henry de Montherlant et André Malraux. Le socialiste Léon Blum, le juge ainsi dans *La Revue blanche*: « Si Monsieur Barrès n'eût pas vécu, s'il n'eût pas écrit, son temps serait autre et nous serions autres. Je ne vois pas en France d'homme vivant qui ait exercé, par la littérature, une action égale ou comparable.[1]» Plus près de nous, Michel Winock, historien français, nomme une épisode de sa trilogie *Le Temps de Barrès*[2], et estime que Maurice Barrès est le symbole de la période depuis l'Affaire Dreyfus à la première Guerre mondiale. Mais ces dernières années, le nom de Maurice Barrès est rarement mentionné parmi les intellectuels en France. Une des raisons est probablement que sa pensée nationaliste est aujourd'hui en France malvenue. Mais en fait, les doctrines politiques, surtout celles liées au nationalisme ne suffisent pas à décrire la pensée de Maurice Barrès. La présente étude tente d'éclaircir une autre trajectoire de la pensée du grand maître dans une période historique de la France.

Etat d'études

Souvent réduit par la critique d'aujourd'hui au nationalisme, Barrès est cependant plus riche que ce que l'histoire en a retenu: la vie d'internat au collège et au lycée le rend sensible, et au début de sa carrière littéraire, on pourrait presque

---

[1]   Léon Blum, « Maurice Barrès, les Déracinés » dans « Les Livres », *La Revue blanche*, 15 novembre 1897, p.294.

[2]   Michel Winock, *Le Siècle des intellectuels*, Seuil, Paris, 1997.

3

dire qu'il s'acharne à la quête du soi-même tout en s'attachant à la terre natale. Plus tard, la vie politique le guide vers le nationalisme, et il attache l'importance à la Patrie et à la valeur française. Après la Première Guerre mondiale, notamment vers la fin de sa vie, il élargit son patriotisme et son attachement à la terre en s'interrogeant le destin des êtres humains.

Il y a déjà beaucoup d'études sur l'œuvre de Maurice Barrès : soit des souvenirs sur le grand maître, telle que *La Rencontre avec Barrès* de François Mauriac[1] où l'auteur évoque ses souvenirs de jeunesse et ses affinités, notamment avec Maurice Barrès, et rend hommage au dernier, le porte-parole de toute une génération ; soit des biographies de Barrès, comme *Maurice Barrès, le prince de la jeunesse* d'Yves Chiron[2] où l'historien raconte les activités d'un grand journaliste et homme politique, et son point de vue est plutôt historique que littéraire, mais cette étude devient une référence importante pour les recherches des Barrès plus tard ; soit une partie de sa pensée, par exemple *Le nationalisme de Barrès* de Jacques Madaule[3] où l'auteur présente la pensée politique et sociale de Barrès ; soit l'étude de certains thèmes comme la thèse qu'Ida-Marie Frandon[4] a consacré — *L'Orient de Maurice Barrès : étude de genèse*, où l'auteur décrit un tableau complet de la vision orientale de Barrès et cet « Orient de Barrès », selon Frandon, va de l'Espagne à la Chine en passant par l'Italie, la Grèce, l'Égypte, le Moyen-Orient, qui va même jusqu'au Pérou ; soit l'art de l'écriture de l'écrivain, par exemple *Le Style poétique de Barrès : le vocabulaire et les images*, la thèse de Jean Foyard[5] qui analyse en détail la nature, le fonctionnement et les effets du style littéraire de Barrès et trouve que la « musique » de Barrès se trouve entre la poésie et la prose, pleine de métaphores, comparaisons, symboles etc. ; soit des études sur certains livres, tel que *Autour du « Culte du Moi » de Barrès : essai sur les origines de l'égotisme français* de Pierre Moreau[6], qui est une

---

[1] François Mauriac, *La Rencontre avec Barrès*, Paris, La Table ronde, 1945.

[2] Yves Chiron, *Maurice Barrès, le prince de la jeunesse*, Paris, Perrin, 1986.

[3] Jacques Madaule, *Le nationalisme de Barrès*, Paris, Le Sagittaire, 1942.

[4] Ida-Marie Frandon, *L'Orient de Maurice Barrès*, Publications Romanes et Françaises, 1952.

[5] Jean Foyard, *Le Style poétique de Barrès*, Paris, Champion, 1979.

[6] Pierre Moreau, *Autour du « Culte du Moi » de Barrès : essai sur les origines de l'égotisme français*, Paris, Lettres modernes, 1957.

étude sur l'évolution de l'égotisme et surtout sa présentation dans la première trilogie *Le Culte du moi* de Barrès ; soit des études d'ensemble, telle que *La pensée de Maurice Barrès* d'Henri-Louis Miéville①, où l'auteur présente un Barrès plutôt complet, y compris son individualisme, son nationalisme, ses aspirations religieuses et son Néo-Monarchisme, qui, aux yeux de Miéville, est un écrivain de l'égotisme, défenseur des églises et figure de proue du nationalisme français.

Corpus d'étude

Nous tenons à la double dimension du corpus d'étude : la source publique et la source privée. La première source contient des œuvres de Barrès publiées dans différentes périodes de sa vie. Ce sont des œuvres romanesques et politiques : Barrès y exprime sa pensée à travers les personnages, les paysages, les situations, etc. Dans notre étude, nous avons choisi de travailler sur les textes suivants : *Sous l'œil des barbares* [1888], *Un homme libre* [1889], *Le jardin de Bérénice* [1891], *L'Ennemi des lois* [1893], *Du sang, de la volupté et de la mort* [1894], *Les Déracinés* [1897], *L'Appel au soldat* [1900], *Leurs Figures* [1902], *Amori et dolori sacrum* [1903], *Les Amitiés françaises* [1903], *Au service de l'Allemagne* [1905], *Le Voyage de Sparte* [1906], *Colette Baudoche* [1909], *Greco ou le secret de Tolède* [1912], *La Colline inspirée* [1913], *La Grande Pitié des églises de France* [1914], *Les Traits éternels de la France* [1916], *Les Diverses Familles spirituelles de la France* [1917], *Un jardin sur l'Oronte* [1922], *Une enquête aux pays du Levant* [1923], *Faut-il autoriser les congrégations?* [1924], *Le Mystère en pleine lumière* [1926], *Les Maîtres* [1927], *N'importe où hors du monde* [1958].

La deuxième source est celle de *Mes Cahiers* écrits de 1896 jusqu'en 1923. C'est un magnifique livre d'âme, qui montre bien la spiritualité barrésienne. En 1896, à l'âge de trente-quatre ans, Maurice Barrès a déjà connu un grand succès : on le surnomme d'ailleurs le « Prince de la jeunesse ». Inspiré des cahiers de son grand-père, il conçoit une œuvre qui suit son développement spirituel, une sorte de journal

---

① Henri-Louis Miéville, *La pensée de Maurice Barrès*, Paris, Éditions de la Nouvelle Revue Critique, 1934.

5

de sa vie intérieure. Ce n'est pas un agenda sur les actes de la vie quotidienne, mais le libre cours de sa pensée. Dans cette œuvre, on trouve les « souvenirs, choses vues, notes de lectures, conversations, figures d'hommes, attitudes d'animaux, paysages, impressions d'art, réflexions sur la politique, enfin une sorte de mémento de son cheminement intellectuel, qui l'aide à se connaître et posséder lui-même, de manière à pouvoir s'exprimer de la façon la plus complète »[1]. Les *Cahiers* pour Barrès sont un recueil d'idées, de faits et de sentiments, et ils occupent dans l'œuvre de Barrès une place particulière, et qui sont un merveilleux outil pour bien comprendre l'ensemble de la pensée de Barrès. Les *Cahiers* sont connus comme un journal intime : c'est pour cela qu'on ne trouvera pas de pensées ou de théories construites, mais plutôt des impressions quotidiennes, quelquefois changeantes, quelques fois contradictoires. Cependant, Barrès revient souvent sur quelques obsessions — la terre, la patrie, la mort, les ancêtres. Georges Drieu la Rochelle, un « hussard » antisémite notoire pendant la seconde guerre mondiale, dit ainsi sur les *Cahiers* :

Ils y bénéficient de la grâce du premier jet, alors que l'inspiration est dans son feu et saisit les pensées dans leur jaillissement. Ainsi en est-il de ces merveilleuses méditations sur la terre natale et les morts et sur la Lorraine. On sait d'autre part quelle admiration Barrès vouera à Pascal et bon nombre de ses pensées de Cahiers ont, dans leur forme même, une résonance pascalienne. Mais nous nous perdrions à vouloir dénombrer toutes les richesses d'une œuvre qui montre combien les préoccupations d'un Barrès étaient diverses et quel magnifique homme de culture il fut.[2]

Et le 25 juillet 1933, l'écrivain Émile Henriot écrit en tête de son *Courrier littéraire* du *Temps* : « Plus on avance dans ces *Cahiers* de Barrès, plus on éprouve l'impression d'une magnifique densité, d'une réserve prodigieuse de richesses, au jour le jour

---

[1] Philippe Barrès, Notice de *Mes Cahiers* (*janvier* 1896 - *mai* 1902), in *L'Œuvre de Maurice Barrès*, Tome XIII, Paris, Au Club De l'Honnête Homme, 1968, pp. XVII-XVIII.

[2] *Ibid.*, p. XX.

accumulées... Quelle vie intérieure, quelle animation dans ce noble esprit.»[1]

Œuvre considérable, les *Cahiers* sont un des principaux textes sur lesquels notre étude repose : on peut y trouver en effet aussi bien des remarques sur le quotidien que les lignes de force de ce que deviendront ses romans. Tout Barrès est dans ses *Cahiers*, son œuvre mais également l'évolution de sa pensée, ses questionnements et l'émergence de ses idées. C'est un véritable monument dans lequel il s'emploie à noter son présent et l'intelligence qu'il a du monde à chaque moment de sa vie. Ainsi, sa pensée patriotique et son attachement à la terre y ont une grande place : comme les critiques l'ont déjà remarqué, ses *Cahiers* sont le vrai lieu du débat intérieur de Barrès. Lorsqu'on compare ses pages à ses œuvres publiées, on voit le travail effectué, comme le résultat public d'une recherche personnelle, quotidienne et permanente.

Quant aux éditions du corpus, nous choisissons deux œuvres complètes : *Maurice Barrès*, *romans et voyages*, annoté par Vital Rambaud (1994) en deux tomes, et *L'Œuvre de Maurice Barrès*, annoté par Philippe Barrès (1965-1968) en 20 tomes. Les avantages de la première édition en deux tomes sont ses notes détaillées et « l'Orientation bibliographique » qui fait un bilan des études sur Maurice Barrès. Mais cette édition n'inclut que les romans et les récits de voyages de Maurice Barrès, ainsi, à propos d'autres œuvres de Barrès tels que les récits politiques, nous choisissons la deuxième édition qui comprend presque toute l'œuvre de Barrès, une édition complète. De plus, dans cette édition, le fils présente en détail les activités de la vie de son père : de sa naissance jusqu'à sa mort, ce qui constitue une référence incontournable pour les études sur Barrès. En somme, les deux éditions de l'œuvre complète de Maurice Barrès facilitent les recherches de la présente étude.

Méthodologie

L'objet de ce livre est le patriotisme et l'attachement à la terre chez Maurice

---

[1] Philippe Barrès, Notice de *Mes Cahiers* (*janvier* 1896 - *mai* 1902), in *L'Œuvre de Maurice Barrès*, Tome XIII, Paris, Au Club De l'Honnête Homme, 1968, p. XXI.

Barrès. Cela s'entend en essayant de tenir les deux parties unies — celle de l'attachement à la terre et à la patrie, et celle de l'œuvre — c'est-à-dire que nous traiterons ici du poids, de l'importance, et de l'étendue du patriotisme et de l'attachement à la terre dans son œuvre. Et de deux manières, à savoir d'une part la place de la terre et de la patrie dans son œuvre romanesque comme dans ses *Cahiers*, et d'autre part en essayant de comprendre comment l'écriture affine son patriotisme et son attachement à la terre.

De plus, sur le plan politique, comme homme public, Maurice Barrès s'engage dans la société. Par exemple, il prend position dans l'Affaire Dreyfus (anti-dreyfusard) et se déclare très hostile à la séparation de l'Église et de l'État. Sa pensée est bien liée à l'actualité et correspond aux grands événements de son époque. Ses œuvres s'intègrent aussi dans le contexte politique et culturel, telle que *La Grande Pitié des églises de France* qui enregistre toutes ses activités et ses discours dans la campagne de la défense des églises de France. Dans ses romans, il intègre même les personnages dans la scène politique de son époque, par exemple les sept Lorrains dans *Le Roman de l'énergie nationale* : beaucoup de ses romans sont en effet non seulement inspirés de la période historique mais souvent à ses yeux c'est la nécessité du moment (lutte pour ou contre telle ou telle décision d'état par exemple) qui l'amène à entreprendre une œuvre littéraire.

En tout cas, le corpus de la recherche sera soumis à l'étude de plusieurs manières, susceptibles de fournir des éclairages différents selon les points de vue adoptés. L'analyse textuelle à laquelle nous procédons ici utilise trois types d'outils : la biographie, le contexte politique, historique et social, enfin l'intertextualité — au sens de Genette (1982)[1]— à travers notamment les citations, les référence et les allusions.

---

[1] Gérard Genette, *Palimpsestes : la littérature au second degré*, Paris, Éditions du Seuil, 1982.

CHAPITRE I   APPROCHE GÉNÉRALE DE LA VIE ET DE L'ŒUVRE DE BARRÈS

1.1   Parcours biographique

Maurice Barrès, grand écrivain et homme politique, est né en 1862 dans une famille traditionnelle à Charmes. Puis, ce petit enfant entre au collège de Malgrange. Mais en somme, le collège est un endroit horrible pour Barrès, un enfant âgé de 10 ans, où il pleure presque tous les soirs : « J'étais seul. L'enfer commençait... Je revois tout cela avec mon absolue incapacité d'élève et ma faiblesse épouvantée en récréation. »① Ces années ressemblent tellement à des traumatismes qu'elles se trouvent décrites dans ses premières œuvres : « Tous mes premiers livres sont nourris des émotions intenses de mon internat. *Sous l'œil des Barbares* en est un écho. »② Après quatre années de Malgrange, il entre au lycée comme un enfant trop faible, trop timide et prodigieusement imaginatif. Ces années sont pleines de chagrin, il s'en souviendra souvent plus tard dans sa vie. Dans ses *Cahiers*, il décrit plusieurs fois cette période, mais sur un ton triste et plein de regrets. Vers la fin de sa vie, il pense que la vie au collège a quand même contribué à sa sensibilité malgré les malheurs qu'il a subis : « Je n'étais pas fait pour l'internat, voilà tout. Mais il est très

---

① Maurice Barrès, *Mes Mémoires*, in *L'Œuvre de Maurice Barrès*, Tome XIII, Paris, Au Club De l'Honnête Homme, 1968, p.11.
② *Ibid.*, p.13.

possible que cet abîme de malheur ait été favorable à ma sensibilité.» (*Cahiers*, t. XX, p.186.)

Puis Barrès s'adonne à la passion de la politique et participe au mouvement boulangiste, parce qu'il ressent le besoin de se sentir protégé par un groupe dont il serait membre. « Je goûtai profondément le plaisir instinctif d'être dans un troupeau.»[1] Le mouvement boulangiste est un mouvement politique français de la fin du XIXe siècle qui réunit, sous le nom du général Boulanger, entre 1886 et 1889, de nombreux opposants au régime, et constitue une menace pour la IIIe République. Mais avec le suicide du général Boulanger, le boulangisme décline. Quant à Barrès, après la période du boulangisme, il subit plus tard une série d'échecs électoraux au moment des élections législatives : à Nancy (1893), à Neuilly-Boulogne (1896), à Nancy encore (1898) et à Neuilly encore. Ces échecs le font tellement souffrir qu'il envisage de renoncer à la vie publique. Son fils Philippe Barrès raconte la douleur de son père pendant cette période : « Ma mère l'a entendu dire avec conviction, lors d'une de ces défaites : "Je suis un raté". Il souffrait là, comme dans ses désespoirs de collégien, de la sensibilité et de l'imagination qui par ailleurs faisaient ses dons d'artiste. »[2] Alors, jusqu'en 1906, Barrès recommence à s'activer dans la vie publique. Le 30 mars 1906, Paul Déroulède parle aussi de cet engagement : « Maurice Barrès, logique avec lui-même, tient à vivre ses livres et à mettre en action ses idées. »[3] L'engagement social de Barrès vise à élever la morale ou la spiritualité de la France. Pendant la Guerre, la pensée de Barrès se modifie, qui cherche la victoire de toute la nation et appelle l'union de toutes les familles spirituelles de la France telles que les catholiques, les socialistes, les traditionalistes, etc. A ce moment-là, son patriotisme se montre parfaitement et il fait des discours en vue d'encourager les jeunes soldats français. Après la guerre, il retourne à son engagement politique et s'occupe des *Problèmes du Rhin*, avec notamment une

---

[1]   Maurice Barrès, *Mes Mémoires*, in *L'Œuvre de Maurice Barrès*, Tome XIII, Paris, Au Club De l'Honnête Homme, 1968, p.24.

[2]   Philippe Barrès, Notice de *Mes Cahiers* (*janvier 1896 - mai 1902*), in *L'Œuvre de Maurice Barrès*, Tome XIII, Paris, Au Club De l'Honnête Homme, 1968, p. XXI.

[3]   Maurice Barrès, Appendices dans *Mes Cahiers* (*mai 1902 - septembre* 1906), in *L'Œuvre de Maurice Barrès*, Tome XIV, Paris, Au Club De l'Honnête Homme, 1968, p.396.

réflexion sur l'intégration des villes annexées retournées à la France, et son attention se tourne vers la coexistence de différentes cultures et le destin des humanités.

1.2   Les cycles de l'œuvre

L'individualisme

À l'âge de 27 ans, Maurice Barrès connait un grand succès littéraire grâce à la publication de sa première trilogie *Le Culte du moi*, surtout à *Un homme libre*. Quand il écrit sa première trilogie, c'est un homme d'une vingtaine d'années et il ne sait pas encore quel avenir l'attendra et qui peut devenir son Maître spirituel. Le scepticisme constitue aussi une des grandes caractéristiques de la pensée de Barrès au début de sa carrière littéraire. À son avis, tout le monde ne trouve pas un maître qui peut le guider, ici, le maître peut être un « axiome » ou une personne. Dans ce cas là, pour bien maîtriser l'âme, il faut d'abord s'occuper du Moi. À cette époque, l'auteur « cultive son moi » à travers des exercices spirituels, et on découvre un Barrès confus et fragile. Dans sa première trilogie *Le Culte du moi*, il aborde essentiellement la formation de l'individu. Dans l'*Examen des trois romans idéologiques*, Barrès insiste également sur le besoin du culte du moi.

Le moi barrésien est étroitement lié à sa terre lorraine, aux morts des ancêtres, et à la tradition française. Dans *Un homme libre*, le héros attache son développement spirituel en Lorraine en développant pleinement son soi-même. Le respect de la terre, de la mort et de la tradition ne limite pas la liberté de l'individu, en revanche, il élargit et approfondit le moi à un niveau supérieur.

De l'individualisme à l'héroïsme

Le 6 octobre 1889, Barrès est élu député de Nancy. À partir de ce moment là, il s'engage dans la politique et publie des articles politiques : c'est dans cette période que se développe son héroïsme. Les œuvres du début de sa carrière sont caractérisées par le « Moi » qui absorbe les pensées des philosophes et des mystiques ; plus tard,

11

au fur et à mesure de son engagement dans la politique, son « Moi » trouve une voie dans la collectivité qui se développe jusqu'à l'héroïsme. Ainsi, il passe de l'individualisme à l'héroïsme. C'est la raison pour laquelle la plupart des héros dans les romans de Barrès de cette période sont pleins de passion, dont quelques-uns avec une grande ambition. Et la passion est une grande caractéristique de l'héroïsme. Par exemple, dans *Le Roman de l'énergie nationale* les sept Lorrains déracinés vont à Paris avec ambition de transformer l'humanité : « C'est d'agir toujours de telle manière que notre action puisse servir de règle. » (*Déracinés*, p. 507.) Et dans *La Colline inspirée*, l'amour des trois prêtres Baillard pour la colline de Sion dépasse tout et les trois frères voudraient devenir le roi spirituel de la colline. En vue de réaliser ce rêve, ils confrontent plein de difficultés, consacrent leur jeunesse et même la vie.

De l'héroïsme à l'esprit universel

Plus tard, la Première Guerre Mondiale l'a beaucoup changé, notamment le changement de sa vision du monde et de sa conception de la vie. Avant la Guerre, surtout au début de sa carrière politique, il essaie de devenir un membre d'un groupe en vue d'obtenir le sentiment de sécurité, tel est le motif de son engagement dans le boulangisme. Pourtant, pendant la Guerre, il a vu l'union de diverses familles spirituelles et l'unité de la patrie. Après la Guerre, Barrès ne joue plus le rôle d'un combattant de la France, et il retourne pleinement à son statut d'artiste en laissant libre cours à son imagination. Son fils Philippe Barrès décrit ainsi son état d'esprit de cette période :

Après le 11 novembre 1918, quand la victoire lui permit de relâcher l'effort accompli par lui chaque jour pour contribuer, sur le plan des idées, à la défense immédiate de la nation, Maurice Barrès se sentit le droit de revenir, au moins pendant une partie de son temps, à sa vocation d'artiste. Rendu à la pente naturelle de son esprit, ce qui satisfait le mieux son imagination, ce qui le libérait le mieux des médiocrités de la vie quotidienne, c'était l'horizon de paysages, d'histoire, de poésie, de croyances religieuses et de visions du monde qui répond au nom d'Orient.[1]

A ce moment-là, Barrès trouve des limites dans les analyses du soi-même et les doctrines héroïques. Ainsi il veut chercher des choses plus universelles. Dans ses dernières années, après avoir passé la difficile période de la Première Guerre Mondiale, l'esprit de Barrès a changé, il ne veut plus la victoire d'un parti, mais l'union de tout le pays. Il essaie même de chercher les points communs culturels entre la France et l'Allemagne et souhaite que les deux pays voisins coexistent paisiblement. Dans son cahier du 1919, Barrès s'essaie au *Génie du Rhin* qui sera publié en 1921. Pendant la Première Guerre Mondiale, Barrès critique l'Allemagne comme un Diable. Mais au fil du temps, après la Guerre et surtout après le retour des terres perdues à la France, le problème du Rhin devient la préoccupation de Barrès et il pense que le latin et le germanique ne sont pas deux ennemis éternels: « Il n'y a pas le bien et le mal luttant éternellement comme dans le Manichéisme. Satan est la créature de Dieu. » (*Cahiers*, t. XIX, p. 53.) Et les deux cultures peuvent bien s'entendre et font même une parfaite harmonie sur les terres jadis annexées en Alsace-Lorraine. Bref, en ce qui concerne le problème rhénan, Barrès pense que c'est l'amour qui compte beaucoup pour régler les questions sur le Rhin.

J'ai trouvé la politique rhénane, non par un cheminement de ma clairvoyance politique, mais encore par un besoin de mon âme.

[...] Nous nous sommes ménagé une Rhénanie spirituelle. Mon livre c'est : *À la recherche de la Rhénanie.*

« On ne saurait aimer, dit saint Augustin, ce que l'on ignore absolument, mais quand on aime un objet sur lequel l'intelligence ne fournit que de très vagues lueurs, cet amour même nous le fait connaître plus pleinement, plus parfaitement.» (*Cahiers*, t. XIX, p.59.)

Dans un autre cahier du 1919, Barrès décrit la joie des Lorrains lors du retour des

[1] Philippe Barrès, Notice de *L'Œuvre de Maurice Barrès*, Tome XI, Paris, Au Club De l'Honnête Homme, 1967, p.1.

territoires d'Alsace et de Lorraine en France. Il pense que le retour des terres annexées en France, est aussi une rencontre de deux cultures représentées respectivement par Gœthe et Pascal: « Barrès sent mieux que d'autres tout ce que peut donner pour la paix du monde ce rapprochement de la France et du Rhin parce que, Mosellan, il est fait lui-même de la rencontre de ces deux mondes; disons de la rencontre de Gœthe et de Pascal.»[1] Mais c'est une terre pleine de mystère qui suscite la sympathie des Français et des Rhénans. Après la réintégration des provinces à la France, Barrès s'efforce d'étudier le problème du Rhin et le rapprochement de la France et du Rhin. Il pense que les deux terres partagent un fondement spirituel: « Il n'est pas un de nous qui n'ait senti se dégager du fleuve une mystérieuse beauté, qui n'en ait ressenti une action profonde [...] C'est une beauté que nous nous sommes capables de sentir, parce que toute notre vie et notre antériorité nous y prédisposent.» (*Cahiers*, t. XIX, p.190.)

En tout cas, après la première Guerre mondiale, la vision du monde de Barrès s'élargit. En mai 1923, il écrit dans son cahier: « Depuis la guerre, je n'appartiens plus aux partis.» (*Cahiers*, t. XX, p.144.) Il devient un homme de patrie, un homme de l'univers, qui n'appartient à aucun parti. Son attention est attirée par la vie spirituelle et la vérité suprême. Dans la notice du tome XX de *L'Œuvre de Maurice Barrès*, Philippe Barrès décrit ce qu'il appelle l'ascension de la pensée de son père:

À travers ces divers sujets, on distingue le courant constant qui entraîne Maurice Barrès: l'ascension vers une pensée et vers un mode d'expression de plus en plus fluides et comme détachés de la terre. De plus en plus il pense que l'objet de la littérature et la mission de l'écrivain sont d'apporter une nourriture à l'âme, d'enrichir la vie spirituelle et par-là de combattre l'immense gaspillage et les injustices de la vie.[2]

---

[1]   Philippe Barrès, Notice de *Mes Cahiers* (*janvier 1919 - janvier 1922*), in *L'Œuvre de Maurice Barrès*, Tome XIX, Paris, Au Club De l'Honnête Homme, 1968, p. XVIII.

[2]   Philippe Barrès, Notice de *Mes Cahiers* (*février 1922 - décembre 1923*), in *L'Œuvre de Maurice Barrès*, Tome XX, Paris, Au Club De l'Honnête Homme, 1968, p. XV.

Au fil du temps, sa curiosité sur l'infini du monde et sur la destinée des êtres humains explose. Face au mystère de l'univers, il ne veut pas simplement accepter la destinée, comme le dit Philippe Barrès : « Maurice Barrès n'a pas voulu se contenter, comme son talent le lui eût permis, d'orchestrer simplement l'angoisse humaine devant le mystère de la destinée. Il a voulu construire, en armant notre esprit.»[1] Du coup, sur le chemin de salut des êtres humains, Barrès pense que les écrivains jouent un grand rôle et leur mission est de nourrir la vie spirituelle des hommes. C'est pourquoi pendant toute sa vie, Barrès se concentre sur le domaine spirituel en vue d'accomplir sa mission d'écrivain en élevant les valeurs morales de Français.

1.3 Les caractéristiques de la pensée

1.3.1 La quête de soi

La quête du soi se manifeste parfaitement dans sa première trilogie *Le Culte du moi*, dans laquelle Barrès essaie de reconstruire et de cultiver le moi insaisissable en cherchant les sources de l'âme. Dans l'*Examen des trois romans idéologiques* ajouté à la deuxième édition d'*Un Homme libre*, Barrès indique les moyens à défendre le Moi — d'abord l'épurer et puis lui ajouter :

Notre Moi, en effet, n'est pas immuable ; il nous faut le défendre chaque jour et chaque jour le créer [...] C'est une culture qui se fait par élaguements et par accroissements : nous avons d'abord à épurer notre Moi de toutes les parcelles étrangères que la vie continuellement y introduit, et puis à lui ajouter. Quoi donc ? Tout ce qui lui est identique, assimilable ; parlons net : tout ce qui se colle à lui quand il se livre sans réaction aux forces de son instinct.[2]

---

[1] Philippe Barrès, Notice de *Mes Cahiers* (*février 1922 - décembre 1923*), in *L'Œuvre de Maurice Barrès*, Tome XX, Paris, Au Club De l'Honnête Homme, 1968, p. XXI.

[2] Maurice Barrès, *Examen des trois romans idéologiques*, in *Maurice Barrès*, *romans et voyages*, Tome I, Paris, Robert Laffont, 1994 [1892], p.20.

Barrès s'occupe toujours de la spiritualité des Français. Il est appelé « l'interprète de l'âme française pendant la guerre » (*Cahiers*, t. XIX, p.411.) dans une lettre du 19 octobre 1919 écrite par Alexandre Millerand, commissaire général de la République à Strasbourg. En effet, sa curiosité et sa préoccupation du domaine spirituel proviennent de son enfance. En 1913, à l'âge de cinquante ans, Barrès écrit un joli paragraphe avec des phrases poétiques sur son passé. Selon son explication, au début de ses années, il a connu une période romanesque et insouciante avec des rêves poétiques. Cependant, tous ses rêves sont tués au collège de la Malgrange où il se sent abandonné et dans les ténèbres. S'abîmant tout seul dans la douleur, il tente à plusieurs reprises à sortir de la situation désespérante et de cet état de noirceur, en vain. Finalement, il trouve une issue par la quête du soi-même. Cela explique la piste principale dans toutes ses œuvres : le soi-même, soit dans sa première trilogie *Le Culte du moi*, soit dans d'autres œuvres telles que *La Grande Pitié des églises de France* et *La Colline inspirée*.

> Au seuil de ma vie, au premier temps de mon enfance, je vois dans le brouillard quelques formes émouvantes, des choses qui se prolongent en musique, du romanesque, des nuées intéressantes, des fées, des images d'or et d'argent, du plaisir. Tout cela s'arrête brutalement au premier jour si déchirant où l'on me conduisit et m'abandonna près du bassin chargé de cygnes du château de la Malgrange - dont j'avais aimé le nom, le prospectus, l'inconnu, — et qui fut le début des grandes platitudes de la vie. Quels tristes chemins j'ai suivis, poussiéreux, brutalement éclairés, sans rêves ni sonorités? Je cherchais dans tous les sens avec une fatigue extrême à retrouver ces espaces profonds, cette musique exaltante et douce. Vainement! Et puis un jour j'ai su qu'il n'était que d'écarter les autres et d'écouter paisiblement en moi. C'est le silence et c'est l'oubli qui me ramassent sur moi-même et me permettent de me dépasser. Il faut que le silence glisse et s'étende, que tout s'éteigne par degrés; c'est la nuit grave et moi, je puis enfin renaître comme une flamme qui s'aperçoit dans les ténèbres. J'avais un rêve que j'ai perdu, au contact des gens, à dix ans; je le retrouve à cinquante ans, quand je me libère des gens. (*Cahiers*, t. XVII,

p.286.)

Pendant toute sa vie, Barrès s'efforce de chercher le « moi », il a envie de le cultiver et l'élever à un niveau supérieur par des valeurs morales. Et le « moi » de Barrès s'enracine dans la terre natale et la patrie, qui a un lien avec les ancêtres et la tradition.

1.3.2 Lien étroit avec l'actualité

Comme écrivain engagé, Barrès exprime son opinion sur la relation entre les écrivains et la politique, ce qui montre aussi pourquoi ses œuvres sont étroitement liées à l'actualité.

> Doit-on écrire sur la politique? Sans doute, cela est nécessaire [...] Tous les écrivains agissent, qu'ils le veuillent ou non, sur l'opinion publique [...] En conséquence, il n'y a pas à savoir si c'est « le devoir ou l'avantage » des écrivains de « chercher à exercer une action sur la politique du pays ». On constate, comme un fait, qu'ils exercent cette action. (*Cahiers*, t. XIV, pp. 139-140.)

Même si Barrès pense qu'il y a des désavantages à rester dans la Chambre, il garde toujours la passion de la vie publique. Au fond, comme à l'église, il trouve dans la vie publique cette distraction de la solitude : « J'ai la passion de la Chambre. C'est une passion qui m'a coûté cher : Argent. Perte de temps. Apretés. Je ne le regrette pas, j'y trouve de l'émotion, un profond isolement sur le sommet des vagues.» (*Cahiers*, t. XV, p. 94.) Il y trouve l'idée de la fraternité, le sentiment d'être membre de certaine société. « Un des grands plaisirs de la vie publique : "Idée de fraternité tendre pour les coreligionnaires et de répulsion pour les dissidents." Que cette fraternité me plaise, c'est compréhensible, mais cette répulsion aussi met de l'intérêt dans ma vie.» (*Cahiers*, t. XV, p.95.) D'ailleurs, après avoir participé dans la Chambre à partir de l'année 1906, Barrès a toujours envie d'écrire ce qu'il en pense et ce qui s'y passe et ce qui s'y passe dedans. « Bien des fois j'essaye de

17

décrire les vastes espaces où l'âme s'élargit, sur lesquels une chapelle catholique, ou bien un arc romain, ou simplement un nom fameux mettent dans un être éphémère l'émotion d'éternité.» (*Cahiers*, t. XV, p.87.)

Nous prenons l'exemple de la première trilogie *Roman de l'Energie nationale*. Une des grandes originalités de la trilogie de Barrès, ce sont les personnages se mêlant aux personnages authentiques de son époque. Dedans, nous trouvons les noms de personnages politiques, littéraires et artistiques. Par exemple, dans *Les Déracinés*, nous pouvons voir l'enterrement national de Victor Hugo (sommet dramatique du roman), le tombeau de Napoléon, *Les Origines de la France contemporaine* de Taine, *La Nouvelle Héloïse* de Rousseau, etc. Platon, Socrate, Kant, Balzac, Musset, Goethe, Shakespeare... sont aussi mentionnés. Nous voyons aussi les mots: « césarisme », « gambettisme », « radicalisme ». L'auteur met ses personnages dans une circonstance politique contemporaine. Il y a même un chapitre consacré à Taine: « L'arbre de M. Taine ». De plus, dans *L'Appel au soldat*, nous pourrions classer les références en cinq catégories:

A. Les références philosophiques: Taine, Kant, Héraclite.

B. Les références des historiens: Sismondi, Burckhardt, Jules Soury, Thévenin.

C. Les références des peintres: Giotto, Dominiquin, Guerchin, David, Prud'hon.

D. Les références littéraires: Byon, Stendhal, Dante, Alfieri, Mickiewicz, Chateaubriand, Sand, Musset, Goethe, Balzac, Victor Hugo, Lamartine, Virgile, Rousseau, Voltaire, Pascal, Alexandre Dumas fils.

E. Les références politiques: Boulanger, M. Clemenceau, M. Naquet, Bonaparte, Gambetta, Grévy, César, Dillon, Rouvier, Paul Déroulède, Jules Ferry, Georges Laguerre, M. Ferdinand de Lesseps, baron de Reinach, Wilson, Rochefort, Floquet, Louis Napoléon, Georges Thiébaud, Portalis, Bismarck...

1.3.3   L'attachement à la force morale

Barrès est également considéré comme l'interprète de l'âme, qui souligne la force morale et l'éducation sentimentale. Dès la première trilogie, Barrès commence à chercher les forces de l'âme, et il poursuit cette recherche pendant toute sa vie. Voici ce qu'il écrit en mai 1920 dans son cahier: « La dernière phrase de *Sous l'œil des*

Barbares: «Toi seul, ô maître, si tu existes quelque part, axiome, religion ou prince des hommes», annonce l'*Appel au soldat* et toute mon obsession, de toute ma vie, pour ce qui multiplie les forces de l'âme.» (*Cahiers*, t. XIX, p.200.) Pendant toute sa vie, Barrès cherche le soi-même, soit dans sa jeunesse quand il écrit sa première trilogie *Le Culte du Moi*, soit dans sa campagne à la défense des églises de France, soit dans son voyage en Orient. Le 9 mai 1914, lors de son voyage en Orient, Barrès écrit dans son cahier: «À bien voir, je n'ai écrit qu'un livre, *Un homme libre*, arbre planté dans ma jeunesse et d'où je détache de saison en saison quelque fruit.» (*Cahiers*, t. XVIII, p. 106.) D'ailleurs, en mai 1923, quand il repense à son *Homme libre*, il se demande des moyens de réaliser la liberté de l'homme. À son avis, à l'intérieur des hommes, il y a des forces mystérieuses qui peuvent se réaliser mais avec la totale liberté de l'âme.

> Je n'ai pensé qu'un livre: l'*Homme libre*; comment s'employer, comment fleurir, comment s'épanouir tout entier.
>
> [...] N'y a-t-il pas de forces vagues et mystérieuses que l'analyse n'approche pas?
>
> L'instinct doit être respecté autant que la pensée. N'y a-t-il pas des forces immanentes pas encore captées? N'y a-t-il pas là une force qui apparaît à son heure? Peut-on hâter cette heure? Peut-on discipliner ces exaltations d'ordre irrationnel? Il s'agit de saisir l'âme, toute l'âme, de ne rien entraver de notre développement spirituel et physique. (*Cahiers*, t. XX, p.136.)

1.3.3.1 Préférence de l'âme

Même si Barrès exprime sa volonté à défendre à la fois la morale et la science, et pense que les deux côtés doivent se développer parallèlement, il insiste évidemment sur l'importance de la spiritualité qui répond au cœur le plus profond de l'être humain. D'après Barrès, la science serait une épée à double tranchant, qui peut apporter les biens ou les maux, et elle a besoin de la morale pour la diriger vers la bonne direction réactualisant le fameux «science sans conscience n'est que ruine de l'âme»:

Il faudrait un accroissement de la valeur morale de l'individu, à raison de l'accroissement de sa puissance. Cette puissance que la science remet à son disciple pour augmenter le bien-être de la société peut, au contraire, devenir le plus redoutable danger, si la morale ne se développe pas parallèlement chez celui-ci. (*Cahiers*, t. XIX, p.311.)

Au cours de la première Guerre mondiale, Barrès encourage les Français à lutter contre la brutalité des Allemands. Son sentiment patriotique le pousse à être un combattant. Pourtant, après la guerre, il s'interroge sur les sacrifices des hommes et sur le sens de la vie. Voici un paragraphe de Philippe Barrès dans la notice des *Cahiers*, qui explique clairement le parcours de la pensée de son père après la Guerre :

Il sait trop bien que refuser de combattre, accepter la servitude et la destruction de l'ordre français eût entraîné encore plus de misère et de morts que la guerre n'en a causé. On ne peut pas défendre un grand peuple en acceptant la disparition de cela même qui l'a fait grand. Barrès sait cela. Cette certitude pourtant ne le dispense pas de se demander pourquoi la paix ne peut pas être fixée, pourquoi il faut sans cesse recommencer à défendre la civilisation, c'est-à-dire le meilleur de l'œuvre des hommes, au prix du sacrifice des hommes les meilleurs. Il a vu les martyrs, et leur sacrifice négligé le révolte en même temps que s'impose à lui la nécessité de ce sacrifice. Il souffre, enfermé dans ce cercle d'où les malins et les nigauds s'échappent avec aisance, mais où il trouve, lui, un thème de méditation terrible sur le sens de la vie.[1]

Comme un homme qui accentue toujours la spiritualité du soi-même et la mentalité des Français, Barrès trouve que « désormais la bataille se livre avant tout sur le plan des idées »[2] par rapport aux problèmes matériels dans la paix. Après la

---

[1]   Philippe Barrès, Notice de *Mes Cahiers* (*janvier* 1919 - *janvier* 1922), in *L'Œuvre de Maurice Barrès*, Tome XIX, Paris, Au Club De l'Honnête Homme, 1968, p. XXII.

[2]   *Ibid.*, p. X.

première Guerre mondiale, il commence à s'occuper du rétablissement de la morale française et s'attache de plus en plus à l'esprit. Le 11 décembre 1921, quand il lit *Les Travailleurs de la mer* de Victor Hugo, la description de la pieuvre lui fait penser à la science et à l'âme. La pieuvre, d'après lui, représenterait la force sans âme, mais la science continue à fournir cette force en négligeant le développement de l'âme. Ainsi, il demande l'attention au domaine spirituel et surtout aux valeurs morales, qui doivent se proportionner avec les marches de la science. Plus tard, dans un cahier de 1922, Barrès accentue encore une fois l'importance de l'âme. Selon lui, le rôle des écrivains est de nourrir l'âme de la société qui compte beaucoup pour un pays, et même les inventions scientifiques servent aux besoins spirituels des êtres humains :

Pour [mon livre sur] les laboratoires :
Le cœur d'un homme vaut tout l'or d'un pays.

(*La Geste des Lorrains.*)

C'est dire le rôle d'un grand littérateur, d'un savant dans la société.
Pour M. Huet (page 9 de la brochure que m'a donnée Henri Girard), « toutes les acquisitions scientifiques se transformaient en émotions spirituelles. »
(*Cahiers*, t. XX, p.97)

Au fil du temps, Barrès porte de plus en plus d'intérêt au mystère de l'âme. Notamment dans les dernières années de sa vie, ses yeux se tournent vers l'origine de l'intuition et le destin ultime des hommes. Dans un cahier de 1921, lors de sa préparation du texte *Les Turquoises gravées* qui paraît d'abord dans *La Revue hebdomadaire* du 11 mars 1922, et constitue le deuxième chapitre du *Mystère en pleine lumière*, Barrès exprime son désir de connaître tous les mystères concernant le cœur : les intuitions les plus intimes des êtres humains, l'esprit de sacrifice des héros, les grands esprits de l'humanité, etc. Toutes les idées éternelles l'attirent et le poussent à réfléchir.

Que ne puis-je tirer tous les mystères en pleine lumière pour les considérer avec vénération d'un œil qui ne s'échauffe pas! Que ne puis-je voir clair dans les grandes animations de poésie, de prophétie et d'héroïsme, et concevoir ce que savent produire les âmes privilégiées dans leurs jours de Pentecôte!

Comment les poésies et toutes les intuitions jaillissent-elles du plus intime de l'être? Comment le saint et le héros se décident-ils à se sacrifier? Comment la croyance multiplie-t-elle nos forces? Comment les âmes, surmontant les fatalités, se dépassent-elles elles-mêmes? (*Cahiers*, t. XIX, p.301.)

En février 1921, Barrès note dans ses *Cahiers* l'expérience mystique qui lui semble insaisissable mais réelle. Pendant cette expérience de contact avec l'intangible, les facultés humaines ne fonctionnent pas très bien, c'est plutôt l'inconscient des hommes qui communique avec « cette chose vague ».

Voilà l'expérience mystique elle-même. Pendant cette expérience, les facultés, la mémoire, la volonté sommeillent plus ou moins, avec des démangeaisons constantes de se réveiller. Au moment même où je suis en contact avec cette chose vague, il y a des démangeaisons de définition qui gênent l'expérience mystique et qu'autant que possible il faut refouler, sauf dans les cas où l'expérience est si profonde que les facultés sommeillent d'elles-mêmes. (*Cahiers*, t. XIX, p.273.)

Plus tard, dans le cahier du 9 février 1922, Barrès dépeint à nouveau l'expérience mystique qui est, d'après lui, un « phénomène de l'inspiration ». Comme il l'a déjà dit, dans cette expérience la raison ne peut plus fonctionner, et cela laisse place à une puissance inexprimable.

L'expérience mystique est quelque chose dont le plus clair qu'on puisse dire est que c'est une prise de contact avec l'invisible, l'intangible, l'insaisissable, avec ce qui dépasse les sens.

Pendant cette expérience, les facultés, la mémoire, la volonté sommeillent plus ou moins et laissent libre jeu à un ensemble de puissances.

22

C'est là le phénomène de l'inspiration. (*Cahiers*, t. XX, p.8.)

Trois jours plus tard, le 13 février, il reprend le sujet et le développe. À son avis, le monde actuel est entouré du monde invisible et le lien avec les êtres mystiques est maintenu par l'âme, non par la raison. Cette expérience mystique ne se présente pas explicitement, mais par la vision externe de la révélation ou par la puissance interne de l'âme des êtres humains, telle la vision du feu de Pascal. Tous ces phénomènes mystiques permettent aux hommes de communiquer avec le monde invisible. Selon lui, les expériences mystiques sont une réalité, une présence et un phénomène.

1.3.3.2 La conscience collective

Barrès favorise la conscience. À travers le texte « La conscience alsacienne » publié d'abord dans les *Annales de la patrie française* du 1er décembre 1904, non exempt de pensée colonisatrice, Barrès voit l'importance de l'éducation de l'âme pour la société. D'après lui, pour « vivre en société », il faut un sentiment commun qui peut être réalisé par des institutions traditionnelles ou des « dynasties indigènes »[1].

J'aime ce fait que m'a fourni un homme, un véritable homme et non point un idéologue, mais un dur Anglais positif. Les plus humbles des nègres et nous-mêmes, si nous voulons vivre en société (et hors de la vie sociale, rien que terreur, ignorance et misère), il faut d'abord que nous ayons en commun quelque sentiment qui ne soit plus discuté, qui donne une prise et qui permette à telles paroles, à tels actes d'accorder soudain toutes nos âmes.[2]

En fait, la conscience collective alsacienne, sous la plume de Barrès, est le résultat du mélange de la conception patriotique et de l'idée de la continuité de père en fils. Il pense qu'avec l'âme, il peut tout faire, même communiquer avec les ancêtres et faire

---

[1] Philippe Barrès, Notice de *Mes Cahiers* (*janvier* 1919 - *janvier* 1922), in *L'Œuvre de Maurice Barrès*, Tome XIX, Paris, Au Club De l'Honnête Homme, 1968, p. XXII.

[2] *Ibid.*

vivre les morts : « Moi, je fais vivre les morts.» (*Cahiers*, t. XV, p.56.) Dans un cahier, Barrès parle de l'âme et du corps de l'être humain. Il accentue l'importance de l'âme et à son avis, le corps n'est que le porteur de l'âme.

> Ce 15 novembre 1918, dans sa leçon inaugurale, le professeur Dupré dit :
> « L'âme, pour employer le mot poétique des vieilles philosophies, est le corps
> en mouvement [...] » Mais alors, le corps est l'âme en puissance. Ils ne
> suppriment pas la difficulté. D'où viennent ces énergies qu'il y avait dans le
> corps et qu'il a manifestées ?
> Il semble que seul l'esprit existe et que le corps, la matière, ne soient que la
> manière dont nous percevons l'esprit. Ainsi quand j'allume l'électricité, cette
> lumière, cette chaleur était là. (*Cahiers*, t. XVIII, pp.398-399.)

Il pense que par rapport au corps, l'âme doit occuper une place supérieure et dominer souverainement l'homme. Voici ce qu'il écrit dans un autre cahier :

> Pour les chrétiens « l'âme étant distincte comme substance du corps, il y a en
> nous la destinée de l'âme et la destinée du corps. Le corps tire de son côté,
> l'âme ailleurs ; c'est une lutte intestine. Mais l'homme étant tout entier dans
> l'âme, celle-ci doit gouverner en souveraine ; elle doit dans tous les cas douteux
> se sacrifier l'autre.» (*Cahiers*, t. XV, p.121.)

Dans les cahiers de Barrès de 1911 à 1918, il y a des traces de ses projets d'écrire des ouvrages qui ne sont pas publiés enfin, tels que celui sur la Chambre, sur Jeanne d'Arc et sur Renan. D'après Philippe Barrès, «les idées abordées dans les projets inachevés n'ont pas été perdues, en ce sens qu'elles concernent le plus souvent les problèmes de l'âme, la naissance du sentiment religieux et son influence sur notre civilisation ; idées qui ont trouvé un large développement dans *La Grande Pitié des Églises*[1] ». Barrès accentue toujours l'importance de la force morale, soit

---

[1] Philippe Barrès, Notice de *Mes Cahiers* (*août* 1913 - *décembre* 1918), in *L'Œuvre de Maurice Barrès*, Tome XVIII, Paris, Au Club De l'Honnête Homme, 1968, p. IX.

avant la première Guerre mondiale, soit pendant la Guerre, soit après la Guerre. Avant la Guerre, Barrès mentionne plusieurs fois le physiologiste français Claude Bernard dans ses *Cahiers*. En 1912, il exprime son approbation sur la notion de milieu intérieur de ce physiologiste. Cette notion correspond à la recherche de soi-même de Maurice Barrès.

Je ne suis pas grand clerc, mais je retiens comme une belle image, propre à fixer les idées, la thèse de Claude Bernard sur le milieu intérieur. Le milieu intérieur contient ce que secrètent les glandes variées et constitue un bain nécessaire à l'organisme. Il faut ces humeurs. C'est la vieille théorie des humeurs. (*Cahiers*, t. XVII, p.225.)

De plus, dans *Le Bi-centenaire de Jean-Jacques Rousseau*, observation de Barrès présentée à la Chambre des Députés le 11 juin 1912, il proteste contre la glorification des principes de Rousseau. Barrès s'emporte contre l'idée rousseauiste du contrat social. Il doute la puissance de la raison et accentue l'importance de la conscience et de la morale pour la société:

Eh! Messieurs, nous savons bien tous que la société n'est pas l'œuvre de la raison pure, que ce n'est pas un contrat qui est à son origine, mais des influences autrement mystérieuses et qui, en dehors de toute raison individuelle, ont fondé et continuent de maintenir la famille, la société, tout l'ordre dans l'humanité.[1]

Pendant la Guerre aussi, Barrès s'attache beaucoup à la force de la morale. Toutes ses œuvres et toutes ses activités publiques ont un seul but: renforcer et élever la morale française. Pendant la Guerre, il voit l'union de diverses familles spirituelles, l'esprit de sacrifice des jeunes Français pour la patrie, la noblesse et la supériorité de la morale française en luttant contre les Allemands, etc. Voici ce

---

[1] Maurice Barrès, *Les Maîtres*, in *L'Œuvre de Maurice Barrès*, Tome XII, Paris, Au Club De l'Honnête Homme, 1967 [1927], p.92.

25

qu'écrit Philippe Barrès sur l'attachement de la morale de son père pendant la Guerre :

> À un certain moment presque désespéré de la Grande Guerre, en 1917, il note dans ses *Cahiers* que, même si nous devions être vaincus, la supériorité morale française resterait hors d'atteinte de la force physique allemande et que, vaincu, le juste demeurerait victorieux. Or cette façon de lier la survivance d'une collectivité ou d'un individu au-delà de leur vie physique au seul critère de leur qualité morale, c'est proprement l'idée de « faire son salut », l'éternel espoir et refuge de l'âme.[1]

Après la Guerre, sa préoccupation se fixe toujours dans le domaine spirituel. En décembre 1919, Barrès note dans un cahier l'importance du pouvoir moral par rapport au pouvoir matériel : « Ce que dit Hugo, qu'il ne veut pas être ministre. Et Talleyrand : "Le pouvoir matériel n'est rien, c'est le pouvoir moral qui est tout." » (*Cahiers*, t. XIX, p.157.) Et tout ce qu'il fait pendant toute sa vie confirme cette idée, il s'efforce d'élever la spiritualité des Français dès le début de sa carrière littéraire jusqu'au dernier moment de sa vie. Plus tard, dans un cahier de juin 1920, Barrès oppose à la force économique qu'il perçoit déjà comme un mal profond et réaffirme l'importance de la force morale s'obtenant de la culture et de la civilisation : « Je veux adjoindre à nos efforts, mettre au service de la France les forces morales pour tenir en échec les forces économiques, les forces bestiales coalisées contre nous. » (*Cahiers*, t. XIX, p.213.) Un peu plus loin dans ses *Cahiers*, Barrès réaffirme la force morale par une phrase de Stendhal qui a un accent pascalien dans ses yeux : « Je suis reconnaissant à Bourget de m'avoir fait connaître cette phrase de Stendhal qui affirme le monde spirituel : "J'aime la force, mais de la force que j'aime, une fourmi peut en montrer autant qu'un éléphant." — Je cite par à peu près. — Accent pascalien ! » (*Cahiers*, t. XIX, p.218.) La spiritualité dépasse déjà la connaissance des êtres humains et possède ainsi une force surprenante.

---

[1]   Philippe Barrès, Notice dans *Le Mystère en pleine lumière*, in *L'Œuvre de Maurice Barrès*, Tome XII, Paris, Au Club De l'Honnête Homme, 1967 [1926], p.180.

1.3.3.3 L'inspiration des figures féminines

Outre la quête de soi, Barrès valorise également la force morale dans son œuvre. Il fait l'éloge de Jeanne d'Arc, de Bernadette Soubirous et de La Sibylle d'Auxerre, parce qu'il pense que les héroïnes peuvent élever les valeurs morales des Français. Ces figures féminines, on le voit, sont très importantes dans la vision de Barrès : elles représentent la naïveté et la force.

A propos de Jeanne d'Arc, Barrès la considère comme une figure symbolique de la France qui valorise la spiritualité française et celle du Rhin. Aux yeux de Barrès, Jeanne joue un grand rôle pour l'éducation morale. Et cette éducation est importante pour la France, parce qu'elle a besoin de héros et d'hommes de génie dont Jeanne d'Arc peut être un modèle. A son avis, l'esprit du sacrifice est parfaitement représenté en Jeanne, et cet esprit est indispensable : « Elle représente l'idée du sacrifice. Quel parti n'en a pas besoin? Elle ne perd rien de sa grandeur ni de sa sainteté en devenant l'héroïne de quelque parti que ce soit. » (*Cahiers*, t. XVII, p.323.) De plus, elle est une figure puissante qui apporte l'espérance aux Français, élève leurs âmes et leur donne du courage :

> La figure de Jeanne d'Arc nous enseignerait à espérer, n'y eût-il plus d'espérance [...] Sa vie rehausse nos âmes, remplit nos cœurs de pensées courageuses, de beautés morales et de poésie. Elle est le miracle pour la patrie et nous enseigne comment se sont les miracles. (*Cahiers*, t. XVII, pp.331-332.)

En tout cas, c'est une fille du miracle qui satisfait les besoins de tous ses compatriotes, comme « un ange du ciel » : « La France était perdue quand on vit apparaître un ange du ciel, une jeune fille qui apportait la force. Qu'elle revienne au milieu de nous, cette image puissante! Jamais elle ne nous fut plus nécessaire, jamais elle ne fut appelée par un vœu plus unanime de notre nation. » (*Cahiers*, t. XVII, p.332.) Selon l'opinion de Barrès, chaque individu peut être satisfait par cette fille de la patrie, et chaque parti de la France peut trouver ce qu'il a besoin chez elle, soit les royalistes, les césariens, les républicains ou les révolutionnaires.

Il n'y a pas un Français dont Jeanne ne satisfasse les vénérations profondes. Chacun de nous peut personnifier son idéal en Jeanne d'Arc. Elle est pour les royalistes le royal serviteur qui s'élance à l'aide de son roi, pour les césariens, le personnage providentiel qui surgit quand la nation en a besoin; pour les républicains, l'enfant du peuple qui dépasse en magnanimité toutes les grandeurs établies, et les révolutionnaires eux-mêmes la peuvent mettre sur leur étendard en disant qu'elle est apparue comme un objet de scandale et de division pour être un instrument de salut. Aucun parti n'est étranger à Jeanne d'Arc et tous les partis ont besoin d'elle. Pourquoi? Parce qu'elle est cette force mystérieuse, cette force divine d'où jaillit l'espérance. (*Cahiers*, t. XVII, p.331.)

D'ailleurs, Jeanne d'Arc joue également son rôle dans la question du Rhin. Après le retour des provinces rhénanes en France, Barrès s'occupe de la mentalité dans ces provinces. Comment faire se rejoindre l'esprit français et l'esprit rhénan sur cette terre? Cela devient une grande préoccupation de Barrès. Jeanne d'Arc devient alors encore une fois un symbole et une clé pour y parvenir.

Jeanne d'Arc sur le Rhin. Sur toute la terre mouvement d'enthousiasme pour Jeanne d'Arc. Il n'y a pas eu d'endroit où sa maison ait été aussi vite populaire et légendaire.
L'aboutissement de cette légende sur le Rhin, c'est Schiller.
La légende se crée tout de suite au bord du Rhin. On croit en Jeanne d'Arc avant qu'elle ait donné son signe, avant son roi, avant les Français. Cette Rhénanie voudrait voir le triomphe de la France. (*Cahiers*, t. XIX, p.106.)

Dans un cahier du janvier 1920, Barrès écrit un petit texte ci-dessous: « *Jeanne d'Arc rhénane*. — Le sol est chargé d'influences. Elle est bercée de légendes, elle est du pays de la [fée] Mélusine.» (*Cahiers*, t. XIX, p.84.) À travers ces phrases, on voit que Jeanne d'Arc, au point de vue de Barrès, est une figure rhénane, puisqu'elle provient d'Alsace et de Lorraine. Ici, la « fée Mélusine », est une femme légendaire dans des contes chevaleresques du Moyen Âge en Alsace et en Lorraine. Selon Barrès, la légende de Jeanne d'Arc s'étend sur le Rhin, parce qu'elle satisfait aux besoins spirituels des Rhénans. De plus, autour de cette héroïne, les Français et les Rhénans peuvent partager le même sentiment et la même spiritualité.

Dans l'univers entier on s'intéresse à Jeanne. Nulle part autant que sur le Rhin [...]
Conception de la poésie, catholicisme et charité, fraternité: ces trois éléments que je vois aujourd'hui sur le Rhin, elle les satisfaisait.
[...] Jeanne sur le Rhin: elle imprimerait au monde un mouvement populaire. Cet instinct qui pousse la France à s'entendre avec les Rhénans, qui lui permet de sentir de même, n'est-ce pas celui qui les groupait autour de Jeanne d'Arc au quinzième siècle? (*Cahiers*, t. XIX, pp.231-232.)

D'ailleurs, après avoir obtenu l'institution de la fête nationale de Jeanne d'Arc le 24 juin 1920, Barrès voudrait établir une statue de Jeanne d'Arc à Strasbourg afin de présenter la spiritualité commune française et rhénane:

La statue de Jeanne d'Arc. — Jeanne au bord du Rhin: vous avez saisi là une image féconde, un culte où nourrir notre politique de civilisation en Rhénanie. Une statue de Jeanne d'Arc là-bas, c'est mieux que le cheval de Troie pour être et demeurer conquérant. (*Cahiers*, t. XIX, p.224.)

En fait, Jeanne d'Arc n'est pas la seule figure féminine que Barrès tente d'approcher. L'auteur fait son voyage à Lourdes pour rendre hommage à Bernadette Soubirous. Bernadette a marqué profondément la culture française, puisque qu'elle se retrouve dans de nombreuses d'œuvres littéraires comme *Lourdes* d'Émile Zola (1894), *Les Foules de Lourdes* de Joris-Karl Huysmans (1906), *Les Pèlerins de Lourdes* de François Mauriac (1933). Dans les *Cahiers*, Barrès parle de temps en temps de cette figure, ici à l'occasion d'une promenade le long de la rivière: « Je prolongeai ma promenade de quelques cents pas le long de la rivière dans un silence divin. Ma rêverie faisait un commentaire aux Béatitudes. J'aimais Bernadette. » (*Cahiers*, t. XIII, p.338.) En effet, Barrès décrit l'image de Bernadette dans ses deux œuvres écrites pendant les différentes périodes, une est *Les Amitiés françaises*, l'autre *N'importe où hors du monde*. Dans la première œuvre, Lourdes sert à un lieu idéal pour l'éducation morale pour son fils ; dans la dernière, Barrès essaie d'exploiter les qualités incarnées en Bernadette, tel que la force de l'âme. Dans *Les Amitiés françaises*, Barrès raconte son excursion à Lourdes avec son fils Philippe. A son avis, « c'est ici une promenade du sentiment ». (*Amitiés*, p.177.) Il voudrait que son fils s'enracine dans la tradition et la culture française pour avoir une âme plus riche. Alors l'auteur pense que cette sorte de visite pourrait être favorable à l'éducation de Philippe. Voici ce qu'il écrit dans le chapitre « Notre visite à Lourdes » : « C'est un plaisir, ayant dans ma main la main d'un petit garçon, de parcourir les rues banales où fleurit, au milieu de la vulgarité, cette incomparable légende vraie.» (*Amitiés*, p.174.) A Lourdes, la raison ne marche pas très bien, c'est la terre où souffle l'esprit : « Ici, le cœur ne laisse pas la raison décider à elle seule.» (*Amitiés*, p.177.) Plus tard, dans *N'importe où hors du monde*, Barrès accentue encore une fois l'importance du cœur. Selon Barrès, comme ce qu'il a déjà exprimé dans ses cahiers, le monde visible est entouré par le monde invisible, et il n'y a qu'une voie pour le percevoir : le cœur. La communication entre les deux mondes est un échange « d'âme à âme », la raison ne peut pas y atteindre. Selon Barrès, quand les êtres contactent l'invisible, ils ne contactent pas une « idée », mais une « réalité » :

Un phénomène existe, nommez-le comme vous voudrez, qui nous fait entrer en relation avec une réalité. Si différente qu'elle soit de nous, c'est une réalité puisqu'elle agit. C'est une présence qui nous pénètre et nous fait vibrer. Il y a quelqu'un ou quelque chose d'extra-sensible. Le monde actuel serait-il encerclé par des êtres invisibles? Ou bien encore, ces relations seraient-elles d'âme à âme? Certainement des mystères relient les âmes de très loin. Il se fait entre elles des échanges d'amour, de haine, d'admiration, d'héroïsme. Qu'est-ce que la sympathie et l'autorité? Qu'est-ce que le coup de foudre? Tout cela n'est pas le contact d'une idée, mais d'une réalité vivante. (*Monde*, p.327.)

D'ailleurs, après avoir affirmé l'existence des phénomènes mystiques, Barrès pense que le problème le plus important est de savoir comment les employer. Pour les grands esprits, tels que Dante et Shakespeare, ils interprètent et transmettent leurs sentiments au moment où ils sentent l'ascension spirituelle. Selon Barrès, c'est donc ce que font les privilégiés lors qu'ils connaissent une expérience mystique. Ils ne peuvent pas se contenter de l'émoi individuel et du sentiment heureux, il leur faut partager cette expérience et la transmettre à autrui.

> Tout le problème n'est pas de nier ou d'affirmer l'existence de cette force. Cette force existe, brute et informe. Le haut problème, c'est de la nommer et de l'employer. Quand il y eu ce phénomène de présence et qu'on a pris ce contact, fût-ce d'une seconde, avec des réalités intraduisibles, ineffables, quand on fut une fois soulevé hors de soi et porté dans la haute sphère des inspirés, se rendre compte à soi-même de cette épreuve et la traduire pour les autres, c'est le désir héroïque des grands esprits. C'est le service des Dante, des Shakespeare [...] il faut que ces privilégiés, au sortir de cette expérience et de cette présence, fassent effort pour nous rendre compte de leur état et nous le rendre sensible, pour nous l'exprimer et nous le transmettre. (*Monde*, p.328.)

C'est ce que Bernadette fait exactement comme les grandes âmes. Elle transmet la spiritualité et continue à donner des inspirations aux êtres humains. C'est à Lourdes où est née Bernadette que Barrès témoigne le charme de l'âme.

Une autre figure féminine que Barrès préfère est la Sibylle d'Auxerre, qui représente l'élan et l'intuition. Le 5 mars 1921, c'est la première fois que *La Sibylle d'Auxerre* paraît dans *La Revue hebdomadaire* et dans *Le Gaulois*. Plus tard, ce texte sera compris dans le recueil posthume de Barrès *Le Mystère en pleine lumière* publié en 1926. La Sibylle est d'abord le nom de la prophétesse de Delphes, qui prononce l'oracle d'Apollon, mais elle est ensuite utilisée pour nommer d'autres femmes qui donnent des oracles. Il y a plusieurs Sibylles, par exemple, la Sibylle d'Érythrées, la

Sibylle de Cumes, etc. D'après Barrès, les diverses Sibylles peuvent être considérées comme une même femme, et c'est pour cette raison que dans son cahier, il emploie « la Sibylle d'Auxerre » au lieu de « des Sibylles d'Auxerre » comme le titre de son texte : « Ces diverses Sibylles qui vécurent dans des pays variés, à des époques différentes, ne peut-on pas les considérer comme une même femme qui a vécu indéfiniment et qui a passé par toutes les phases du génie prophétique? Beaucoup d'anciens le croyaient.» (*Cahiers*, t. XIX, p.259.)

Selon lui, la Sibylle représente l'harmonie de deux choses opposées : le passé et le présent, l'aurore et le crépuscule... Elle est l'objet alors de la rêverie poétique de Barrès, qui voit en elle aussi bien la beauté qu'une certaine sagesse, propre à ceux qui sont en contact avec ce qui est le plus subtil : l'eau, le temps... Devant cette figure, le temps et l'espace semblent apparents.

> Pour elle, nulle loi dans le ciel, qu'elle parcourt avec la divine liberté des comètes. Étincelante de jeunesse, elle se plonge en flammes dans la mer. C'est un mariage perpétuel d'aurore et de crépuscule. C'est l'heure du départ et c'est l'heure de l'abattement des rêves [...] O prodige! Ce n'est rien qu'elle ait bu l'eau de la source sainte et mâché la feuille du laurier d'Apollon : elle rompt les barrières du temps et de l'espace, et par intuition connaît ce que ses sens et sa raison ignorent [...] (*Mystère*, p.815.)

Tout en inspirant beaucoup d'œuvres artistiques, le rôle de la Sibylle est indispensable pour représenter les forces primitives des siècles lointains. Du coup, Barrès pense que son époque actuelle a aussi besoin de cette prophétesse, et de ce qu'elle représente.

> Une mer de poésie s'est évaporée. L'étang prophétique au bord duquel rêvait la Sibylle n'est plus qu'une vapeur errante sur nos têtes. Lui-même est devenu, peut-être, la banlieue d'une ville qui s'est substituée à son temple.
>
> Mais ce nuage attrayant qui flotte sur nos têtes et devant lequel rêvèrent

Delacroix, Michel-Ange, Raphaël, le poète du *Dies Irae* et le vieux donateur de la cathédrale d'Auxerre, est-il croyable que ce soit tout ce qui subsiste du profond génie féminin des âges primitifs? Nous avons besoins des Sibylles. (*Cahiers*, t. XIX, p.189.)

Avec la force primitive, la liberté et l'intuition, elle guide les gens vers les énigmes de l'univers, et un nouveau champ de la vision s'étendra devant les êtres humains. Ainsi, Barrès pense que le Sibylle doit vivre malgré la négligence des contemporains:

Non, Sibylle, il ne faut pas que tu meures. La vérité t'a mise en réserve, parce qu'elle sait qu'elle a besoin de toi. Accepte de vivre, malgré les mépris, les railleries et l'indifférence, car tu représentes la faculté éternelle et méconnue d'atteindre l'invisible, de nous le rendre familier et de nous unir à lui. Tu nous apprends l'insuffisance des philosophies rationnelles, tu donnes la main aux mystiques, tu consacres la valeur de l'intuition des lucides, tu nous disposes à regarder comme un trésor la sagesse des enfants et des femmes. (*Mystère*, p.817.)

Et à la fin du texte, l'auteur écrit une phrase courte mais puissante pour exprimer son vœu pour la Sibylle: «O branche morte sur l'arbre de la connaissance, tu reverdiras!» (*Mystère*, p.817.) Bref, Barrès espère que la Sibylle puisse continuer à inspirer les hommes dans le monde contemporain.

De plus, Barrès semble attribuer aux figures féminines une énergie que peut-être les hommes ne connaîtraient pas, et qui rendrait celles-ci nécessaires. À travers la légende de la Sibylle d'Auxerre, c'est la question de la connaissance qu'il pose: la raison est-elle le seul mode de connaissance? On imagine la réponse de Barrès:

En marge de la science officielle que professent les Écoles et les Académies, une science en formation constate des manifestations exceptionnelles de la pensée. Il est des personnes douées d'une propriété psychique exceptionnelle, d'un étrange pouvoir mental.

[...] Nous avons au milieu de nous de mystérieux inspirés, des voyants. Ne pourraient-ils pas donner à la science, qui enregistre en hésitant leurs facultés, un nouveau et prodigieux moyen de connaissance? Le moyen de savoir les choses autrement que par l'expérience et par le raisonnement? (*Cahiers*, t. XIX, pp.145-147.)

Comme Pascal, il croit qu'il existe un domaine hors de la science ou de la raison qui se concentre sur l'âme des individus, et qu'il y a une grande puissance qu'on ne peut pas imaginer dans l'esprit des hommes : « Au fond de l'esprit de l'homme, il existe une puissance de pensée insoupçonnée et latente qui dépasse de beaucoup le peu que nous en connaissons. L'esprit humain a une valeur plus grande que celle que nous lui attribuons.» (*Cahiers*, t. XIX, p.148.)

1.3.3.4   L'enrichissement de l'âme en Orient

Pour Maurice Barrès, son attachement à l'âme s'explicite également dans ses réflexions d'une nouvelle dimension — l'Orient. Il considère l'Orient comme un lieu de rêve où son âme peut se reposer et se purifier. Barrès, lui-même, visite cette terre en 1914 en vue de chercher des inspirations et l'enrichissement spirituel. Comme il exprime dans ses cahiers, il a deux missions principales dans son programme en se rendant en Orient : l'une est d'enquêter sur la présence française au Levant, et surtout sur l'état de la puissance spirituelle de la France en Orient; l'autre est de découvrir l'Orient spirituel et mystique.

Comme le dit Barrès au début de ses *Cahiers*, son attachement à l'Asie remonte à sa petite enfance, quand sa mère lui fait lecture de *Richard en Palestine* et *Ivanhoé* de Walter Scott. Dans la dédicace d'*Une enquête aux pays du Levant* à Henri Bremond, il décrit également son penchant pour l'Orient :

Je suis né pour aimer l'Asie, au point qu'enfant je la respirais dans les fleurs d'un jardin de Lorraine; et maintenant encore, la tulipe, le jasmin, le narcisse, le lilas, la jacinthe et les roses me plaisent pour une grande part parce qu'ils viennent de Chiraz, d'Arabie, de l'Inde, de Constantinople et de Tartarie.[1]

Et puis, l'apparition d'un Orient dans la vie de Barrès suiscite la passion de l'auteur vers l'Orient. En mars 1897, Barrès écrit dans son cahier:

Comme j'avais trente ans un homme est entré dans ma vie et il m'apportait l'Orient [...] Je n'avais jamais pu m'accommoder de la rude vie de mon pays, de mon siècle et je disais: « Il est malheureux qu'on m'ait donné une compréhension de la vertu qui n'est pas partagée par mes contemporains.» Or l'Asie, c'est le pays que j'aime [...] Le jeune Renan si insultant, âpre et dur, en Orient reconnaît le sein de sa nourriture. (*Cahiers*, t. XIII, p.96.)

Cet homme qui lui inspire sur l'Orient, c'est Garabed, un ami oriental de Barrès. C'est aussi Garabed qui lui montre la beauté de la mort. Dans *Mes Cahiers*, Barrès décrit l'une de ses causeries avec Garabed:

— Je ne veux plus que vous me promeniez dans ce bois triste comme un cimetière.

— Beau comme la mort.

— Tout ce que vous me dites me décompose.

— Il n'y a rien de beau sans la mort. Vous-même la mêlez aux histoires qui, pour vous, prolongent l'horizon.

— Quelles histoires?

— Celui qui dit: le soleil lui aussi pâlit. Il y a là trois belles choses: un héros, le soleil et la mort. (*Cahiers*, t. XIII, p.85.)

Son enthousiasme vis-à-vis l'Orient, l'envahit de temps en temps, surtout quand il se sent mal à l'aise dans la vie réelle. « De temps à autre, il m'arrivait de trop céder à ma passion orientale, à mon goût malsain pour l'Espagne et de laisser prendre en

---

[1] Maurice Barrès, *Une enquête aux pays du Levant*, in *L'Œuvre de Maurice Barrès*, Tome XI, Paris, Au Club De l'Honnête Homme, 1967 [1923], p.102.

moi le dessus à des éléments négateurs de la vie moderne et de ses principes moraux.»
(*Cahiers*, t. XIII, p. 213.) Barrès se trouve bien dans ses rêves d'Orient qui le
débarrassent des ennuis quotidiens. Voici ce qu'il écrit dans un cahier : « Chateaubriand
dans son ambassade de Londres se rappelait sa misère. Moi, dans mes activités, dans
ma vie extérieure, je me lave, je me purifie dans mes rêves d'Orient. Bibliothèque
orientale.» (*Cahiers*, t. XIII, p. 229.) L'Orient pour Barrès est un lieu idéal sans
contrainte, comme sa colline de Sion où il est le roi spirituel. « L'Orient pour moi,
c'est le sans borne du rêve, c'est le fleuve ininterrompu. Et je suis heureux quand je
pense que l'Orient, c'est pour moi l'impératrice d'Autriche venue s'asseoir sur ma
montagne de Sion.» (*Cahiers*, t. XIII, p.313.) Attiré par l'Orient, Barrès a tendance
de le décrire dans ses écrits. Alors, l'image d'Orient apparaît dans plusieurs de ses
œuvres, telles que Marina dans *L'Ennemi des lois*, Astiné Aravian dans les
Déracinés, Oriante dans *Un jardin sur l'Oronte*. Après son voyage en Orient en mai-
juin 1914, il projette d'écrire une œuvre sur ce voyage, mais la première Guerre
mondiale l'oblige à remettre son projet à plus tard. Mais il le reprend après la guerre
et crée trois œuvres avec les styles d'écriture totalement différents, l'un est un roman
de pure imagination *Un jardin sur l'Oronte* qui est publié en mai 1922, le second est
un récit de voyage *Une enquête aux pays du Levant* publié en novembre 1923, et le
dernier est un recueil de rapports *Faut-il autoriser les congrégations?* publié en 1924.

Nous prenons l'exemple d'*Une enquête aux pays du Levant*. Comme écrivain
voyageur, Maurice Barrès visite beaucoup de pays, tels que l'Italie et l'Espagne.
Attiré par l'Orient depuis son enfance, il se rend aussi en Algérie en 1898, en Grèce
en 1900 et en Égypte en 1907. *Une enquête aux pays du Levant* est un récit de voyage
accompli en 1914 vers le Liban, la Syrie et la Turquie, et publié sous forme de livre
en 1923, quelques jours avant la mort de Barrès. Le projet d'écrire un livre sur son
voyage en Orient est interrompu par la Première Guerre Mondiale, qui est repris
après la Guerre, mais avec maturité en ajoutant ses réflexions du domaine spirituel.
Et en 1923, *Une enquête aux pays du Levant* est mise au jour. Au point de vue de
Barrès, ce livre est le résultat de l'union de ses deux pensées en différentes périodes :
l'une au cours de son voyage en Orient et l'autre qui a passé le test sévère de la
Guerre : « Au moment où j'achève de publier cette étude, neuf années après mon

retour à Paris, deux images de mon voyage se présentent à mon esprit avec une force singulière, deux images distinctes et qui pourtant s'appareillent [...] » (*Enquête*, p.470.) Ce n'est pas seulement un récit de voyage, selon Ida-Marie Frandon, un spécialiste de Maurice Barrès, « c'est surtout une atmosphère éthique, philosophique, religieuse, esthétique même et toujours poétique, dans laquelle il a vécu son rêve de la destinée humaine; c'est l'attitude d'un homme devant le problème de l'univers et du divin.① » Comme l'auteur l'écrit dans son cahier, c'est un livre de « grande spiritualité »: « Il y a là des multitudes d'esquisses tracées avec la plus ardente passion, sous la poussée du fait immédiat, qui décèlent les instincts de la nature dans sa crise et qui sont d'incomparables documents spirituels. Oui, un livre de la plus grande spiritualité.» (*Cahiers*, t. XX, p.117.)

D'ailleurs, dans cette œuvre, il parle de sa vocation — « l'éducation de l'âme ». C'est un sujet qui apparaît dans toutes ses œuvres, comme sa première trilogie *Le Culte du moi*, son œuvre à la défense des églises *La Grande Pitié des église de France*. Dans l'œuvre, Barrès décrit ce qu'il cherche au cours de son voyage d'Orient — « un enrichissement de l'âme ». Alors, aux pays d'Orient, l'auteur essaie de comprendre les diverses formes de spiritualité d'Orient, il s'intéresse aux grands esprits orientaux qui nourrissent l'âme des gens et les modèlent. Avec ces âmes, les valeurs morales s'élèvent, la vie est remplie de poésie: « J'apporte ici une curiosité, un sentiment, non de l'architecture, mais des types créés, non des races animales, mais des groupes d'âmes. J'aime les gens qui modèlent des groupes.» (*Cahiers*, t. XX, p.86.) Par exemple, il montre une grande curiosité à Djélal-eddin Roumi, maître des danses mystiques en Orient. Surnommé aussi Mawlanna, qui signifie « notre maître », Djélal-eddin Roumi (1207-1273) est un des plus grands poètes mystiques de l'islam et un des plus hauts génies de la littérature spirituelle universelle. À l'arrivée à Konia, « la ville des danseurs mystiques » (*Enquête*, p.380.) , Barrès est impatient à se renseigner sur les derviches, particulièrement sur le maître Djélal-eddin Roumi. Barrès parcourt la ville et suit les traces des derviches tourneurs en essayant de saisir leur esprit le plus profond dans les danses. Curieux de

---

① Ida-Marie Frandon, *L'Orient de Maurice Barrès*, Publications Romanes et Françaises, 1952, p.3.

ce maître des derviches, Barrès visite son tombeau à Konia et tient des conversations avec le Tchélébi, le descendant de Djélal-eddin et successeur à la tête de l'ordre des Mevlévis. En vue de pénétrer dans l'esprit du maître des tourneurs mystiques, les livres ne suffisent pas pour Barrès, et le Tchélébi est exactement la personne dont il a besoin : « Il ne me suffit pas d'avoir les textes. J'en voudrais posséder l'esprit. Quel privilège pour moi de causer avec le successeur du grand Djélal-eddin, avec l'héritier de son sang et de sa pensée! » (*Enquête*, p.419.) En apprenant le sens de la danse mystique, Barrès est pris de ravissement lors du concert des derviches qui chantent et dansent les deux grands poèmes de Djélal-eddin à la mémoire de son ami Chems-eddin : le *Mesnévi* et le *Divan*. À travers ce concert, il découvrira l'esprit du maître : ses méthodes d'extase et son enthousiasme. Barrès pense qu'il est possible d'atteindre des états mystiques à travers les chef-d'œuvres : un tableau, une danse, etc. Les chef-d'œuvres enregistrent et transmettent l'extase mystique à travers les siècles, qui fournissent une sorte de forces aux êtres.

> Cette électricité du ciel, on peut l'accumuler dans un poème, dans une musique, dans un tableau, dans une cathédrale. Un moment d'union à l'esprit qui vivifie le monde va pour jamais nous charger de force. Resserré dans un chef-d'œuvre, l'enthousiasme d'un beau génie se dilatera indéfiniment dans les âmes. La fontaine a jailli si fort qu'elle ne cessera plus dès lors d'abreuver. (*Enquête*, p.442.)

Après avoir visité le tombeau de Djélal-eddin, Barrès, attiré par l'amitié de Djélal-eddin et de Chems-eddin, se rend dans le quartier musulman de Chemsi à Konia où repose Chems-eddin. Barrès admire l'alliance des grands esprits, comme celle de Djélal-eddin et Chems-eddin :

> Quel chapitre de l'histoire des grandes âmes! Histoire héroïque, histoire éternelle. De nos jours encore, c'est le même phénomène. Deux mystiques, s'ils se rencontrent, se confirment l'un l'autre dans la confiance qu'ils peuvent avoir de leurs expériences [...] Cet influx réciproque de deux êtres, cette fascination

et cet engendrement des âmes, c'est un phénomène primitif et qui compte parmi les pulsations vitales du cœur de l'humanité. Chaque race, chaque pays, chacun de nous, peut-être, l'a éprouvé. (*Enquête*, pp.422-423.)

D'après Barrès, cette alliance spirituelle peut se passer dans n'importe quel pays et à n'importe quelle époque, c'est un phénomène universel. La rencontre des deux esprits fait jaillir les étincelles dans la voie vers la vérité suprême. Quant à Djélal-eddin et Chems-eddin, Barrès pense que les gens d'aujourd'hui peuvent encore éprouver la joie dans leur rencontre malgré les sept siècles dépassés.

Outre les grands esprits orientaux, Barrès montre également son respect aux missionnaires français qui prêchent sur la terre d'Orient. Durant son séjour, Barrès rencontre des prêtres français qui se donnent corps et âmes dans leurs œuvres sublimes. Ils s'éloignent de leur patrie pour accomplir la tâche divine. Barrès apprécie leur esprit de sacrifice et les considère comme des poètes qui écrivent des poèmes éternels pour l'humanité:

J'ai vu en Orient les prêtres français, ces poètes [...] Eux ils s'engouffrent corps et âmes dans les fondations de leurs grandes tâches immortelles [...] Ils apportent leurs bras, leur cerveau, leur amour et se donnent sans compter, jusqu'à la mort. Pourquoi? Par zèle à une œuvre qu'il s'agit de continuer et pour leur propre salut, pour achever un premier poème, une certaine Asie, et pour se placer dans un second poème plus beau, le Paradis. (*Cahiers*, t. XVIII, p.195.)

À Damas, Barrès voit les Filles de la Charité qui enseignent le français aux enfants et soignent les malades. Dans ses yeux, c'est une société d'Anges qui apporte le bonheur au monde actuel et élève l'âme des êtres humains. Elles effectuent un travail sublime par leurs actes et leurs propos.

Quant à ces filles de Monsieur Vincent, pas un de leurs mouvements qui ne crie: « La règle, la morale, un joug? Eh! Ce sont deux ailes, pour nous élever vers une destinée plus heureuse ; deux moyens d'accéder au bonheur. Pesante, la morale chrétienne? Mais elle nous soulève.» De là cette allégresse paisible et constante que respirent tous leurs propos et tous leurs actes. (*Enquête* , p.214.)

Toutefois, malgré son attachement à l'Orient, Barrès ne l'apprécie pas tout le temps, parfois sa pensée sur cette terre est un peu contradictoire. Dans un cahier en avril 1923, Barrès note : « *Faut-il autoriser les Congrégations?* —[...] Nous aimons que les Français, quand ils vont dans un pays exotique et primitif, encore barbare, y apportent la rénovation intellectuelle et morale.» (*Cahiers* , t. XX, p.133.) Ici, le terme « barbare » montre sa position supérieure face aux pays orientaux. Ainsi, Barrès approuve les tâches des missionnaires français, ceux-ci apportent aux Orientaux une pensée supérieure qui est favorable à leur union, et s'efforcent à civiliser les pays plutôt primitifs. Du coup, nous pourrions dire que la pensée de Barrès sur l'Orient est contradictoire, d'un côté, il veut garder la singularité et la diversité de l'Orient, d'autre côté, il veut les civiliser.

CHAPITRE II   L'UNIVERS BARRÉSIEN

La géographie est un élément important dans la vision que Barrès a du monde et des êtres. Dans son œuvre, il y a aussi des constantes de ce côté-là, et ce que nous pouvons appeler l'« univers barrésien » qui est constitué par la nature, les cimetières et les monuments. Alors, dans les paragraphes suivants, nous allons analyser respectivement les aspects ou plutôt les idées incarnés dans l'univers barrésien: la terre, la mort et la patrie.

A. La nature

On l'a vu à plusieurs reprises, Barrès s'attache à l'âme et à l'inspiration. Selon lui, on peut les trouver dans les cimetières, dans les prairies, dans les déserts, bref, partout dans la nature. En Lorraine, Barrès cherche les antiques légendes qui touchent l'âme dans la nature:

> Le monde est plein de pouvoirs occultes qui gisent dans les cimetières et dans nos consciences, dans les prairies et dans les bois. Nous ne vivons vraiment qu'au moment où nous percevons par la douleur, la terreur ou l'amour ces palpitations de l'âme et de la nature.
>
> En quittant le cimetière, par le plus doux soleil d'octobre, je suis allé reconnaître sur le grand plateau qui s'élève de la Moselle vers Rambervillers, les sources de l'Euron [...] De nombreuses légendes y naquirent, que je trouverais qui dorment au milieu des fumiers du village voisin. (*Mystère*, p.824.)

Selon Barrès, les forces primitives qui s'incarnent dans les légendes antiques existent

41

toujours au cœur de l'être humain, mais elles ont besoin d'être réveillées par la nature et la conscience. Barrès fait l'éloge de cette intuition dans son œuvre, parce qu'il pense qu'elle peut « rafraîchir notre âme » en apportant une nouvelle source d'inspiration. Et c'est dans la nature que nous pourrions trouver cette intuition:

Une infinie complaisance pour les dieux de l'âme et de la nature habite encore le fond de nos cœurs. Elle y semble assoupie, quelques-uns disent morte. Mais une prairie au bord des bois sous un ciel nuageux, un poème à demi fermé sur lequel flottent des fantômes, suffisent à la réveiller. Cette eau qui sourd, qui vient mouiller les herbages, puis prend sa course vive, ces pensées qui naissent éternellement du génie de la race pour rafraîchir notre âme et recevoir d'elle une pente, raniment en nous les émotions primitives. D'anciennes forces accourent sans bruit, comme une barque glisse, comme les flocons de neige tombent. Elles nous enveloppent d'un subtil élément. Loin des réalités incomplètes et grossières, à l'abri de ce nuage, nous accueillons avec amour les songes qui redressent l'âme. (*Mystère*, p.825.)

La nature, dans l'œuvre de Barrès, possède toujours la puissance de calmer l'âme des personnages, comme sur la sienne propre. Dans la nature, il se sent lié étroitement à la terre et aux morts. De plus, les héros dans ses romans communiquent souvent avec les ancêtres aux cimetières ou dans un bois, comme Léopold dans *La Colline inspirée*. Léopold se promène souvent dans les bois: là, il communique librement avec la nature et y trouve l'appui de ses ancêtres.

Pour Léopold Baillard, au centre du mystérieux univers, la colline est peuplée d'êtres surnaturels. Il les appelle les anges. Il perçoit leurs présences invisibles à la traversée du bois de Plaimont, ou s'il respire la fraîcheur des trois sources. Et quand du fond de son âme s'élèvent des rêveries non influencées par sa raison, il ne doute pas que ce ne soient les voix des messagers aériens, avant-coureurs de l'armée réunie pour la délivrance prochaine. (*Colline*, p.189.)

En outre, dans la forêt, il aime fréquenter les cimetières où reposent ses ancêtres. Dans la belle saison, il s'assoit souvent sous les vieux arbres près des tombes. Il trouve tout ce qu'il veut dans la nature: la consolation, la correspondance, l'harmonie, etc.

Le rôle de la nature est également présenté dans d'autres livrres de Barrès. Nous prenons l'exemple de la deuxième trilogie de Barrès - *Le Roman de l'énergie nationale*. Dans *Les Déracinés*, Sturel se présente comme un homme sensible, « il (Sturel) se prit à aimer la nature qui seule reposait sa pensée autant que le vert repose les yeux ». (*Déracinés*, p.309.) Dans la réalité, il ne trouve pas le sens de la vie, seulement la nature comprend sa douleur et sa perplexité. Dans le chapitre VIII « Au tombeau de Napoléon », les sept déracinés « évoquaient les morts » (*Déracinés*, p.169.). C'est dans la nature qu'ils trouvent le calme de leur âme. Dans *l'Appel au Soldat*, quand Sturel arrive dans les vallées de Côme en Italie, il apprécie l'harmonie du paysage qui met en ordre ses sensations et lui montre « un caractère d'immortalité »:

> Dès avril, la lumière, les fleurs, le bruissement des barques sur l'eau miroitante, tous ces espaces qui nous serrent le cœur, tous ces silences qui crient d'amour, composent, sur ces vallées de Côme, un orchestre magnifique par ses moyens d'expression, un tourbillon délicieux d'harmonie, un pur lyrisme qui magnifie nos bonheurs, nos malheurs, chacun de nos sentiments précis, et qui les élève, comme une créature à qui les dieux tendent les bras, hors du temps et de l'espace. Par un temps, favorable et au début d'un séjour, chaque minute y prend un caractère d'immortalité. (*Appel*, p.766.)

Plus tard, en recevant l'invitation de Saint-Phlin, Sturel décide de visiter leur pays natal avec son ami. Arrivé dans la propriété de Saint-Phlin, il y trouve la paix et l'harmonie, opposées au tumulte à Paris. Le tableau qui en est fait dans le roman décrit une sorte de moment idéal où tout à coup tout prend sa place, comme miraculeusement, aussi bien les êtres que les lieux.

Ce soir-là, envahi par une paix profonde, Sturel comprenait les harmonies de cette prairie, de ce ciel doux, de ces paysans, de son ami, de cette aïeule attentive à surveiller un étranger. Il les effleurait tous d'une pensée, il recevait de chacun une impression, et il regrettait d'avoir distrait sa mère de leur milieu naturel pour se perdre avec elle dans le tumulte aride de Paris. » (*Appel*, p.890.)

En ce qui concerne le troisième volet de la trilogie *Leurs Figures*, même si dans le roman, il n'y a pas beaucoup d'expressions sur la nature, nous voyons encore l'amour de Maurice Barrès pour la nature, car chaque fois quand les protagonistes se trouvent dans l'abîme, ils cherchent la consolation dans la nature. Par exemple, au dernier chapitre du livre, les deux échoués Sturel et Bouteiller viennent chercher calme et silence dans le parc de Versailles: « Mais Versailles, harmonieux symbole, contient toute la théorie de la discipline française; un plan raisonnable et les siècles contraignent les pierres, les marbres, les bronzes, les bois et le ciel à n'y faire qu'une immense vie commune.» (*Figures*, p.1211.)

Par ailleurs, Barrès aborde également des grands esprits qui partagent son amour de la nature, tel que François d'Assise. François d'Assise (vers 1182-1226) est le fondateur de l'ordre des Franciscains, qui a laissé de nombreux écrits de genres variés, y compris le *Cantique des Créatures* ou autrement dit le *Cantique du Soleil*. Dans ce chant, il loue l'amour divin et la fraternité universelle en se référant aux animaux comme à des frères et des sœurs des êtres humains et en appelant des créations comme « Frère Feu », « Sœur Eau », etc. Selon François d'Assise, la nature mérite d'être protégée par l'humanité. En regardant les animaux, les arbres, les ruisseaux, un sentiment sublime surgit, parce qu'ils sont une partie de la nature. Barrès partage et apprécie la vision de François sur la nature. Influencé par le dernier, initiateur de la fraternité universelle, Barrès montre également son amour de la nature dans ses écrits.

Je veux humaniser l'animal. Je le veux, avec l'animal lui-même.

J'aime la charmante majesté mise dans le monde des bêtes par saint François.

Saint François, son cantique des créatures au soleil, cette place faite aux

animaux dans la charité chrétienne, c'est bien beau. Qu'en est-il advenu?
(*Cahiers*, t. XIX, p.143.)

Dans les *Cahiers*, Barrès mentionne plusieurs fois la pensée de François
d'Assise, surtout celle de la nature. Dans un cahier de janvier 1921, il exprime le
souhait qu'un jour l'amour de la nature de François d'Assise puisse se répandre dans
le cœur des hommes. Plus tard, en juillet 1921, Barrès reparle de François d'Assise
à l'occasion de la description d'un tableau :

> *Saint François d'Assise et les bêtes*. Il est, au musée de Madrid, un tableau,
> qu'il faut aimer et comprendre, de Francisco de Ribalta : un saint François
> fiévreux, malade, pauvre petit bout d'homme chétif sur son grabat, mais un
> ange flotte dans l'air et l'enchante, le magnétise des accords de sa viole. Un
> petit agneau, ses deux pattes de devant posées sur le lit, s'efforce d'y grimper et
> de venir consoler l'ami de Dieu et des bêtes. (*Cahiers*, t. XIX, p.311.)

Quelques jours après, Barrès repense à l'amour de François d'Assise pour les
animaux. Selon le dernier, les animaux méritent d'être chantés et aimés, tels que les
chevaux dans les chansons de geste, puisqu'ils font partie de l'univers.

> L'amour des animaux.
> Ce sont des êtres inoffensifs, qui sont des collaborateurs de l'homme, des amis
> de l'homme, et puis il y a surtout l'acte de foi d'un chrétien dans les éléments
> bons du monde. Saint François ne prend pas le monde intégralement. (*Cahiers*,
> t. XIX, p.319.)

Plus tard, dans un cahier de 1922, Barrès repense à François d'Assise qui fait
louange de la nature. La bonté, la tendresse et la fraternité, ce sont ses moyens pour
exprimer son amour universelle. Outre les *Cahiers*, la figure François est aussi
mentionnée dans d'autres textes de Barrès, tel que *Sous le signe de l'Esprit* comprise
dans *Le Mystère en pleine lumière*. Dans le texte qui suit, Barrès décrit l'arrivée d'un

pigeon dans sa maison. En regardant ce petit animal, il exprime son amour pour les animaux, pense à François d'Assise qui prêche l'amour de toute la Création :

> J'aime les bêtes comme on aime les fleurs, pour l'agrément de leurs physionomies ; je les aime aussi pour leur vie intérieure [...]
> Je songe à saint François d'Assise, qui n'eut pas de disciple dans son amitié des bêtes, et je voudrais me ranger à la suite de cet homme divin. Il nous proposait un approfondissement du cœur et puis un but en avant des réalités présentes. (*Mystère*, pp.829-830.)

Ainsi, nous pourrions imaginer que l'intérêt de Barrès à François d'Assise puisse s'articuler à son goût pour la terre et la nature. Pareil l'un à l'autre, les deux âmes voudraient y trouver des appuis et des inspirations.

B. Les cimetières

Les cimetières constituent un autre élément important de l'univers de Barrès. Son attachement aux morts se voit par ses multiples visites aux cimetières. D'après lui, c'est dans les cimetières que les douleurs sont encadrées et dissoutes et on y retrouve la force des ancêtres. Où qu'il se trouve, c'est dans les cimetières qu'il vient sentir la terre et tenter de la connaître. En juillet 1901, il écrit dans un cahier : « Je sentais des aspirations n'importe où, d'abord vers Paris, vers l'Italie, vers l'Espagne. Je n'ai pas cessé de désirer l'Orient. À l'usage, j'ai vu que je n'aimais pas dans ces pays-là que la terre des morts, des cimetières, des rêveries, le lieu des rêves et du mystère. » (*Cahiers*, t. XIII, p.312.) Il aime bien tous ces pays qu'il a visités, et ce qui l'attire le plus dans ces pays, ce sont les terres où reposent les morts : « Mais surtout qu'ai-je tant aimé à Venise, à Tolède, à Sparte ; qu'ai-je désiré vers la Perse ? Des cimetières. » (*Cahiers*, t. XIII, p.312.) Par exemple, en Égypte, Barrès trouve un modèle du culte des morts. Le culte des morts à Louqsor — où les tombeaux semblent avoir plus d'importance que tout le reste — l'interroge et l'attire : « *Les Tombeaux*. - Voici la ville des tombeaux... Ce peuple n'attachait de prix qu'à ses maisons éternelles, à ses tombeaux. Il les construisait plus beaux que ses maisons passagères. »

46

(*Cahiers*, t. XV, p.316.) Quand Barrès visite le musée du Caire, l'idée de la mort surgit. À ses yeux, l'Égypte est un pays qui tient plus de compte de la mort que la vie actuelle :

> Si j'ai bien compris, dans ce musée, presque tout se rapporte à l'idée de mort. Presque tout a été trouvé dans les tombeaux, cela nous dispose à voir l'Égypte comme le pays où la vie fut subordonnée à l'idée de la mort. Il est certain que la vie d'outre-tombe y jouait un grand rôle [...] on y a beaucoup moins bouleversé les tombes qu'on ne fait dans nos cimetières. (*Cahiers*, t. XV, p.339.)

En outre, les Égyptiens attachent tellement de l'importance à la vie après la mort, qu'ils ont des rites bien spécifiques : « Dans les tombeaux on trouve la représentation de tous les objets utiles à la vie (et parfois les objets eux-mêmes). La mort s'assurait ainsi la prospérité dans l'autre vie. L'autre vie n'était pas une chose vague : il y voulait ce qui fait la vie facile et heureuse.» (*Cahiers*, t. XV, p.339.)

Les cimetières étrangers ne sont qu'un exemple de sa passion pour ces endroits à la fois dans le monde et en dehors du monde. En France, dès qu'il le peut, il se rend dans un cimetière. En septembre 1907, quand Barrès roule en automobile sur la route de Bourg à Grenoble, il s'arrête à Ambérieu en raison de l'attrait du nom de cette ville. Comme d'habitude, il visite le cimetière, mais il se sent déçu en voyant le paysage languissant : « Ce nom qui me surprend chante si fort qu'il m'oblige à m'arrêter. Je parcours le cimetière. Sur le côté du village, un triste enclos de quatre murs, où les morts sont pressés, avec bien peu d'arbre.» (*Cahiers*, t. XV, p.262.) Dans un cahier de 1910, il s'interroge sur son goût pour les cimetières. Son idée de la mort surgit par instinct, c'est le choix de son cœur. Il essaie de chercher l'éternité et l'hérédité dans la mort, et il trouve un appui de cette idée dans un texte de Pascal :

> Serait-il vrai que dans ma vie ce que je préfère c'est ma tombe? Je ne travaille, je n'existe, à bien voir, que pour la construire. Je n'en ai pas ainsi décidé avec ma raison claire, mais tel est, de fait, l'emploi de mes jours. Prodigieux acharnement surgi du fond de mon cœur. Serait-ce pour ne pas me dissoudre,

pour durer par cet expédient. Serait-ce que je m'accorde avec le texte de Pascal : « C'est une chose horrible de sentir s'écouler tout ce qu'on possède.» (*Cahiers*, t. XVI, p.336.)

Plus tard, il répète cette idée dans un discours à Metz. En août 1911, Barrès se rend à Metz pour visiter les tombes de 1870 et participe à une réunion secrète organisée par les chefs de la résistance lorraine où il fait un discours. Après avoir prié pour les soldats morts dans la guerre de 1870 dans l'église Notre-Dame de Metz, il se rend au cimetière pour rendre hommage aux morts.

Dans la vieille église Notre-Dame, chacun de nous a fait pour eux la prière qu'il sait faire, la sainte prière des catholiques, la prière des protestants, la prière aussi de celui qui ne connaît pas l'objet de ses vénérations, mais que le culte du sacrifice consenti par des héros agenouille avec ses frères les croyants. Et puis, nous sommes allés au cimetière de Chambières porter nos couronnes et nous incliner très bas devant les nobles femmes de Metz qui, après avoir consolé nos soldats mourants, entretiennent leurs tombes.[1]

Au-delà des cimetières, plus généralement la mort hante Barrès, ce qui se voit d'ailleurs bien dans ses romans. Là, les cimetières ne sont pas présentés obscurs et terrifiants mais plutôt comme prêtant appui aux vivants. Dans *L'Appel au soldat*, durant le voyage mené par Sturel et Saint-Phlin, Sturel exprime son attachement aux cimetières : «- Si je voyageais seul, Saint-Phlin, je visiterais tous les cimetières sur ma route [...]» (*Appel*, p.943.) Sturel y voit le passé et le « prolongement » des ancêtres. Dans l'*Ennemi des lois*, la princesse russe Marina exprime son attachement au cimetière lors de l'enterrement de sa tante qui s'était occupé d'elle dans son enfance. Elle le compare à une chambre à coucher, c'est le lieu où repose sa tante qui l'aimait beaucoup, c'est la raison pour laquelle elle se sent bien au cimetière.

---

[1]   Maurice Barrès, *Un discours à Metz*, Annexes dans *Colette Baudoche*, in *Maurice Barrès, romans et voyages*, Tome II, Paris, Robert Laffont, 1994, p.374.

Après le repas, et quand les hommes faisaient du bruit, je suis allée au cimetière inspecter l'arrangement, et puis je pensais qu'elle me voyait et que ça faisait bien. À la campagne, d'ailleurs, on se familiarise avec le cimetière, c'est comme une chambre où l'on se couche. (*Ennemi*, p.297.)

Et puis, dans l'*Amori et dolori sacrum*, il y a aussi la description sur les cimetières. Dans la première partie « La mort de Venise », Barrès décrit sa visite à Venise. Le lieu qu'il a choisi de visiter le premier est l'île Saint-Michel, une île-cimetière de la ville de Venise:

La première étape de ce pèlerinage, c'est, après vingt minutes, Saint-Michel, l'île de la mort. Ce cimetière de Venise est clos par un grand mur rouge, et présente une cathédrale de marbre blanc, avec une maison basse, rouge elle aussi, dont les fenêtres ouvrent sur les eaux vertes et plates à l'infini de cette mer captive. (*Amori...*, p.23.)

L'idée de la mort de Barrès est aussi exprimée dans *Le Voyage de Sparte*. Comme les voyages ailleurs, les cimetières constituent ses endroits préférés en Grèce. À Athènes, il visite le Céramique, le quartier des potiers, et son cimetière antique. Ici, Barrès lie la mort à la « dignité »: « Mais au Céramique, on accepte la mort. Toutes les vertus que contient le mot « dignité » sont réunies sur cette vierge. » (*Sparte*, p.430.) À Mycènes, une cité antique préhellénique au nord-est de la plaine d'Argos, Barrès repense au culte des morts et croit qu' « à Mycènes, plus qu'ailleurs, on subissait les ordres des tombeaux » (*Sparte*, p.453.). Comme d'habitude, il pense que les êtres sont le prolongement des ancêtres qui existent sous une autre forme dans un autre espace, et qu'il faut écouter les ordres des morts et les vénérer.

Aussi bien, on suit leur cours dans l'œuvre des grands poètes, de Dante, de Pascal, qui, pour les adoucir, y mêlent l'idée de la grâce. Nous sommes asservis aux transmissions du passé; nos morts nous donnent leurs ordres auxquels il nous faut obéir ; nous ne sommes pas libres de choisir. Ils ne sont pas nos morts, ils sont notre activité vivante. (*Sparte*, p.454.)

Plus loin dans le texte, il réaffirme son attachement aux cimetières quand il visite le tombeau de Ménélas, le roi mythique de Sparte, et celui de Léonidas, le roi de Sparte de 489 à 480 av. J.-C. : « C'est possible qu'en tous lieux la nature révèle un dieu, mais je ne puis entendre son hymne que sur la tombe des grands hommes. » (*Sparte*, p.466.)

Outre la nature et les cimetières, un autre élément gravé dans l'univers barrésien est les monuments historiques, notamment les édifices religieux.

C. Les monuments

Les cimetières ne sont pas les seuls lieux privilégiés dans l'œuvre de Barrès. Les monuments historiques le sont tout autant, qui conservent l'âme des ancêtres et maintiennent les traces de l'histoire du pays. Comme monument historique, les édifices religieux sont une des grandes préoccupations de Barrès, il décrit des scènes qui se déroulent dans les églises et même les édifices eux-mêmes, soit dans ses *Cahiers*, soit dans ses œuvres littéraires. Par exemple, dans ses *Cahiers*, il rend compte de sa visite dans la cathédrale de Reims. En 1912, quand il se promène dans la cathédrale, un sentiment de sublime surgit : « Avec quelle plénitude paisible, ce matin que je me promenais dans la cathédrale de Reims, j'ai reconnu dans ses tapisseries les histoires de ma petite histoire sainte d'enfant. J'ai reconnu là, j'ai senti dans sa formation le sublime d'un peuple. » (*Cahiers*, t. XVII, p.183.)

Alors, nous verrons la description de différentes églises sous la plume de Barrès en prenant l'exemple de la cathédrale Notre-Dame de Strasbourg, des églises de Mistra et de la cathédrale de Tolède. La cathédrale Notre-Dame de Strasbourg, aux yeux de Barrès, conserve bien l'histoire de la patrie. Elle est très présente, particulièrement dans ses *Cahiers*. Barrès apprécie même le paysage autour de la cathédrale. Voici sa description dans un cahier :

Près du ruisseau de Mossig, à Kronthal, entre Marenheim et Huffelheim, d'où viennent la plupart des belles pierres de grès rose de la cathédrale de Strasbourg, on entend souvent dans les nuits tranquilles un chant doux et mélodieux. Il provient des beaux serpents qui sont près du bord et dont on voit briller dans le gazon les couronnes d'or. (*Cahiers*, t. XIV, p.92.)

Et puis, dans *Au service de l'Allemagne*, Barrès fait de la cathédrale, une représentation de la morale française, et son existence sur la terre vaincue de l'Allemagne indique la résistance des Alsaciens et des Lorrains pour la continuité de l'esprit français.

Au milieu de la ville, au-dessus des vicissitudes, la noble cathédrale veille et demeure; sa continuité me rassure contre des couleurs éphémères; elle est, au-dessus des passagères puissances germaines, une haute pensée de chez nous, le témoignage d'une conception d'ordre et de beauté, fleurie d'abord dans le bassin de la Seine. (*Allemagne*, pp.229-230.)

En ce qui concerne les églises de Mistra, elle garde l'histoire de la ville. Dans *Le Voyage de Sparte*, Barrès raconte sa visite à Mistra, une ancienne cité de Morée près de l'antique Sparte. Il intitule sa méditation sur la visite « L'ascension de Mistra ». En fait, toute la cité satisfait les besoins profonds de Barrès, il y voit la beauté, il y goûte la splendeur, il y éprouve le plaisir. Dans le texte, il compare Mistra à une jeune femme, élégante et vigoureuse: « Mistra ressemble à telle jeune femme de qui un mot, un simple geste nous convainc que ses secrets, ses palpitations et son parfum satisferaient, pour notre vie entière, nos plus profonds désirs de bonheur.» (*Sparte*, p.474.) Les églises qui conservent l'âme des ancêtres de la ville, selon Barrès, sont un endroit idéal pour connaître l'histoire d'une ville. C'est sans doute pour cette raison que ces édifices constituent toujours les lieux préférés de Barrès lors de ses voyages dans une nouvelle ville. C'est le même cas pour sa visite à Mistra:

J'entrai dans une petite église à coupole verte, exquise de paix; il n'y avait pas un pouce de sa muraille qui ne fût couvert de fresques, pareilles à des soies fanées: je me rappelle un Christ, sur une ânesse blanche, qui pénètre dans une ville du Moyen Âge, et déjà la cène est prête sous un dôme byzantin. Un peu plus loin, je visitai deux chapelles qui se commandent, comme un boudoir précède un boudoir plus secret; je dus me courber, tant elles étaient basses, et mes deux mains touchaient à la fois les deux murs. Ailleurs, mon guide me montra le tombeau d'une impératrice de Byzance; il l'appelait la belle Théodora Tocco. (*Sparte*, pp.474-475.)

Dans les monuments qui sont en quelque sorte dévastés à cause du temps passé, Barrès n'éprouve pas de tristesse, mais il y voit un message d'espoir à travers ce qui ressemble pour lui à une « jeune femme »:

Mistra s'effrite sans tristesse. Ses couvents, ses mosquées, ses églises latines et byzantines gardent un air familier délicieusement jeune. Au milieu de cette dévastation lumineuse, j'ai vu les plus noirs cyprès; dans la cour de l'église métropolitaine, l'un d'eux valait une colonne de Phidias, tandis qu'à ses pieds un lilas embaumait. (*Sparte*, p.475.)

A propos de la cathédrale de Tolède, elle est décrite respectivement dans deux œuvres de Barrès: *Du sang, de la volupté et de la mort* et *Greco ou le secret de Tolède*. En octobre 1893, l'auteur écrit « Quand une jeune femme sent le vide de son cœur et de ses mains » inclu dans *Du sang, de la volupté et de la mort*. Il considère la cathédrale de Tolède comme « le lieu du monde le plus somptueusement meublé » qui possède la fonction de calmer les âmes. Là, se conservent les voix des morts qui prononcent la vérité:

La Pia et Lucien entrèrent dans la cathédrale qui est le lieu du monde le plus somptueusement meublé.

Certains esprits, dans leurs agitations, semblent tenir perpétuellement sous leurs yeux une large dalle de cuivre que j'ai foulée dans la cathédrale de Tolède et qui porte cette seule inscription: « *Hic jacet pulvis, cinis et nihil*, Ci-gît poussière, cendre et rien.» Elle fit battre mon cœur plus qu'aucune phrase des poètes. Le temple, et par la voix du mort qui n'a plus intérêt à mentir, avouait donc la grande vérité secrète et la gravait sur une dalle pour que tout le monde, dernier raffinement, marchât dessus! (*Du sang...*, p.368.)

Quelques années plus tard, Barrès consacre un sous-chapitre à la cathédrale de Tolède dans *Greco ou le secret de Tolède*. À son avis, c'est un lieu parfait pour bien connaître la ville, « nul meilleur endroit pour comprendre l'histoire de Tolède » (*Greco*, p.533.), et il emploie le terme « surnourriture » pour décrire la richesse spirituelle de la cathédrale qui « s'offre avec tant de magnificence » et de « grandes profondeurs » :

Jamais je ne me suis lassé d'errer, à toutes les heures, parmi les chapelles de cette église grandiose. Elle nous offre indéfiniment des beautés surprenantes et pleines; notre grande satisfaction, c'est même qu'elle nous en offre trop : on fait ici de la surnourriture. (*Greco*, p.532.)

La cathédrale de Tolède notamment dans le soir lui donne l'impression d'une chose vivante, riche et sublime, qui exprime l'esprit des ancêtres et la tradition transmise du temps jadis. Le soir, Barrès sent l'autorité de la cathédrale et sa puissance. La nuit offre une ambiance beaucoup plus solennelle et divine à cet édifice, et on s'incline pour écouter la voix de l'âme au fond de l'être.

Une des raisons pour les quelles Barrès préfère les monuments historiques, c'est qu'il y trouve l'âme héréditaire de père en fils, des ancêtres aux vivants. Ici, la tradition est bien conservée. Dans le texte *Vœux pour les enfants* écrit le 1er janvier 1903 et inclus plus tard dans *N'importe où hors du monde*, Barrès essaie de trouver une chose fondamentale et éternelle sur laquelle les enfants peuvent s'appuyer toute la vie. C'est l'âme héréditaire en l'honneur des héros et des morts. Barrès l'explique en prenant l'exemple de sa Lorraine qui a un très riche passé :

Me permettra-t-on de me répéter et prendre une fois de plus mon exemple en Lorraine? Je dirai : les champs de bataille de 1870, le petite ville de Varennes où la monarchie française périt dans un accident de voiture, les Guise, Saverne sur la frontière d'Alsace, que le bon duc Antoine ensanglanta des rustauds; Jeanne d'Arc, telle que l'illumine Domrémy parcourue pas à pas; Baudricourt et Domvallier, humbles villages qui couvèrent la lointaine formation de Victor Hugo; Chamagne, dont Claude Gellée n'oubliait pas dans Rome la douceur; le sublime paysage de Vaudémont désert qui embrasse sept siècles de nos destinées; la Moselle, chantée par Ausone et pleine des souvenirs romains; nos vignes, nos forêts, nos ruisseaux, nos champs bosselés de tombes qui nous inclinent à la vénération, voilà qui nous parle, voilà qui nous découvre nos points fixes. Un petit garçon s'en assurera, la main dans la main de son père, au cours de belles promenades sur le plateau lorrain, dans les vallées mosellanes et meusiennes et sous les sapins de nos Vosges. (*Monde*, pp.512-513.)

Aux yeux de Barrès, ce continuel enchantement de la terre et de la tradition fournit une puissance aux enfants. Ils y trouveront un appui spirituel et une source vivante: « Un petit enfant chez qui l'on a éveillé, nourri le sens de la tradition, tout au cours de sa vie, inconsciemment l'utilisera. Désormais au fond de lui, il y aura une croyance plus forte que sa science.» (*Monde*, p.513.) De plus, cette âme héréditaire lie les fils et les pères, les vivants et les morts:

Quand nos fils sont petits nous pouvons tout pour eux. Mais nous nous disons qu'un jour ils se détacheront et que l'on sera deux. Il y a pourtant un moyen de les lier à nous indissolublement, c'est qu'ils soient liés à la terre de nos morts, à tout ce qui nous est fondamental, à tout ce qui porte les pères et les fils. Il convient, il est doux qu'un même chant intérieur règle le pas de ceux qui s'engagent dans le sentier de nos tombeaux et de ceux qui l'ont déjà parcouru plus qu'à demi. (*Monde*, p.513.)

Dans ce texte, Barrès favorise l'âme héréditaire des individus et souhaite que les enfants vénèrent ce que les ancêtres vénèrent. En fait, l'idée de l'hérédité accompagne Barrès pendant toute sa vie, et elle se développe surtout dans les dernières années quand il trouve un terrain universel où la tradition est conservée - les monuments historiques. Les monuments, notamment les églises, à ses yeux, sont un lieu idéal pour nourrir l'âme héréditaire de l'être, parce que les individus peuvent y écouter la voix des ancêtres et absorber leurs pensées. Elles constituent un lien qui font communiquer les morts et les vivants : « Les morts disent : "Si vous voulez entre vous et nous maintenir la communion des âmes, il faut que vos âmes s'appuient sur les enseignements de l'Église." » (*Cahiers*, t. XV, p.28.)

2.1   L'attachement à la terre

Le thème de la nature est toujours très présent, tant dans les romans que dans les *Cahiers* de Barrès. Le 5 août 1910, à l'occasion du centenaire de la naissance de l'écrivain Maurice de Guérin, Maurice Barrès se demande si les sentiments nobles peuvent s'accorder avec l'amour de la nature. Et il trouve la réponse dans le lieu de naissance de Maurice de Guérin — le château du Cayla à Andillac.

Ce pauvre manoir du Cayla sur sa côte, je comprends si bien les sentiments nobles qu'il abrite, une conception de la vie toute terrienne et religieuse, des êtres de qui l'âme que rien ne dégrade, ne distrait, s'oriente tout naturellement à surveiller, aimer les plantes, les bêtes, les nuages et à s'élancer dans les cieux ! (*Cahiers*, t. XVI, p.346.)

La nature, sous la plume de Barrès, est souvent liée à la mort et à la terre, surtout à sa terre natale — la Lorraine. Son esprit régional et son amour pour la Lorraine se manifestent parfaitement dans sa deuxième trilogie *le Roman de l'énergie nationale*. Au point de vue de Barrès, le pays natal est indispensable pour l'éducation de l'âme. C'est pourquoi à la fin des *Déracinés*, le premier roman de la trilogie, Saint-Phlin choisit de rentrer en Lorraine après quelques années de lutte pour la vie à Paris. Dans le deuxième volume *L'Appel au soldat*, Saint-Phlin invite Sturel chez lui pour faire un voyage autour de la Lorraine. Là-bas, ils apprécient le beau paysage de leur pays natal et retrouvent l'énergie pour la vie. Dans *Leurs Figures* aussi, Barrès exprime ses idées régionalistes. Saint-Phlin montre son plan d'éducation pour son premier fils Ferri de Saint-Phlin, il y a « plusieurs plans d'études littéraires, philosophiques et artistiques en Lorraine ». (*Figures*, p.1174.) A la fin de ce roman, Suret-Lefort a réussi à exclure Bouteiller de son parti par la proposition du « terrianisme lorrain » (*Figures*, p.1207.) adoptée de Saint-Phlin : « Il demanda que des leçons de choses et des promenades missent les jeunes instituteurs, dans les écoles normales, au courant des besoins régionaux. Il fit valoir que ce serait élargir l'influence locale des instituteurs.» (*Figures*, p.1201.) De plus, dans *Leurs Figures*, Maurice Barrès accentue à plusieurs reprises l'importance de la terre natale pour l'âme des êtres humains, surtout par la lettre de Saint-Phlin à Sturel :

> Considère l'affreuse aventure de Racadot et les carrières douteuses de Renaudin, de Mouchefrin. Transportés de notre Lorraine dans Paris, ils adoptèrent des idées et des moeurs qui peuvent valoir pour d'autres, mais où ils n'étaient point prédestinés. Reniant leurs vertus de terroir et impuissants à prendre racine sur les pavés de la grande ville, ils y furent exposés et démunis. (*Figures*, p.1172.)

Saint-Phlin y exprime également son sentiment sur la terre et la mort : « Il y faut les inspirations de l'amour, de l'amour pour la terre et pour les morts.» (*Figures*, p.1173.) Dans la lettre, Saint-Phlin décrit aussi un univers barrésien dans lequel il y a des forêts, des cimetières, etc. À son avis, la beauté du paysage en Lorraine pousse à vénérer la nature et les ancêtres, qui dévoile les « vérités propres » des Lorrains : « Nos vignes, nos forêts, nos rivières, nos champs chargés de tombes qui nous inclinent à la vénération, quel beau cadre d'une année de philosophie, si la philosophie, c'est, comme je le veux, de s'enfoncer pour les saisir jusqu'à nos vérités propres ! » (*Figures*, p. 1174.) De plus, la terre de la Lorraine donne un enseignement du passé de cette région, et la tradition transmise de père en fils joue un grand rôle dans la vie quotidienne et les habitudes de vie. En outre, pour Sturel, il semble que les trois volumes de cette trilogie se terminent respectivement par trois fois un échec. Dans *les Déracinés*, il s'efforce avec ses amis de faire fonctionner un journal *La vraie République* et y publie des articles, Malheureusement, le journal ne tient pas et fait faillite. Dans *L'Appel au soldat*, comme un partisan fidèle du boulangisme, Sturel suit Boulanger, mais enfin, Boulanger se suicide et sa soi-disant cause s'échoue. Dans le dernier volume *Leurs Figures*, Sturel veut venger Boulanger et publie des articles sur le scandale de Panama afin de bouleverser tout le sol politique en France. Mais il n'a pas réussi. Ainsi, non seulement il échoue politiquement, mais également sentimentalement, puisque Mme de Nelles choisit de se fiancer non pas à lui mais à son ami Roemerspecher. Ce roman finit par ses doubles « échecs de politique et d'amour » (*Figures*, p.1199.). Tous ces échecs ont pour origine son déracinement, tout comme il ne parvient à ressentir réconfort et apaisement que lorsqu'il se projette dans son pays natal. Par exemple, Sturel se rappelle d'une promenade en voiture avec sa mère à l'âge de seize ans. « Auprès de sa mère encore il se retrouve tout naturellement et, derrière elle, en fond de tableau, il voit les horizons de son pays, des lignes simples, où rien ne l'étonnerait ni le dominerait.» (*Figures*, p.1199.) Ainsi, jusqu'ici, nous pourrions voir clairement l'attachement à la terre et au pays natal de l'auteur.

Plus tard, dans *Les Amitiés françaises*, Barrès développe son sentiment sur la nature. Il pense qu'il y a trois « déesses qui font toute l'ordonnance et la noblesse de l'univers de la vie » (*Amitiés*, p.180.) : l'Amour, l'Honneur et la Nature. Quant à la nature, ce n'est pas simplement la nature, c'est la nature nourrie et enrichie de l'histoire et du passé. Dans le texte, Barrès la lie avec l'histoire de la Lorraine. Devant la nature, il éprouve la grâce de la vie. Puisqu'il aime bien la Lorraine, il espère être enterré dans son pays natal comme ses ancêtres, ainsi il se confondra enfin avec la terre qui permettra une continuité de père en fils.

La nature. ... Mais la plus belle, la plus sûre, la plus constante des trois déesses qui donnent un sens à la vie, c'est la Nature en France, je veux dire nos paysages formés par l'Histoire. Je leur dois mes meilleurs moments. Devant eux, la grâce toujours descendit sur moi avec même efficace. À ma mort, Philippe, il faudra me conduire dans l'ombre du clocher de Sion et de ne point t'attrister, car ma fortune sera comblée si je me confonds dans cette terre riche de toute la continuité lorraine. (*Amitiés*, p.183.)

D'ailleurs, le 15 août 1920, à nouveau Barrès fait l'éloge de l'harmonie de la nature et de l'âme en Lorraine. Il se réjouit de cette harmonie dans sa ville de naissance Charmes. Le soleil, la prairie, le son des cloches, tout cela constitue une scène harmonieuse qui ne peut que plaire à Barrès :

Ce matin de l'Assomption, je suis dans le jardin de Charmes, quand les cloches annoncent indéfiniment la fête.

La veille, il a plu. Le soleil, soudain, en se dégageant des nuages, fait étinceler la prairie, les vergers et les fleurs, et dans le même temps la petite ville carillonne à cœur perdu en l'honneur de Marie. Elles sonnent, [les cloches,] s'arrêtent et puis, après un bref temps de repos, reprennent. Je me réjouis et je glorifie dans mon cœur ces deux soleils de la nature et de l'âme, cette belle harmonie qui se continuera cette après-midi dans la procession, jonchant de roses et de pivoines le chemin de la statue de la Vierge, portée par les jeunes filles. (*Cahiers*, t. XIX, p.235.)

La terre, pour Barrès, signifie en grande partie son pays natal la Lorraine, auquel l'auteur doit son éducation et la nourriture de sa pensée.

2.1.1 Le pays lorrain

Barrès est très attaché à son pays natal. Dans les *Cahiers*, il fait partout l'éloge de la Lorraine et lui exprime sa gratitude : « Je songe à Sion, à mes promenades : Infini du désir, horizon sans limites, espaces qu'il faut à mon cœur insatisfait et dispersé. Mes idées ne sont pas de moi, je les ai trouvées, respirées de naissance, ce sont les idées de la Lorraine.» (*Cahiers*, t. XVIII, p.397.) Dans un cahier, il donne d'autres raisons, plus matérielles cette fois pour lesquelles il est attaché à sa terre lorraine :

Mon pays est un champ d'activité à ma taille. Mon père a beaucoup d'influence dans le Haut-Rhin; j'ai des parents, on connaît mon nom. Moi-même, j'ai déjà rendu des services [...] Mais si je vais à Nancy, à Paris, on se moque de mon accent et on m'attribue ce qu'il peut y avoir d'intéressé dans la conduite de certains annexés. (*Cahiers*, t. XIV, p.78.)

En quittant son pays préféré, il se sent comme un des héros des *Déracinés*: « Parfois je suis dans mon cabinet, il n'y a que mon cerveau qui aime ma Lorraine. Je raisonne, j'intellectualise, je suis un déraciné, plongé dans les mots, dans les idées, c'est-à-dire dans un pur néant.» (*Cahiers*, t. XIV, p.211.) Pour Barrès, sa pensée profonde est lorraine. C'est son pays natal qui la nourrit:

Ma pensée est lorraine. Ce n'est point par ma préférence, par ma volonté, par mon goût réfléchi ou mon caprice; la Lorraine est au fond de ma pensée [...] C'est la civilisation classique latine à quoi me prédispose ma destinée lorraine telle que je la conçois. Voilà les bonnes lois, les lois bonnes pour mon esprit. C'est donc ma Lorraine qui me guide et me règle, qui préside à mes révolutions. (*Cahiers*, t. XIV, p.174.)

Là, sa pensée s'enracine et se développe. Sa nature, son esprit, et son âme s'accordent parfaitement avec cette terre. Et il pense que c'est dans le plateau lorrain qu'il trouve la profondeur de son âme. Voici ce qu'il écrit dans un cahier de 1922:

J'aime le plateau lorrain par-dessus tout. L'uniformité du spectacle favorise ma pensée, qui s'attache avec monotonie à deux, trois pensées indéfinies, grandioses (le problème du Rhin, la question des laboratoires aujourd'hui), et qui déteste presque douloureusement d'être dérangée, distraite, tiraillée. Cette immensité aide à la profondeur; immensité de l'horizon, profondeur de l'âme. Elle s'accorde avec ma nature, avec mes travers, avec mes travaux. (*Cahiers*, t. XX, p.108.)

Face aux reproches qu'on a pu lui faire sur son attachement à son pays natal, Barrès cite les phrases de Renan: « Chacun (en fait de religion) se dresse un abri à sa mesure et selon ses besoins [...] En cherchant à extirper les croyances que l'on croit superflues on risquerait d'atteindre les organes essentiels de la vie religieuse et de la moralité.» (*Cahiers*, t. XIV, p.319.)

D'ailleurs, dans d'autres œuvres de Barrès, nous trouvons aussi les traces de son attachement à la Lorraine. Par exemple, dans *Le Voyage de Sparte*, Barrès raconte son voyage en Grèce au printemps de 1900 et surtout sa méditation durant ce temps. À Athènes, il ne trouve pas ce qu'il veut sur cette terre fréquemment visitée par de grands maîtres tels que Lamartine, Renan et Chateaubriand. « Cependant le Parthénon n'éveille pas en moi une musique indéfinie comme fait, par exemple, un Pascal.»[1] En revanche, son émotion et son inspiration se réveillent à Sparte, où il trouve une sorte d'éternité et de « magnanimité »: « Cette plaine éternelle exprime des états plus hauts que l'humanité. Je puis dire d'un seul mot, le plus beau de l'Occident, ce que j'ai d'abord perçu dans ce fameux paysage: de la magnanimité.» (*Sparte*, p.464.) Malgré son émerveillement pour Sparte, la Grèce ne peut pas obtenir l'attachement de Barrès qu'il conserve toujours à son pays natal, comme il l'explique dans le texte: « Je suis d'une race qui trouva ses dieux au plus épais de forêts. Ils me favorisent encore en Lorraine et en Alsace, tandis que les divinités marines m'énervent avec leur sel et leur mobilité.» (*Sparte*, p.403.) Entre les lignes de l'œuvre, nous voyons que la pensée de Barrès se tourne de temps en temps vers son pays natal lors de sa méditation en Grèce. Son amour pour la Lorraine se montre évidemment dans la description ci-dessous de la fête de la Vierge qui a lieu en Lorraine. La fête Panathénées en Grèce ne lui éveille pas la même profondeur de pensée que la fête de la Vierge en Lorraine:

> Les plus belles Panathénées ne me donnent pas la douceur d'une fête de la Vierge dans nos petites villes lorraines [...] L'on voit d'abord trois filles de seize ans qui portent une Marie dorée. Les femmes suivent, ayant au cou des rubans violets, puis viennent les bannières de beau goût et la musique

---

[1]   Maurice Barrès, *Le Voyage de Sparte*, in *Maurice Barrès*, *romans et voyages*, Tome II, Paris, Robert Laffont, 1994 [1906], p.421.

municipale alternant avec les cantiques latins. Voici le groupe des hommes, compact et fort, derrière le prêtre et qui répètent obstinément : « Je suis chrétien », avec notre accent héréditaire et fraternel. J'entends les mots « espérance », « amour », qui flottent dans le tiède soleil. Mais déjà le mince cortège a disparu, déploiement rustique d'une profonde pensée de ma race. (*Sparte*, p.422.)

Même dans l'épilogue de cette œuvre, Barrès exprime à nouveau sa préférence pour la Lorraine. Il admet la beauté du Parthénon, un grand chef-d'œuvre de l'humanité, mais comme il l'a dit au début du *Voyage de Sparte*, il se dit d'une race des dieux de forêts, ainsi, son âme ne peut pas s'harmoniser avec « l'hymne » hellénique : « Rien de plus beau que le Parthénon, mais il n'est pas l'hymne qui s'échappe naturellement de notre âme ; il ne réalise pas l'image que nous nous composons d'une éternité de plaisir.[1]» En voyant le culte des anciens Grecs pour les dieux, par exemple la construction du Parthénon qui est consacré à la déesse Athéna, Barrès exprime son souhait d'un tel culte en France telle que la vénération de Jeanne d'Arc à Domremy :

Ah ! S'il existait un pèlerinage que Pascal nous eût ainsi recommandé comme la fleur du monde ! Je rêve d'un temple dressé par un Phidias de notre race dans un beau lieu français, par exemple sur les collines de la Meuse, à Domremy, où ma vénération s'accorderait avec la nature et l'art, comme celle des anciens Grecs en présence du Parthénon.[2]

Cela est le vœu de Barrès qui se réalise en 1920, quand la fête nationale de Jeanne d'Arc est adoptée par la Chambre des députés et le Sénat. Vers la fin de l'épilogue, Barrès réaffirme son attachement à sa Lorraine où se déploient ses « sentiments de vénération » : « Je me suis aperçu qu'entre tous les romans que la vie me propose, la Lorraine est le plus raisonnable, celui où peuvent le mieux jouer mes sentiments de

---

[1] Maurice Barrès, Épilogue du *Voyage de Sparte*, in *Maurice Barrès, romans et voyages*, Tome II, Paris, Robert Laffont, 1994, p.488.

[2] *Ibid.*

vénération.»[1]

Pourquoi Barrès s'attache-t-il tellement à la Lorraine? Ce qui dans la Lorraine l'attire, c'est la conscience collective, l'éternité de la terre et les génies lorrains.

2.1.1.1 La conscience lorraine dans *Les Amitiés françaises*

Dans *Les Amitiés françaises* publié en 1903, Barrès aborde la conscience lorraine en racontant ses voyages en Lorraine avec son fils Philippe. Afin de bien nourrir l'âme de son fils Philippe, Barrès l'amène à visiter la colline de Sion-Vaudémont dont le paysage et les monuments donnent un enseignement historique de la Lorraine. La colline, aux yeux de Barrès, est « la sainte colline » et par le mot « embrasser » ci-dessous, son amour vers la colline se voit clairement:

Nous gravissons à pied le sentier découvert, et c'est encore à pied que, Philippe et moi, nous suivrons dans tout son développement la sainte colline, telle que nous l'embrassons maintenant: bizarre cirque herbacé, en forme de fer à cheval, qui surplombe un vaste horizon de villages, de prairies, de bosquets, de champs de blé surtout, et que cerclent des forêts. (*Amitiés*, p.150.)

2.1.1.2 L'éternité de la Lorraine

Pour Barrès, l'être humain cherche l'éternité, parce qu' « un pays où il y a de l'éternel, le fond de l'être y est satisfait ». (*Cahiers*, t. XVI, p.202.) Quand il visite la Lorraine, il trouve l'éternel et les paysages lorrains lui portent des coups forts. « Je vois ici les forces élémentaires de la Lorraine, de ces plateaux, les dieux. Pas d'anecdotes, d'aspects éphémères, de chalets à la mode, etc., mais ce qui est *permanent*. Je vois ici le réservoir des énergies de cette Lorraine. C'est d'ailleurs presque un désert.» (*Cahiers*, t. XVI, p.206.) Il peut, pour décrire la Lorraine et surtout ce qu'il en ressent, mêler presque dans une même phrase les deux termes « énergie » et « désert »: c'est-à-dire que ce qu'il recherche dans un paysage, c'est

---

[1] Maurice Barrès, Épilogue du *Voyage de Sparte*, in *Maurice Barrès*, *romans et voyages*, Tome II, Paris, Robert Laffont, 1994, p.489.

une sorte d'essence, un principe vital. Ce sont des paysages liés à l'histoire de la Lorraine, y compris les traces des vivants et des morts. Les morts et les vivants s'unissent dans la terre lorraine : « Les morts s'associent aux vivants ; sentiment inexplicable et fondamental : le passé et le présent s'unissent dans un même sentiment du divin. » (*Cahiers*, t. XVI, p.204.) Le 12 décembre 1909, Barrès écrit *Le Réveil des morts au village* qui est encadré dans le recueil *N'importe où hors du monde*. Dans ce texte, il exprime encore une fois son attachement à son pays natal — la Lorraine. C'est l'endroit où se reposent ses ancêtres, c'est le lieu où se nourrissent les forces spirituelles : « Dans la petite maison lorraine les forces occultes, en tout temps, se sont manifestées de la manière la plus saisissante. C'est le pays des vulgaires sorciers et des mages les plus nobles. » (*Monde*, p.496.) Dans cette vieille terre où se passèrent de célèbres légendes et où vécurent des héros et des génies, tels que Jeanne d'Arc, Stanislas de Guaïta et Claude Gellée, Barrès éprouve une grande solitude, comme une grande exaltation :

> Il ne manque pas de gens pour aimer les faciles vallées de nos rivières, la Moselle, la Meurthe, enrichies de villes prospères ; ils y trouvent une vie accueillante et rien qui les déroute. Mais qui donc a parcouru l'immense et grave plateau lorrain, légèrement incliné depuis les fontaines et le Bois Chenu, où Jeanne d'Arc écoutait ses voix, jusqu'aux étangs, au bord desquels Stanislas de Guaïta écrivait l'histoire de la basse et de la haute magie? Vaste pays de la tristesse sans déclamation. Pays abandonné, usé plutôt. On y est pressé par des ombres, mais des ombres qui n'ont pas de noms ; ici les chefs eux-mêmes sont morts sans laisser de mémoire. Une tristesse immobile est suspendue sur cette immensité. (*Monde*, p.496.)

Mais ce sont l'immensité et le désert de la Lorraine qui atteignent le cœur de Barrès. Dans la solitude, il voit l'éternité : « Région brûlante l'été, glaciale l'hiver, toute monotone, sans agréments, c'est entendu, mais où l'on goûte la sensation du permanent. » (*Monde*, p.497.) Profondément attaché à la terre de ses ancêtres, il fait de celle-ci un lieu où peuvent se faire la méditation et l'exaltation. Tout au long de sa vie, il ne cesse de fabriquer une image mystique de sa terre, une représentation sublime.

Un autre attrait de la Lorraine pour Barrès, est sa fonction de berceau des génies. Là, sont nés Frédéric Chopin, Claude Gellée, Jeanne d'Arc, etc.

2.1.1.3   Les génies lorrains

L'amour de Barrès pour son pays natal se manifeste non seulement par l'éloge du paysage partout dans son œuvre, mais aussi par l'éloge des génies d'origine de cette terre. Le 24 juin 1904, Barrès prononce un discours aux Orphelines d'Alsace-Lorraine, dans lequel il exprime son amour pour son pays natal. La Lorraine alors est un pays où souffle l'esprit de grandes âmes comme Victor Hugo, Frédéric Chopin et Claude Gellée, même si la plus grande figure lorraine reste Jeanne d'Arc, dont le nom apparaît dans presque toutes les œuvres de Barrès.

> Si j'étais un jour poète, je le devrais aux horizons de mon enfance. Notre climat un peu rude épanouit dans les âmes la fleur de la sensibilité. Victor Hugo naquit d'un Lorrain et d'une Bretonne; le musicien Chopin, d'un Lorrain et d'une Polonaise, et le peintre Claude Gellée d'une longue suite lorraine. Mais il y a mieux que ces génies: sur les coteaux de Domremy a fleuri sainte Jeanne d'Arc que notre silence et nos têtes baissées peuvent seuls louer.[1]

Le 27 novembre 1913, il donne une conférence à l'Université des Annales sur *Les Sorciers de Lorraine*: *Jeanne d'Arc*, *Stofflet*, *Louise Michel*, *Victor Hugo*. Après la conférence, Barrès écrit quelques mots sur Jean-Nicolas Stofflet dans un cahier. C'est un chef militaire lors du soulèvement militaire de la Vendée qui a rejoint les Vendéens quand ceux-ci se révoltèrent contre la Révolution pour défendre leurs principes royalistes:

---

[1]   Maurice Barrès, *Aux orphelines d'Alsace-Lorraine*, Annexes dans *Colette Baudoche*, in *Maurice Barrès, romans et voyages*, Tome II, Paris, Robert Laffont, 1994, p.373.

Ce 27 novembre, je fais une conférence sur les sorciers de Lorraine, Jeanne
d'Arc, Stofflet, Louise Michel, Victor Hugo et la faculté de chez nous à
communiquer avec l'invisible, à entendre des voix. Nous avons aussi nos
visionnaires religieux: Pfister. Stofflet commença sa réputation au moyen de
certains tours de jongleur où il excellait. Il passait pour sorcier. (*Cahiers*, t.
XVIII, p.42.)

Quant à Claude Gellée (1600-1682), un peintre lorrain, Barrès le décrit dans
L'automne à Charmes avec Claude Gellée contenu dans *Le Mystère en pleine lumière*.
De la même manière que pour Jeanne d'Arc ou Pascal, Barrès essaie de chercher les
sources d'inspiration de Claude Gellée dans son enfance et dans son pays natal.

C'est un enfant miraculeux et les créations de son cœur, nul qui puisse les
expliquer, mais j'aime aller à la source première de ses inspirations, dans les
prairies mosellanes où son âme s'est constituée, où la rivière et la douce lumière
lorraine baignèrent d'abord ses rêves jusqu'à ce qu'il émigrât vers l'Italie romaine
qui devait lui donner les moyens d'exprimer son désir d'une beauté surnaturelle.
(*Mystère*, p.880.)

Les tableaux de ce peintre lorrain incarnent pour lui la beauté de la nature et
expriment son âme, son esprit et son cœur, et bref, son soi-même profond.

Ses tableaux sont une émotion.
Il en prenait ce qui s'accordait avec sa nature.
Ce sont des faits spirituels profonds qui se révèlent à nous, dans notre être,
sous l'action d'une belle heure du jour. Il enregistrait ses songes et ses amours,
et, pour sentir, les méditait. Il exprimait son âme en s'efforçant vers la
perfection.
Voir son testament. C'est une délice.
Ce testament me montre ce qu'il avait d'ingénu dans l'esprit et dans le cœur.
Ce qu'il a senti dans son cœur, ce que j'ai senti. Une âme parlait, c'est ce que

l'on traduit en disant: « rencontre des fées ». (*Mystère* , p.889.)

Selon Barrès, les peintures de Claude Gellée apprennent aux gens à aimer la nature. En appréciant les tableaux de Claude Gellée, Barrès médite le mystère de l'univers, et devant la « divine nature », il voudrait oublier toutes les affaires mondaines.

> C'est la réponse de Gellée aux bienfaits de Rome, aux beautés de la Lorraine: il apprend aux hommes à aimer la nature.
> « Toute cette beauté de la nature par laquelle Dieu dit: Je vous aime.»
> Je me retire de toute activité; je laisse tomber mes armes, non par lâcheté, mais, comment dirai-je, pour prier. O divine nature, voici que des mots, des sentiments qui n'avaient pas de réalité pour moi éclosent à la vie dans mon cœur. J'aime la douce gravité, la fécondité de ce divin répandu, exhalé. (*Mystère* , pp.891-892.)

Bref, l'amour profond de Barrès pour la Lorraine l'amène à aimer les génies nourris dans cette terre. Celui aime l'arbre aime la branche. Et les pensées des grands talents le poussent à mieux connaître et à aimer plus son pays natal.

En Lorraine, il y a un lieu qui est souvent mentionné par Barrès - la colline de Sion-Vaudémont.

2.1.2 La colline de Sion-Vaudémont

Dans son pays lorrain, Barrès se sent à l'aise. Là, son imagination se développe sans gêne et son isolement est justifié.

> Il y a sur notre monde lorrain un monde idéal [...] J'ai constaté que Vaudémont était le centre. Ce que j'y éprouve, ce n'est pas une résurrection du passé, mais je vois des manières de sentir. Je n'y apporte pas des créations d'une beauté parfaite, des sirènes, mais une justification de mon isolement. (*Cahiers* , t. XIV, p.265.)

Barrès pense toujours à donner un sens à sa colline Sion-Vaudémont. C'est le rapport à la terre et aux ancêtres qu'on voit dans l'œuvre lorsqu'il évoque « sa » colline : « Donner un sens à la montagne des Vosges. Pendant longtemps je m'y suis promené sans qu'elle éveille rien.» (*Cahiers*, t. XIV, p.11.) La colline de Sion est le lieu où résident les ancêtres et les morts, Barrès l'aime parce qu'il pense qu'il est la continuité de ses ancêtres. « Sion, c'est le point de continuité du pays. À Sion. Ici je viens dans mes réserves, sur la terre où la population ne subit point de petits ébranlements... C'est un vieil être héritier de lui-même.» (*Cahiers*, t. XIV, pp.30-31.) C'est ainsi qu'en 1913, Barrès publie le roman *La Colline inspirée* sur sa colline adorée. Et ce roman a connu un grand succès. Il écrit ainsi son cahier : « Jeanne avait sa "chapelle du conseil". Nous avons Sion.» (*Cahiers*, t. XIV, p.28.)

Alors, nous verrons l'image de la colline de Sion-Vaudémont décrite par Barrès dans ses deux livres *Amori et dolori sacrum* et *La Colline inspirée*.

2.1.2.1 L'attachement à la colline de Sion-Vaudémont dans l'*Amori et dolori sacrum*

Dans « Le 2 novembre en Lorraine », la dernière partie d'*Amori et dolori sacrum*, Barrès exprime son attachement à la colline de Sion-Vaudémont qui représente la tradition de cette région. La colline était un endroit important du pèlerinage : « Elle fut le centre de notre nationalité. On y vient toujours en pèlerinage. Elle survit au duché de Lorraine — qu'elle a longuement précédé, puisque les Romains y trouvèrent un dieu indigène. Elle est le point de continuité de notre région.» (*Amori...*, p.101.) Sur la colline de Sion dans son pays natal, Barrès ne se sent pas solitaire, parce que là, il trouve les traces des ancêtres. Bref, il reprend son énergie et enrichit son âme sur la colline.

On dit que la Vierge de Sion guérit les peines morales. Je puis en porter témoignage. Jamais je n'ai gravi la colline solitaire sans y trouver l'apaisement. Je comprenais mon pays et ma race, je voyais mon poste véritable, le but de mes efforts, ma prédestination. Jamais je ne rêvai là-haut sans que la Lorraine éternelle gonflât mon âme que je croyais abattue. (*Amori...*, p.104.)

Après la publication de l'*Amori et dolori sacrum* en 1903, dix ans plus tard, en 1913, Barrès consacre un livre à sa colline préférée: *La Colline inspirée*.

2.1.2.2   La colline de Sion dans *La Colline inspirée*

La Colline inspirée est un hommage de Barrès à la colline de Sion et il espère que son livre pourra servir pour la vie spirituelle de sa colline. Dans son projet de dédicace pour l'exemplaire de *La Colline inspirée* destiné à la basilique de Sion, Barrès écrit:

> J'apporte au sanctuaire un fruit de la Colline et je prie Notre-Dame de Sion, protectrice éternelle des Lorrains, qu'elle accueille dans son trésor mon hommage, pour le préserver de périr. Puisse cet humble poème servir pour l'accroissement de la vie sur les pentes sacrées qui mènent au lieu saint [...] (*Cahiers*, t. XVIII, p.237.)

Et puis, le 24 juin 1920, Barrès dépose le roman à Notre-Dame de Sion, et voici l'inscription sur ce livre dont la reliure est décorée d'ornements et de fermoirs en argent:

> Aujourd'hui, jour où nous fêtons la réunion victorieuse et définitive des deux Lorraines, je dépose ce livre dans le trésor de Notre-Dame de Sion,
> Pour reconnaître le plaisir qu'à toutes les époques de ma vie j'ai trouvé sur la Sainte Colline,
> Comme un hommage de piété filiale envers la Haute protectrice immémoriale de la Lorraine,
> Et dans le désir trop humain de lier ce qui doit périr à ce qui ne périra jamais.
> (*Cahiers*, t. XIX, p.217.)

D'abord, nous allons voir la genèse de *La Colline inspirée*, un livre qui exige plusieurs années de préparation. En octobre 1906, quelques années avant la publication du livre en 1913, Barrès se demande comment animer les personnages du roman :

> *Le livre Baillard.* - J'ai trouvé comment il faut animer ces Baillards : Il a une grande ambition lorraine (Saint-Odile, Sion, Mattaincourt). Il se crée une équipe (ses frères, les religieuses). Il manque de soumission à une idée qui ne soit pas lui. Sa tristesse de vaincu, comparable à une peine d'amour. (*Cahiers*, t. XV, p.135.)

Dans le roman, l'idée de la liberté resurgit et il l'unit avec l'héroïsme. L'ambition lorraine des Baillards est de devenir le roi spirituel de la colline de Sion, et ils suivent l'instinct et la conscience des hommes au lieu des autorités romaines :

> Il me faut toujours animer un pays de divinités topiques, l'humaniser [...] J'ai installé Senancour, les frères Baillard, etc [...] C'est toujours la lutte de l'homme sur la nature. Je l'admire, puis je veux la conquérir, y poser mon esprit. Mais dans ce travail instinctif d'appropriation, dans cet effort à la Robinson Crusoé, que je respecte et connaisse les sources. (*Cahiers*, t. XV, p.248.)

En 1910, Barrès jette quelques notes au sujet de *La Colline inspirée* qu'il est en train de concevoir et sera publiée trois ans plus tard.

> *Pour Baillard et pour les églises.* — « La sensation de vertige devant un insondable abîme », — ces instants de connaissance par l'émotion, ces pages de Pascal toutes tremblantes de l'émotion d'une vue sur l'infini, d'un sentiment de l'infini et de l'éternel — a toujours eu à lutter contre les gouvernements et les églises [...] C'est que la majesté des chefs souffre un peu d'être confrontée avec l'éternité, c'est aussi parce que la méditation constante de l'infini produirait sur l'homme l'effet du parfum trop violent des fleurs du mancenillier ; la soif d'action de l'homme serait tarie. (*Cahiers*, t. XVI, p.274.)

C'est pourquoi Barrès porte une sympathie pour les héros du roman qui luttent contre l'autorité de l'Église. Plus tard, *La Colline inspirée* a paru d'abord dans la *Revue hebdomadaire* à partir du 22 novembre 1912, et puis chez Émile-Paul en février 1913. Et en janvier 1913, Barrès exprime dans son cahier ce qu'il pense du roman :

> C'est un grand livre, d'un seul jet, tout animé par le désir d'être vrai et pourtant enveloppé de fantastique. C'est ce que l'on pouvait tirer aujourd'hui de la vie moderne qui rentrât dans cette charmante littérature éternelle où se mélangent le réalisme et le surnaturel [...] Je crois qu'elle ne manque pas d'humanité, j'aime mon héros. Ce n'est pas une œuvre sortie de la poussière des bibliothèques ; il y a mon goût pour le pays et le problème de cette heure. (*Cahiers*, t. XVII, pp.274-275.)

Dans ses commentaires, Barrès semble faire de *La Colline inspirée* un livre qui présente la recherche du soi-même avec les actualités et les aventures imaginatives. Le réalisme et la fantaisie sont incarnés dans ce roman.

Ensuite, nous allons voir l'image de la colline de Sion-Vaudémont sous la plume de Barrès. Dans le roman, le héros Léopold garde la folie de l'amour pour la colline de Sion. Tout le paysage de la colline telles que les forêts, les vallées et les sources, suscite son idée de la liberté. Quand il médite au bord des sources — le « miroir des cieux », son âme est purifiée par la coulée de l'eau et il se sent éloigné du « lien dogmatique » : « Léopold aimait prier auprès des sources. Ces eaux rapides, confiantes, indifférentes à leur souillure prochaine, cette vie de l'eau dans la plus complète liberté le justifiait de s'être libéré de tout lien dogmatique. C'est un miroir des cieux. » (*Colline*, pp.700-701.) Quand il est obligé de quitter sa colline pour prendre la route de l'exil, « Léopold Baillard a jeté, dans le pli que forme Saxon au milieu de la colline, sa jeunesse, sa fidélité de clerc, d'immense espoirs et peut-être sa vie éternelle. C'est à Sion qu'il a été le plus puissant de corps et d'esprit » (*Colline*, p.683.). Cela devient une des raisons de sa douleur au cours de son exil. Mais pendant les années d'exil, il ne cesse de penser à la colline de Sion. Le nom seul de la colline suffit à le faire tressaillir, « cette voix de la sainte montagne ravivait en lui toutes les forces de l'Espérance » (*Colline*, p.682.). Pour lui, la colline est son tout, et il l'aime d'un amour venant de « sa nature animale » (*Colline*, p.683.). Après son retour à la colline, il mène une vie pénible à la fois matériellement et psychologiquement. Mais les souffrances n'atténuent pas son amour de la colline. En bref, la colline de Sion, pour Léopold, est sa nouvelle Jérusalem, où il met toute son âme en vue de créer « un nouveau pacte » et d'ouvrir « une ère de félicité » (*Colline*, p. 624.) : « Sion, c'était pour ce grand imaginatif la Jérusalem terrestre et la Jérusalem céleste ; c'était sa montagne, son église et son pèlerinage ; c'était plus encore, et, dans ce beau mot, il plaçait le sentiment de l'infini qu'il portait en lui.» (*Colline*, p.617.)

La colline de Sion-Vaudémont, aux yeux de Barrès est aussi un lieu où souffle l'esprit. Et cet esprit est le mélange de la liberté et de la discipline. Au point de vue de Barrès, « il y a des lieux où souffle l'esprit » (*Colline*, p.574.), « il est des lieux qui tirent l'âme de sa léthargie, des lieux enveloppés, baignés de mystère, élus de toute éternité pour être le siège de l'émotion religieuse » (*Colline*, p. 573.). On écoute le cœur le plus profond en imaginant les activités dans les bois, dans les sources et dans les prairies. « C'est là que notre nature produit avec aisance sa meilleure poésie, la poésie des grandes croyances [...] Seuls des yeux distraits ou trop faibles ne distinguent pas les feux de ces éternels buissons ardents.» (*Colline*, p.574.) Et Barrès trouve un tel lieu dans la colline de Sion-Vaudémont en Lorraine, un lieu qu'il appelle « la colline inspirée »: « La Lorraine possède un de ces lieux inspirés. C'est la colline de Sion-Vaudémont, faible éminence sur une terre la plus usée de France, sorte d'autel dressé au milieu du plateau qui va des falaises champenoises jusqu'à la chaîne des Vosges.» (*Colline*, p.574.) En outre, dans la colline de Sion souffle également l'esprit de la liberté. En se révoltant contre la discipline, les Baillard subissent une grande souffrance spirituelle et matérielle. Même si l'ordre a vaincu les Baillard à la fin du roman, l'esprit des trois frères, symbole de l'esprit de la liberté, souffle toujours dans la colline. Cette idée d'équilibre entre liberté et discipline dans ce livre est bien expliquée par l'ami de Barrès — Henri Bremond. Après voir lu ce roman, Henri Bremond donne ses réflexions à Barrès qui les cite dans son cahier du janvier 1913 :

> Derniers chapitres, très beaux, émouvants et d'une harmonie parfaite entre l'émotion et la doctrine. C'est une source de méditations qui réconcilient le ciel à la terre [...] Cet évêque concordataire envoyé là comme n'importe quel préfet par le pouvoir central garde malgré tout des airs d'intrus. Vous l'avez bien indiqué avec une prudence miraculeuse ; c'est une des leçons du livre [...] Somme toute, le dosage entre les éléments mystiques et l'ordre hiérarchique est parfait. Il faut bien cette discipline, mais enfin ses victoires sont petites et mesquines, comme le devine enfin le Père Aubry, et vous montrez bien que si la hiérarchie est nécessaire l'autre élément ne l'est pas moins. Il était essentiel que Léopold ne fût pas qu'une négation tragique. Enfin toute cette harmonisation est une grande chose [...] (*Cahiers*, t. XVII, pp.267-268.)

Bremond apprécie dans ce livre la balance entre la liberté et l'ordre, l'équilibre entre le sublime de Léopold et son terre à terre. Ce personnage est à la fois un illuminé et un grand ambitieux. Toutes ses réflexions font résonnance à la pensée que Barrès voudrait montrer à travers ce roman.

Dans son œuvre, Barrès mentionne également la montagne de Sainte-Odile, un autre lieu qui se trouve en Lorraine.

2.1.3 La montagne de Sainte-Odile

L'éloge de la montagne de Sainte-Odile s'exprime principalement dans son livre *Au service de l'Allemagne*. Dans le roman, Barrès décrit l'histoire du jeune Hermann qui fait son service militaire dans l'armée allemande, transposition d'après l'expérience réelle de Pierre Bucher que l'auteur a rencontré en 1899. C'est un homme nourri de culture française et alsacienne qui connaît bien chaque paysage de sa terre natale. Ce jeune homme sert pour Barrès de modèle à la morale française dans ce qu'elle a selon lui de plus. En vue de mieux connaître la situation des annexés, Barrès parcourt presque en tous les sens l'Alsace-Lorraine. Comme dans son pays natal, il cherche la puissance spirituelle sur la colline de Sion-Vaudémont, en

Alsace, il essaie de la chercher au mont Sainte-Odile.

La montagne de Sainte-Odile elle-même est un symbole de l'Alsace. Aux yeux de Barrès, elle représente l'idée de la continuité de cette terre : « Sainte-Odile est le vrai sommet où l'on peut sentir et comprendre avec amitié la continuité de l'Alsace et du pays messin. » (*Allemagne*, p.236.) Ici, l'auteur d'*Au service de l'Allemagne* reçoit une impression qu'il est le prolongement de ses ancêtres. Sur « la terre de ses morts », il ne se sent plus solitaire ou déraciné, au contraire, il est rempli de « puissances collectives » :

> Mais à Sainte-Odile, sur la terre de mes morts, je m'engage aux profondeurs. Ici, je cesse d'être un badaud. Quand je ramasse ma raison dans ce cercle, auquel je suis prédestiné, je multiplie mes faibles puissances par des puissances collectives, et mon cœur qui s'épanouit devient le point sensible d'une longue nation. (*Allemagne*, p.237.)

Outre l'idée de la continuité, la montagne de Sainte-Odile représente aussi « la plus haute moralité » d'Alsace, une idée éternelle de l'Alsace : « Odile est une production de l'Alsace éternelle, le symbole de la plus haute moralité alsacienne. Elle représente ce qu'il y a sur cette région de permanent dans le transitoire. » (*Allemagne*, p.243.) Même si elle est envahie par les Allemands, aux yeux de Barrès, la montagne comme « le gage de l'entente » (*Allemagne*, pp.242-243.), transmet toujours l'idée de paix, de charité et de discipline.

> Cette vierge fut tant admirée qu'on la sanctifia ; les poètes et les émotifs suivirent les politiques ; ils inventèrent et propagèrent les légendes. Odile, c'est le nom d'une victoire latine, c'est aussi un soupir de soulagement alsacien : une commémoration du salut public. (*Allemagne*, pp.242-243.)

En fait, dans cette montagne, Barrès trouve le sentiment de vénération pour la nature. Quand il monte la montagne de Sainte-Odile, il semble même ressentir l'existence des dieux ou des fées à côté de lui dans les arbres : « Je parcours avec allégresse les sentiers en balcon de mon étincelant domaine forestier. Qu'une branche craque dans les arbres, j'imagine que des dieux invisibles prennent ici leurs hivernages.» (*Allemagne*, p.238.) Pour exprimer le sentiment de vénération que le paysage lui procure, Barrès mentionne les phrases de Taine dans le texte *Au service de l'Allemagne*, parce qu'il partage l'idée et les impressions de Taine sur la montagne de Sainte-Odile. Selon Taine, la montagne de Sainte-Odile est pleine des choses sublimes qui font qu'on oublie les contingences de la vie quotidienne pour accéder à des niveaux supérieurs de réalité. Voici le texte de Taine que cite Barrès dans son livre - le texte de Taine intitulé « Sainte Odile et Iphigénie en Tauride » et publié d'abord dans *Le Journal des débats* du 2 mars 1868 :

> Du haut de ces terrasses, dit-il, comme on se détache vite des choses humaines ! Comme l'âme reste aisément dans sa patrie primitive, dans l'assemblée silencieuse des grandes formes, dans le peuple paisible des êtres qui ne pensent pas ! [...] Les choses sont divines, et voilà pourquoi il faut concevoir des dieux pour exprimer les choses [...] Les premières religions ne sont qu'un langage exact, le cri involontaire d'une âme qui sent la sublimité et l'éternité des choses en même temps qu'elle perçoit leurs dehors [...] (*Allemagne*, pp.240-241.)

Bref, la montagne de Sainte-Odile, aux yeux de Barrès, est un « buisson ardent » qui lui apporte une puissance spirituelle : «Cette sainte montagne, au milieu de nos pays de l'est, elle brille comme un buisson ardent.» (*Allemagne*, p.243.)

2.2   L'idée de la mort

Un autre élément important dans l'univers barrésien est la mort, c'est un terme récurrent dans l'œuvre de Barrès, qui fonde même la vision du monde de l'auteur.

2.2.1   L'obsession de la mort

Comme écrivain au succès précoce, Barrès a connu des périodes difficiles de sa vie. Après une série d'échecs électoraux, il est vraiment déçu et il écrit ainsi sa souffrance dans un cahier : « Ce sont les souffrances de la jalousie que m'inspire la politique.» (*Cahiers*, t. XIII, pp. 72-73.) En décembre 1896, il décide même de renoncer à sa candidature dans la politique. En 1898, son père est mort et puis trois ans après en 1901 c'est la mort de sa mère : sa chère mère, qui tint un rôle capital dans sa vie.

La voix de ma mère, son sourire, ses caresses, ses longues histoires dont je comprenais le chant plutôt que le récit, m'ouvraient un ciel. Elle eut une voix d'espérance, de joyeuse annonciation, une jeune voix qui chante toujours l'orgueil d'élever un garçon et me prédit tous les bonheurs, tous les succès, tous les plaisirs qui me plairaient pourvu que je m'en montre digne.[1]

Ainsi, la mort de sa mère le plonge dans un abîme de tristesse, tant son attachement pour elle était grand. « Elle est là sur son lit, morte, sans que rien de la maison soit changé ; mais elle est l'âme si douce, optimiste, aimant la vie, curieuse, voyant tout en beau, en enthousiasme.» (*Cahiers*, t. XIII, p. 316.) Quelques jours après, essayant de réagir, il se dit : « Puisque j'étais elle, je n'avais pas le droit de me gaspiller.» (*Cahiers*, t. XIII, p. 319.) Les liens familiaux sont déterminants et fort structurants pour Barrès : il se considère lui-même comme le prolongement de ses parents et son fils Philippe aussi est sa continuité. « Il est l'âme de mon âme et mon immortalité.» (*Cahiers*, t. XIII, p. 343.) Après la mort de ses parents, Barrès s'intéresse de plus en plus au mystère de l'univers. L'idée de la mort, qui est fréquemment discutée dans son œuvre, ne cesse de le hanter.

Étant mystique où je me trouvai après la mort de mes parents. Comment je connus la plaine de Sion [...] J'ai su que j'étais eux et que c'était ma destinée, ma nécessité de les maintenir aussi longtemps que je pourrais, comme un nageur qui sauve les siens jusqu'à ce qu'il s'engloutisse avec eux, ou trouve une barque

---

[1] Maurice Barrès, *Mes Mémoires*, in *L'Œuvre de Maurice Barrès*, Tome XIII, Paris, Au Club De l'Honnête Homme, 1968, pp. 7-8.

[...] Tout mon passé m'assiste et mes sentiments essentiels m'entourent sans me faire souffrir. Je n'ai rien près de moi que mes morts, des êtres enrichis par mes songeries.①

La mort est un terme récurrent dans l'œuvre de Barrès, qui fonde même la vision du monde de Barrès: c'est à partir des morts qu'il se situe, et qu'il comprend la terre, la tradition et la nation. Dans un cahier, il cite une phrase de Gambetta: « La patrie, c'est la terre de nos morts. Citer Gambetta: "On n'emporte pas la patrie à la semelle de ses souliers. Une terre n'est habitable que si elle a des morts."» (*Cahiers*, t. XIII, p.335.) Il défend toujours les morts qui le consolent et le soutiennent à jamais.

Je défends mon cimetière. J'ai abandonné toutes les autres positions. Religion, certitude scientifique, sens de la vie, progrès [...] Et comme je veux être d'un tout, être d'une association, que je ne saurais m'accommoder d'aucun vivant; que je veux être moi, je me réfugie chez mes morts, je les défends et je les définis. (*Cahiers*, t. XIII, p.328.)

Il montre un grand respect aux morts et à son avis, « les morts sont nos maîtres, nous pouvons adapter leurs volontés à la nécessité présente, nous ne pouvons ni ne voulons les renier » (*Cahiers*, t. XVII, p.199.). Le 12 juin 1903, Barrès écrit son sentiment vis-à-vis de la mort, il en a peur et en même temps la désire. « La vie vaut-elle la peine d'être vécue? Oui, la mort demeure toujours la mesure de mon sentiment: peur de mourir, puisque ma vie maintenant possède sa joie; désir de mourir dans cette plénitude.» (*Cahiers*, t. XIV, p.69.) À son avis, on n'a plus peur de la mort, parce qu'on sait qu'il y a un lien entre les vivants et les morts et les vivants prient toujours pour les derniers. Voici ce qu'il écrit dans un cahier en répétant la strophe du poète allemand Friedrich von Schiller:

---

① Maurice Barrès, *Mes Mémoires*, in *L'Œuvre de Maurice Barrès*, Tome XIII, Paris, Au Club De l'Honnête Homme, 1968, p.26.

Avance sans crainte sur cette mer immense et silencieuse [...] Il est un rivage [...] Si ce monde n'existe pas, il va jaillir des flots exprès pour toi, car il est un lien éternel entre la nature et le génie qui fait que l'une tient toujours ce que l'autre promet. (*Cahiers*, t. XVI, p.336.)

La douleur, le bonheur, tout lui donne envie de mourir: « Les espaces immenses de la contemplation. Les spacieuses sérénités. Et ces grands plaisirs de l'art qui nous donnent toujours un besoin de mourir.» (*Cahiers*, t. XIV, p.80.) Plus tard, Barrès écrit dans un cahier du mai 1911 qu'il éprouve profondément la douceur de la mort:

Aujourd'hui, à la fin d'une longue journée de pluie de printemps, vers l'heure du dîner, fatigué, je m'étais étendu sur mon lit et pour la première fois je crois, j'ai rêvé, goûté ce que peut être la douceur de la mort, j'ai senti vivante la fameuse image de la vie considérée comme un songe qui se dissipe. (*Cahiers*, t. XVII, p.52.)

Il est tellement hanté par l'idée de la mort qu'il a l'impression de se rendre sur « la terre divine des cimetières » (*Cahiers*, t. XIV, p.274.) quand il approche de Charmes où il habite dans l'enfance. Et même ses lectures sont aussi le prétexte de méditations sur la mort. Par exemple, il cite dans ses *Cahiers* un texte de Nerval:

Cazotte. Nerval. 278. « [...] Ce matin, pendant la prière, où nous étions tous réunis ensemble sous les regards du Tout-Puissant, la chambre était si pleine de vivants et de morts de tous les temps et de tous les pays que je ne pouvais plus distinguer entre la vie et la mort; c'était une étrange confusion et un magnifique spectacle.» (*Cahiers*, t. XIV, p.275.)

Cette description de Nerval correspond parfaitement à l'idée de Barrès. Dans les romans de Barrès, ses héros confondent toujours les vivants et les morts. En tant que des vivants, ils cherchent l'appui spirituel auprès des morts. Par exemple, les sept Lorrains dans *Les Déracinés* cherchent du courage près de la tombe de Napoléon.

77

Léopold Baillard dans *La Colline inspirée* rêve dans les cimetières qu'il y a une armée des morts derrière lui luttant contre ses ennemis. Sa lecture du cinquième tome de l'*Histoire de France* de Jules Michelet est aussi l'occasion d'un commentaire : « Aux premiers âges chrétiens, dans les temps de vive foi, les douleurs étaient patientes ; la mort semblait un court divorce ; elle séparait, mais pour réunir. » (*Cahiers*, t. XV, p.215.) Barrès partage également l'idée de Michelet. D'après eux, la mort n'est pas la fin d'une vie, mais un début. Barrès honore les morts en pensant qu'ils restent toujours avec lui : « Les Morts. Ils sont mes choses sacrées. Je les honore en communauté avec les dignes vivants. » (*Cahiers*, t. XV, p.216.)

Hanté par l'idée de la mort, Barrès n'a pas exprimé sa peur des morts, sauf très peu de fois de son angoisse face à la mort, en revanche, il se sent même plus proche des morts que des vivants. La mort n'a pas une couleur d'obscurité sous la plume de Barrès. Il préconise le culte des morts et dialogue avec les ancêtres en visitant les cimetières. Nous prenons l'exemple de la deuxième trilogie *Le Roman de l'énergie nationale* où l'auteur décrit des scènes politiques dans la Chambre pendant le mouvement boulangiste et l'affaire de Panama. Dans *les Déracinés*, « mort » est un mot fréquent : la mort de Victor Hugo, la mort de Mme Aravian, la mort de Racadot. Parmi les vingt chapitres du roman, le huitième et le dixième chapitres sont respectivement : « Au tombeau de Napoléon » et « On sort du tombeau comme on peut ». De plus, les mots « ténèbres », « cimetière », « suicide » sont partout dans toute l'histoire. Dans *L'Appel au Soldat*, la mort est aussi un thème principal. Barrès utilise plusieurs fois le mot « mort » ou d'autres termes relatifs comme dans *les Déracinés*, tels que « cimetière », « tombeau », « tombe ». Dans ce roman, la mort a deux significations différentes : un appui spirituel pour les vivants et un soulagement pour les douloureux. Quand Boulanger est exilé de la France, comment mieux servir son Général devient la préoccupation de François Sturel. Alors, il accepte l'invitation de son ami Saint-Phlin de rentrer dans son pays natal et de faire une tournée de la Lorraine. Au cours du voyage, les deux visitent beaucoup de lieux historiques. Devant les cimetières des morts, ils trouvent un appui spirituel pour l'existence actuelle, leurs ancêtres leur donnent du courage. Pendant le voyage d'Epinal à Toul, « une fois de plus les deux jeunes gens déploraient les humanités vagues, flottantes, sans réalité, qu'on leur avait enseignées au lycée, quand le vrai principe c'est l'éclaircissement de la conscience individuelle par la connaissance de ses morts et de sa terre.» (*Appel*, p.911.) «Jusqu'à Toul, Sturel et Saint-Phlin ne se laisseront plus divertir, et ce silence, auquel l'obscurité ajoutait encore, les donnait tout aux leçons de la terre et des morts.» (*Appel*, p.913.) Le troisième jour de leur arrivée, Sturel et Saint-Phlin visitent le cimetière de Chambrière où se trouvent 7203 soldats français morts aux ambulances de la ville en 1870. Comme ce que dit Maurice Barrès dans *Scènes et doctrines du nationalisme* : «Notre terre nous donne une discipline et nous sommes les prolongements de nos morts.»[1], après la visite de ce cimetière, leurs coeurs sont vaincus de grandes destinées de la France:

> C'est ainsi en sortant du cimetière de Chambière, et d'un grand tumulte du coeur, Sturel et Saint-Phlin associent dans un acte d'élévation les noms illustres de la pensée française au noms obscurs des petits soldats sur la tombe de qui, tête nue, ils viennent d'unifier leurs intérêts individuels, leur hérédité lorraine, la société française et l'humanité. (*Appel*, pp.931-932.)

La mort peut aussi donner une consolation pour les vivants. En juillet 1891, Mme de Bonnemains meurt. C'est une catastrophe mortelle pour Boulanger. «Le Général, en habit noir, avec la plaque de la Légion d'honneur, livide, mais redressant le front, instinctivement tendit ses mains tremblantes. Au cimetière, on dut le soutenir, puis il demeura seul près de la tombe, où il renouvelait un serment.» (*Appel*, p.1028.) A travers les gestes de Boulanger, nous pourrions voir sa douleur, en effet, après la mort de son amour, il lui écrit même une lettre pour exprimer sa immense tristesse: «En partant, elle a emporté non pas seulement la moitié de moi-même, mais tout ce qu'il y avait de bon, de noble, de généreux en moi. Je vous le dis simplement, mais véridiquement: je ne suis qu'un corps sans âme, je vis machinalement.» (*Appel*, pp.1029-1030.) Plus tard, l'état spirituel de Boulanger devient de pire en pire, Boulanger s'interroge même: «"Suis-je encore un soldat?" Du jour qu'il doute de sa

---

[1] Maurice Barrès, *Scènes et doctrines du nationalisme*, dans *L'oeuvre de Maurice Barrès*, in *L'Œuvre de Maurice Barrès*, Tome V, Paris, Au Club De l'Honnête Homme, 1968, p.12.

qualité essentielle et ne se croit plus un soldat, il meurt, est déjà mort.» (*Appel*, p.1030.) Donc, pour Boulanger, la mort n'est pas une chose terrible, c'est plutôt un soulagement, il ne souffre plus de douleur. Dans le testament privé de Boulanger à la veille de son suicide, il écrit : « Je me tuerai demain, ne pouvant plus supporter l'existence sans celle qui a été la seule joie, le seul bonheur de toute ma vie [...] Et du moins je me replonge dans le néant où l'on ne souffre plus.» (*Appel*, pp.1032-1033.)

2.2.2 Le culte des morts

Ce sont ses visites aux cimetières qui ont aidé Barrès à trouver des arguments pour le culte des morts. D'ailleurs, l'écrivain est particulièrement attentif aux rites, aux cérémonies religieuses qui permettent de souder le peuple et de le situer dans une continuité. Barrès pense que les cérémonies, dans leur mise en scène même, permettent aux individus de s'élever des sphères plus hautes que le banal quotidien. En considérant leur fonction pour la moralité humaine, Barrès souhaite que les gens peuvent participer aux cérémonies.

Que des hommes soient employés à célébrer dans des cérémonies symboliques les plus hauts sentiments de l'âme humaine, cela est pratiquement utile, cela sert effectivement la moralité humaine comme les spéculations des hautes mathématiques sont utiles à l'industrie, au commerce, même à notre bien-être matériel. (*Cahiers*, t. XVII, p.73.)

D'après lui, la messe est un moyen de lier les morts et les vivants et une façon de rendre hommage aux ancêtres. Et ce culte des morts est liée à la résurrection : « Honoraires de messes. Liaison absolue entre la résurrection et le culte des morts. Si l'on ne croyait pas qu'ils ressuscitent, il serait superflu et vain de prier pour les morts [...]» (*Cahiers*, t. XVI, p.68.) À son avis, le chant liturgique peut accentuer l'ambiance divine et élever les âmes à un niveau supérieur.

Et pourtant il y a quelque chose, il est une puissance qui mieux que l'orgue élève un homme jusqu'à l'ordre divin. C'est le chant liturgique pur et sans aucun soutien. Une voix nous prend et nous porte plus haut que toute cette ampleur de tempête. C'est quelque chose d'important l'orgue, mais c'est quelque chose de plus important, la simple liturgie. (*Cahiers*, t. XVI, p.64.)

Barrès appelle les gens à conserver les rites de prière parce qu'il pense que cela est la volonté des morts. Le 28 octobre 1907, il fait son discours des Morts à la Chambre. Il avance comme argument que c'est le culte des morts qui rallie les Français : « On nous dit que nous avons en France une religion qui nous rallie tous et que c'est le culte des morts. Dans la rue, chacun de nous se découvre au passage du cercueil d'un inconnu, fût-il accompagné par les prêtres.» (*Cahiers*, t. XV, p.267.) Et l'objectif de ce discours est de demander aux Français de respecter les morts et d'accomplir la volonté des derniers - faire les prières pour eux :

Nous voudrons trouver en dépit de la Séparation le moyen d'accomplir la volonté des morts, le moyen de leur donner les prières qu'ils ont demandées et payées. Tel est, Messieurs, le caractère de mon intervention. Je monte à cette tribune en avocat des morts, au nom de ce respect des morts qui est un de nos caractères nationaux et pour réclamer l'accomplissement de leurs volontés. (*Cahiers*, t. XV, p.267.)

Au point de vue de Barrès, les gens souhaitent que leurs noms soient prononcés au moins une fois par an dans la messe après leur mort. C'est un moyen de communiquer avec les vivants et de rester un instant à la vie et du coup, leur âme trouve le repos.

Ils ont voulu que leur chef spirituel, le curé, après leur mort une fois l'an, prononçât leur nom au prône du Dimanche, célébrât une messe pour le repos de leur âme, les tirât de la poussière pour les mêler encore quelques minutes à la vie. Il n'y a rien que d'honnête, d'excellent dans une telle volonté. (*Cahiers*, t. XV, p.271.)

De plus, le culte des morts correspond également aux besoins des vivants. Nous sommes la continuité de nos ancêtres et nos pensées ne peuvent pas atteindre un niveau supérieur sans l'accumulation de nos prédécesseurs. Ainsi, d'après Barrès, on ne peut pas trahir la volonté des morts en enlevant les rites et ce désir d'immortalité doit être respecté. « Et ce désir d'immortalité, désir noble et fécond pour la société, se complète du plus touchant témoignage de confiance envers nous. Comment pourrions-nous le trahir? » (*Cahiers*, t. XV, p. 272.) Son discours sur les morts créent une résonance chez d'autres Français. L'écrivain Fernand Nicolaÿ lui écrit le 29 octobre 1907 : « Monsieur, en lisant à l'*Officiel* votre admirable discours auquel j'applaudis doublement comme croyant et comme homme de lettres, il me revient à l'esprit un très curieux passage de Cicéron sur l'utilité du culte des Morts.» (*Cahiers*, t. XV, p.274.) Plus tard, le 5 juin 1908, Barrès accentue à nouveau sur ce point lors de sa conversation avec l'abbé Lemire : « Moi, Barrès, je me mets en face de la volonté de ma terre et de mes morts. Il se lève de terre une demande de prières.» (*Cahiers*, t. XV, p.408.) Quelques années plus tard, en janvier 1913, Barrès écrit dans un cahier : «"Il faut que le grain meure dans le sol pour porter ses fruits." Notre idée germe de notre mort.» (*Cahiers*, t. XVII, p.268.) Ces deux phrases sont courtes mais expriment avec force l'attachement de Barrès aux ancêtres. À son avis, les idéologies de la société moderne sont fondées sur celles des ancêtres, comme des nains juchés sur des épaules de géants. Donc, il faut respecter la volonté des aïeux - célébrer la messe dans les églises pour eux. Outre dans les *Cahiers*, Barrès exprime aussi son idée de célébrer les morts dans d'autres œuvres. Par exemple, dans *Le Mystère en pleine lumière*, il décrit sa communication avec les morts un jour de la fête patronale à Charmes :

O morts qui vous taisez, n'importe! En dépit de votre silence, demain matin, avec vous tous, j'irai à l'église pour votre messe. On est si bien sous la plainte éternelle des chants latins!

C'est en effet la coutume, dans nos villages lorrains, de célébrer à la paroisse, le lendemain de la fête, un service pour les défunts. (*Mystère*, pp.823-824.)

Les morts ici sont les maîtres des vivants dont la vie se fonde sur les premiers et leurs œuvres, et c'est à travers les cérémonies et les prières que les morts sont honorés. Barrès lui-même participe aussi aux cérémonies presque chaque année. Par exemple, le 15 août 1907, il participe à la procession à Charmes. Selon lui, c'est un rite qui mobilise tout le monde, les petits et les grands, qui ne se présente que la solennité, et ici, Barrès trouve à la fois l'inspiration et la fraternité. Le même jour de l'année suivante, le 15 août 1908, Barrès participe à une autre cérémonie de son pays natal. Il écoute le son des cloches et regarde la procession : « Tout ce petit monde, garçons et filles mêlés, récitent la belle prière : "maintenant et à l'heure de notre mort". Puis ici le groupe des vierges en blanc qui portent la statue dorée de la Vierge. » (*Cahiers*, t. XVI, p.33.) En regardant le défilé, il se dit : « J'ai cru voir passer la civilisation. » (*Cahiers*, t. XVI, p.34.) Et puis, quelques années après, un matin de Pâques en avril 1911, Barrès va à la cathédrale de Sens. Là-bas, il se laisse envahir par cette atmosphère divine, et il y cherche la civilisation nationale et le soi-même profond.

> Les générations reçoivent ici les leçons et les exemples de la civilisation. D'une certaine civilisation, si vous voulez. Oui, l'on trouve ici des vertus et puis l'énoncé de ce qui ne doit pas être mis en discussion. Ici l'individu sent s'éveiller en soi des parties profondes auxquelles ailleurs rien ne parle si fort. Qu'un cantique s'élève à l'autel, un autre chant surgit de mon cœur. (*Cahiers*, t. XVII, p.38.)

Plus tard, en novembre 1920, Barrès visite la cathédrale de Strasbourg lors de ses conférences du *Génie du Rhin* à l'Université des Strasbourg, et il note dans un de ses *Cahiers* la messe des enfants qui est colorée d'ambiance patriotique : « La messe des enfants de Strasbourg le dimanche matin, dans la cathédrale, quand ils y viennent demander à l'Esprit-Saint le don de la langue française et qu'ils chantent avec leur accent germanique, de tout cœur, les cantiques des paroisses de France. » (*Cahiers*, t. XIX, p.249.)

Les ancêtres sont ce à quoi Barrès pense quand il visite la terre, les cimetières et les monuments historiques. À son avis, les ancêtres jouent un rôle indispensable pour la vie des contemporains, c'est la raison pour laquelle il les évoque souvent.

2.2.3 Le dialogue avec les ancêtres

En tant que traditionaliste, Barrès s'attache au passé et aux ancêtres. Il confond même sa vie avec celle des ancêtres. Voici ce qu'il note dans un cahier: « Moi, je suis fait pour chercher les causes, le passé et je ne trouve ma vie que dans les précédentes, dans la mort.» (*Cahiers*, t. XIII, p.202.) Plus tard, dans un autre cahier il écrit: « Double cimetière, ce sont nos morts. Je suis né d'eux; ils sont miens. Ils sont doublement morts, car nul que moi ne les connaît.» (*Cahiers*, t. XIII, pp. 312-313.) Les ancêtres sont ainsi indispensables pour la vie des contemporains, à moins de devenir des « déracinés »: « On n'a pas vu le double sens du mot déraciné. On n'a pensé qu'à "déraciner du terroir". J'ai dit qu'ils sont isolés, détachés des idées des ancêtres.» (*Cahiers*, t. XVII, p.233.)

En vue de dialoguer avec les ancêtres, il faut d'abord une correspondance entre les deux mondes. Et Barrès y croit avec constance.

2.2.3.1 La correspondance avec les ancêtres

Barrès insiste souvent sur la correspondance entre les vivants et les morts. Le jour des morts en 1900, il visite les cimetières à Charmes et prie pour les ancêtres. Il pense que les morts peuvent l'entendre.

Encore que les défunts aient grossi de leurs dépouilles la poussière des tombeaux, nous les traitons comme s'ils étaient plein de vie; nous leur parlons comme s'ils nous entendaient, comme s'ils avaient l'intelligence de nos affectueuses délicatesses. Et en effet ils vivent toujours. Transit, trépasse, passe en dehors de ce qui change. Ils ont tous parlé par la voix des cloches; « on sonne sur » toutes les tombes ouvertes depuis que la mort est entrée dans le monde. (*Cahiers*, t. XIII, p.296.)

En outre, selon Barrès, le mois de novembre est « la saison des revenants » et le moment de la remémoration : « Les pensées du 2 novembre. C'est la saison des revenants ; c'est novembre où notre pensée appelle tous ceux qui déjà reposent dans la mort. » (*Cahiers*, t. XVII, p.172.)

L'idée de la correspondance avec les morts est incarnée dans toutes ses œuvres. Par exemple, dans son premier roman *Sous l'œil des barbares*, les scènes liées aux morts sont très présentes, et quand le héros Philippe éprouve une grande douleur, il entend qu'ils se moquent de lui. Même si à ce moment-là, au début de sa carrière littéraire, Barrès ne trouve pas encore un appui spirituel chez les morts, son héros au moins a la capacité de communiquer avec eux : « Dans l'obscurité, soudain il s'entendit ricaner, et, au bout de quelques minutes, il songea que les morts, ceux-là même qui lui avaient mangé le cœur, comme elle disait, riaient en lui de son angoisse. » (*Barbares*, p. 43.) Même dans *L'Appel au soldat*, le héros a une correspondance avec les prédécesseurs. Au début du roman, après avoir appris le mariage de Thérèse Alison, le héros Sturel commence son voyage en Italie pour s'évader de ses tristesses. À Venise, il trouve des traces d'illustres prédécesseurs tels que Byron et Chateaubriand. Selon Barrès, ce sont des « immortels », avec lesquels il pourrait avoir une correspondance et mener une communication.

Mais s'il y a une correspondance entre les vivants et les morts, qu'est-ce que Barrès veut chercher auprès des ancêtres ? Un appui spirituel.

2.2.3.2 L'appui spirituel des ancêtres

Barrès et même les héros de ses romans fréquentent les cimetières où reposent les ancêtres, parce qu'ils voudraient y trouver un appui spirituel pour la vie actuelle. Et l'idée de l'appui spirituel des ancêtres s'incarne parfaitement dans *La Colline inspirée* où les trois frères, surtout l'aîné Léopold, pensent qu'ils possèdent une armée des morts derrière eux. Pendant la procession du 8 septembre, le regard de Léopold se dirige vers le monde mystique et les ancêtres. Il se croit conduire « la croisade » des morts pour lutter contre ses ennemis :

Léopold ne doutait pas que les anciens chevaliers de Notre-Dame de Sion et les comtes de Vaudémont, s'ils étaient sortis de la tombe, ne l'eussent reconnu, entouré comme l'un d'eux, et que, tous ensemble, ils auraient marché pour le service de Dieu. Maintenant il prêche la croisade. Comme sa figure s'illumine! (*Colline*, p.623.)

Plus tard, les trois frères sont petit à petit abandonnés par les habitants locaux et il ne reste qu'une poignée de fidèles. Au cours de la lutte contre l'évêque, Léopold cherche l'appui chez les ancêtres en s'imprégnant de l'ambiance des cimetières. Voici ce qu'il pense un jour en novembre quand le jour des morts approche:

Maintenant rendu à lui-même, il va se réaliser, épanouir les pensées déposées dans son cœur par les générations qui l'ont précédé, et, dans ce début de novembre consacré aux trépassés, son esprit s'oriente avec plus de force qu'aucune autre année vers le souvenir de ses parents pour y trouver un appui. (*Colline*, p.633.)

Et le jour arrive, il se trouve devant le cimetière de ses parents et prie pour sa tâche sur la colline. Plus tard, chassé par les habitants de la colline de Sion, Léopold prend la fuite. Le fugitif se glisse dans la colline et marche sous les arbres en évitant les sentiers ordinaires. Sur la route, il se sent accompagné par les fantômes.

Elle est bien romantique, cette nuit, la vieille ruine des comtes de Vaudémont, avec ses pauvres tombes paysannes, son église, ses grands arbres et l'immense horizon sur la plaine nocturne! [...] Mais Léopold eut bientôt fait de remplir ce désert des fantômes conjurés par sa propre imagination. En leur compagnie, jusqu'à l'aube, il erra sous les grands arbres. (*Colline*, p.674.)

La pleine lune dans la nuit l'incite à se concentrer dans la solitude. Les vivants n'occupent aucune place dans son cœur, sa pensée s'oriente vers les morts et le ciel sur la route d'exil: «Il renia ses paroissiens, tous les vivants de Sion, de Saxon, de Vaudémont et de toute la plaine, hormis une poignée de justes, pour n'aimer que les morts et le ciel. Il se glorifia en songeant qu'il s'était perdu dans le monde visible pour le service du monde invisible.» (*Colline*, p.675.)

Léopold aime les cimetières, les forêts, les vallées, les sources, etc. En s'accordant avec les lieux, il n'est plus un individu, mais un symbole de la tradition - le prolongement de ses ancêtres : « Il s'accordait avec tout ce qui est silence et solitude ; il ramassait et ranimait tout ce qui lui faisait sentir le mystère et la divinité. Léopold vivait comme un moine : Saxon était sa cellule, toute la Lorraine son promenoir.» (*Colline*, p.700.). Quand le voile de la nuit tombe sur terre, il aime même se promener sous la lune près des tombes. Voici le Léopold aux yeux de son adversaire le Père Aubry : « Tant qu'il fait jour, la terre est aux vivants ; le soir venu, elle appartient aux âmes défuntes. Léopold Baillard se promène la nuit, parce qu'il est un mort.» (*Colline*, p.703.) Après son retour à la colline, Léopold mène une vie difficile et de temps en temps il est obligé de se déplacer en vendant du vin pour vivre. Il se repose souvent sous les arbres près des cimetières. Sous le plein ciel, dans la solitude, il se sent en harmonie avec les morts et accompagné par eux, et il attend la résurrection.

Mais il préférait s'asseoir sur les bancs de l'église ou, mieux encore, dans la belle saison, sous les vieux arbres qui poussent près des tombes. Il s'accordait tout naturellement avec les morts, puisque comme eux il se trouvait mis hors de la vie. Il partageait leurs grandes espérances et répétait avec les inscriptions funéraires : « Mon corps repose en attendant la Résurrection.» (*Colline*, p.700.)

À la mort de ses proches, Vintras, François, Quirin et la sœur Euphrasie, Léopold ne pense pas qu'ils le quittent, en revanche, il est convaincu qu'ils restent toujours près de lui. Et avant de se coucher, il met des chaises devant le feu et attend l'arrivée des morts chez lui pour la veillée : « Tous les soirs, durant des années, Marie-Anne couchée, le vieil homme reste seul debout jusqu'à minuit, non pour rêver devant les cendres éteintes, mais pour attendre les âmes de ses morts. » (*Colline*, p.714.) Un jour, quand il est amené au château d'Étreval après avoir été perdu dans la tempête de neige, il reste toute la nuit auprès du feu et s'adresse aux personnes invisibles : «- Je vous attendais, Vintras... Te voici, François... Où repose

87

Thérèse? Est-elle à l'abri du froid, du vent, de la tempête? Où t'a menée la vie, Thérèse? » (*Colline*, p.718.)

En effet, dans le roman, l'idée de la mort n'est pas l'exclusivité de Léopold, son maître Vintras est également attaché aux morts et prend ses forces en eux. Quand il est accueilli par le groupe de Léopold dans la colline de Sion, Vintras invoque les morts à haute voix devant la fenêtre de sa chambre: «[...] Les morts tressaillent. Ils sortent de leurs tombeaux, ils s'élèvent et leurs âmes blanchissent. Il se fait un grand travail.» (*Colline*, p.643.) Le lendemain, il commence son prêche par l'hommage aux morts et déclare ainsi : « Notre première pensée doit aller aux morts, en forme d'amende honorable pour la longue attente où les générations défuntes ont été de la parole de salut, que je leur apporte aujourd'hui. » (*Colline*, p. 644.) Puis, il continue à expliquer sa vue sur les morts et prétend les voir planer au-dessus des fidèles dans le couvent et qu'il possède une armée des morts, beaucoup plus nombreux que les membres de la hiérarchie ecclésiastique : « Vous croyez n'être ici qu'une trentaine. Eh bien! La chapelle est pleine des morts de Sion. Relevez vos regards, ô mes frères, ô mes sœurs, voici vos parents depuis la huitième génération qui planent au-dessus de nous! » (*Colline*, p.645.)

D'ailleurs, Barrès ne cherche non seulement l'appui spirituel auprès des ancêtres, mais aussi se considère comme le prolongement de ceux-ci, et cela provient de son idée de continuité et son attachement au passsé.

2.2.3.3 Le prolongement de la vie

Barrès est un homme nostalgique du passé. Les morts l'attirent, parce qu'il croit qu'ils conservent un trésor de la civilisation des siècles passés. À son avis, la tradition occupe une place importante dans la vie actuelle, parce qu'il va chercher le sens de la vie dans le passé et les leçons du passé:. « Au reste, mon esprit fut toujours ainsi fait que je ne mettais pas ma perspective devant moi, mais derrière. J'aime mieux un long passé qu'un long avenir, ou plutôt je n'ai jamais rêvé sur l'avenir.» (*Cahiers*, t. XIII, p.313.) Ainsi, il accentue l'hérédité des descendants et considère les vivants comme la continuité des morts: « Je suis la continuité de mes parents. Cela est vrai anatomiquement. Ils pensent et ils parlent en moi.» (*Cahiers*, t. XIII, p.262.)

Dans son cahier de 1909, Barrès cite un paragraphe du livre *La Médecine vitaliste* écrit par Joseph Grasset, médecin interniste et neurologue français. L'idée de la mort dans ce texte donne résonance à celle de Barrès. La mort d'un individu n'est pas la fin d'une vie, parce que sa vie continuera dans ses descendants.

La vie, dit Grasset (*la Médecine vitaliste*) , ne meurt pas. Seul l'individu meurt. « Avant de mourir il s'est reproduit et la vie continue dans le nouvel être engendré. Pour le physiologiste et le médecin, la vie n'est pas de fin. Elle se continue d'individu en individu, à travers les générations successives [...] L'homme porte avec lui, en venant au monde [...] un lourd bagage, lourd et glorieux, où il y a cet immense facteur, l'hérédité, lien mystérieux et puissant qui unit les générations.» (*Cahiers*, t. XVI, p.103.)

Plus tard, Barrès développe cette idée : il croit à la « survie » après la mort. À la fête de la Toussaint en novembre 1912, Barrès pense aux morts et envisage sa propre mort.

C'est novembre et hier c'était le soleil de la Toussaint. Par-dessus la petite ville, le clocher avec ses trois cloches interpelle le cimetière :

Ô morts, nous pensons à vous.

Ô morts ! Mais ce n'est qu'un son. Un son inoubliable, pareil à ces flammes des cierges qui frémissent et pâlissent autour du catafalque en plein jour, pareil à ces proses latines.

Ô morts ! Nous pensons à vous.

[...] Puisqu'il faut mourir, je voudrais mourir pour vivre, et par ma mort m'assure une survie. (*Cahiers*, t. XVII, pp.263-264.)

En 1921, deux ans avant sa mort, Barrès note dans un cahier son pressentiment de la mort. Il croit que ses idées, son âme, ou plus largement son esprit survivra après sa mort :

> Je regarde les brouillards du soir se lever de mon être et lentement me recouvrir
> comme ils firent des autres vivants. Je le savais des autres et commence
> d'accepter ce proche destin. Avec étonnement, d'ailleurs. C'est sur un esprit si
> riche d'espérance que la main va s'effondrer ! Où pourrai-je transporter mes
> désirs, mes admirations, tout le stock de mes belles images ? Un successeur !
> Un cheval pour ma royauté ! Que je mette ma royauté sur un cheval, tandis que
> je mets pied à terre ! J'appelle la survie quand j'accepte la mort. (*Cahiers*, t.
> XIX, p.299.)

Même si le terme « survie » parut un peu tard dans les *Cahiers* de Barrès, l'idée
même était déjà présente dans ses premières œuvres. Par exemple, dans le troisième
volet de sa première trilogie - *Le Jardin de Bérénice*, l'auteur met en scène le
dialogue entre Philippe et l'esprit de Bérénice vers la fin du roman. Malgré la mort de
cette dernière, Philippe voit l'esprit de Bérénice se lever de la tombe et les deux
tiennent un dialogue : « Or, pour une âme de qualité, il n'est qu'un dialogue, c'est
celui que tiennent nos deux Moi, le Moi momentané que nous sommes et le Moi idéal
où nous nous efforçons. C'est en ce sens que j'ai vu Bérénice se lever de sa poussière
funéraire.» (*Bérénice*, pp. 254-255.) Aux yeux de Philippe, cette fille simple et
instinctive joue un rôle de « sauveur » dans sa vie en lui apportant la sagesse de
l'instinct et en partageant ses énervements : «- Tu étais, ma Bérénice, le petit enfant
sauveur.» (*Bérénice*, p. 255.) Bérénice lui dit qu'elle est partout malgré sa mort
corporelle : «- J'étais là ; mais je suis partout. Reconnais en moi la petite secousse par
où chaque parcelle du monde témoigne l'effort secret de l'inconscient. Où je ne suis
pas, c'est la mort ; j'accompagne partout la vie. » (*Bérénice*, p. 256.) Cette idée
d'immortalité est développée par Barrès plus tard par sa conception de « survie ».

Plus tard, dans la dédicace *Du sang, de la volupté et de la mort* pour rendre
hommage à son ami Jules Tellier, un jeune écrivain mort à la suite d'une maladie
contractée lors d'un voyage, Barrès exprime son idée de la mort - la mort du corps,
mais non l'immortalité de l'esprit : « Visiblement son être, à la veille de se

transformer dans la mort, commençait à se délivrer de sa part d'humanité. Quand la vie en nous baisse le ton, nous croyons sentir un être nouveau qui naîtra de notre cadavre et qui déjà s'agite.» (*Du sang...*, p.346.) L'auteur, dit ceci d'une manière poétique, presque fantastique. D'ailleurs, l'idée de la survie est aussi exprimée dans *Les Déracinés*. Dans ce roman, Barrès décrit la scène des funérailles de Victor Hugo qui est décédé le 22 mai 1885 à Paris. À la mort d'Hugo, le Parlement décide de déposer le corps du grand poète au Panthéon. Selon l'auteur des *Déracinés*, la mort de Victor Hugo est un acte d'ascension pour s'élever. Hugo est « le chef mystique » et « le voyant moderne » de l'humanité :

> Ainsi dès le 22 avait commencé l'apothéose ; mais de ce long office des morts la nuit du dimanche au lundi fut l'élévation, l'instant où le cadavre présenté à la nation devient dieu.
>
> Quelles ne sont pas les imaginations de tout un peuple surexcité par la gloire et la mort ? Demain, lundi, quand ces masses porteront le dieu au Panthéon, l'aube aura dissipé ces orageuses vapeurs [...] Oui, c'est le chef mystique, le voyant moderne, non pas le romantique, élégiaque et dramaturge, que ces grandes foules assistent. (*Déracinés*, pp.727-728.)

Même si la mort de Victor Hugo brise le cœur, elle ouvre aussi la porte du mystère. Dans les funérailles, les gens voient l'élévation sublime d'Hugo. L'élévation de Victor Hugo, aux yeux de Barrès, est la naissance d'une nouvelle vie. Voici ce que Barrès dit dans *Les Déracinés* : « Comme tous les cultes de la mort, ces funérailles exaltaient le sentiment de la vie.» (*Déracinés*, p.728.) En outre, nous trouvons aussi la survie des ancêtres dans une de ses œuvres posthumes *Le Mystère en pleine lumière* :

> Ces morts reviennent dans nos rues y donner le coup d'œil d'un maître. Je les comprends et je m'incline. Honneur à ceux qui demeurent dans la tombe les gardiens et les régulateurs de la cité !
>
> Les morts groupés près de la ville qu'ils ont construite, du fond de leurs caveaux, commandent encore les vivants. (*Mystère*, p.824.)

Pour Barrès, le passé compte beaucoup, non seulement le passé à propos des ancêtres qui lui donnent un appui spirituel, mais aussi son propre passé. Barrès se considère également comme le prolongement de sa famille : toutes les étapes de la vie se comprennent selon lui dans la continuité de ses ancêtres. En 1922, il publie les mémoires de son grand-père Jean-Baptiste Barrès *Souvenirs d'un officier de la Grande Armée*. En tant que prolongement de sa famille, Barrès pense qu'il doit tout ce qu'il écrit à ses parents, à ses grands-parents et à ses ancêtres, et trouve en eux « les sources de son inspiration et le milieu moral qui la commande »[1] :

> Aujourd'hui, je les publie par gratitude. Je les publie parce qu'il commence à être temps que je paie toutes mes dettes et m'acquitte de mes principales obligations. J'ai toujours pensé écrire *Ce que je dois* : mes obligations envers les hommes et les circonstances. Je suis la voix de mes parents. Je suis [le prolongement d'] une famille. (*Cahiers*, t. XX, p.77.)

En fait, à travers les mémoires de son grand-père, Barrès trouve non seulement les sources de sa vie mais aussi l'inspiration d'écrire ses propres *Cahiers*. Dans la préface des *Souvenirs d'un officier de la Grande Armée*, Barrès écrit : « Je publie les Mémoires de J. -B. Barrès pour qu'ils servent de préface et d'éclaircissement à tout ce que j'ai écrit.»[2]

2.3 L'amour de la patrie

Pour Barrès, la patrie est sa plus grande préoccupation. Tout ce qu'il a fait pendant sa vie est au profit de sa patrie, tels que son engagement dans la politique, sa campagne pour la défense des églises et ses discours encourageants lors de la

---

[1] Philippe Barrès, notice dans *Les Souvenirs d'un officier de la Grande Armée*, in *L'Œuvre de Maurice Barrès*, Tome XX, Paris, Au Club De l'Honnête Homme, 1968, p.225.

[2] Maurice Barrès, préface des *Souvenirs d'un officier de la Grande Armée*, in *L'Œuvre de Maurice Barrès*, Tome XX, Paris, Au Club De l'Honnête Homme, 1968, p.229.

première Guerre mondiale. Il aime son pays, il fait tout ce qu'il peut faire pour le bien de la France. Pour les générations suivantes, Barrès espère aussi que les jeunes Français portent le sentiment patriotique. Après la victoire de la France dans la première Guerre mondiale, Barrès reçoit une lettre des étudiants de Strasbourg qui lui demandent de devenir leur Maître spirituel. Dans sa réponse aux étudiants, il leur demande d'avoir une croyance héritée des ancêtres pour agir. Ici, le terme « croyance » a son sens plus large, il signifie non seulement la croyance religieuse, mais aussi la croyance patriotique:

Chacun de nous doit se faire sa croyance. Mes chers amis, la croyance qui fera votre force pour toute votre vie, comme elle fit celle de vos pères, c'est cette certitude que vous venez de m'exprimer, la certitude que la France va exercer sur le Rhin une action vraie et bienfaisante, commandée de toute éternité par l'histoire et d'une manière plus pressante par les événements actuels.[1]

La pensée patriotique de Barrès se reflète aussi dans ses écrits de différentes périodes. Nous l'analyserons en prenant les exemples de *Colette Baudoche* (1909), *Les Traits éternels de la France* (1916) et *Les diverses Familles spirituelles* (1917).

2.3.1 « *Debout les morts!* » *dans* Les Traits éternels de la France

Sur l'invitation de l'Académie Britannique, Maurice Barrès présente un discours intitulé *Les Traits éternels de la France* à Londres le 12 juillet 1916. À cette époque-là, la première Guerre mondiale est déclarée depuis deux ans. Dans ce discours, Barrès utilise les lettres les plus émouvantes des soldats de la France et de leurs familles pour montrer que les soldats français luttent pour la fraternité et la liberté. En tant que fervent patriote, Barrès place son patriotisme avant tout. A travers le discours, nous voyons clairement la pensée patriotique de l'auteur:

Les Allemands ont envahi une tranchée et brisé toute résistance; nos soldats

---

[1] Maurice Barrès, *Réponse de Maurice Barrès aux étudiants de Strasbourg*, Annexes d'*Au service de l'Allemagne*, in *Maurice Barrès, romans et voyages*, Tome II, Paris, Robert Laffont, 1994, p.300.

gisent à terre, mais soudain de cet amas de blessés et de cadavres, quelqu'un se soulève et saisissant à portée de sa main un sac de grenades, s'écrie: « Debout les morts! » Un élan balaye l'envahisseur. Le mot sublime avait fait une résurrection.[1]

Barrès parle du lieutenant Péricard qui raconte son histoire au commencement d'avril 1915. Après trois jours de combat contre les Allemands, il reste seulement un petit nombre de soldats français complètement isolés au Bois-Brûlé. En regardant les cadavres de ses camarades, une exaltation surgit de son cœur, il lutte avec tous ces morts:

Debout les morts! [...] Coup de folie? Non. *Car les morts me répondirent*. Ils me dirent: « Nous te suivons. » Et se levant à mon appel, leurs âmes se mêlèrent à mon âme et en firent une masse de feu, un large fleuve de métal en fusion. Rien ne pouvait plus m'étonner, m'arrêter. J'avais la foi qui soulève les montagnes.[2]

Les champs de bataille remplis du sang des soldats sont tous imprégnés d'âme. Pendant la guerre, la mort est inévitable, et Barrès développe son idée de la mort en y ajoutant le patriotisme. D'après lui, malgré la disparition des corps, les morts continuent à donner leurs appuis aux vivants et à combattre avec eux pour sauvegarder la France.

2.3.2 *Le triomphe du patriotisme dans* Colette Baudoche

Le roman *Colette Baudoche* montre parfaitement le sentiment patriotique de l'auteur. Dans ce roman, Barrès décrit la morale de Colette Baudoche et de sa grand-mère Mme Baudoche contre le germanisme à Metz et leur influence sur un jeune professeur allemand Asmus qui loue une chambre chez elles. S'intéressant de plus en

---

[1] Maurice Barrès, *Les Traits éternels de la France*, in *L'Œuvre de Maurice Barrès*, Tome VIII, Paris, Au Club De l'Honnête Homme, 1966 [1916], p.303.

[2] *Ibid.*, p.304.

plus à la culture alsacienne, Asmus parcourt les quatre côtés de Metz, y compris des paysages naturels et des monuments historiques. En vue de mieux connaître la civilisation de cette terre, Asmus choisit même de dîner avec les deux dames dans la maison au lieu de sortir dans les brasseries avec ses compatriotes. De temps en temps, il voyage dans la journée et le soir il multiplie ses questions lors de leurs discussions où sa curiosité est bien satisfaite. Et les dames Baudoche lui racontent inlassablement l'histoire de la ville. En considérant l'intérêt du jeune homme Asmus pour la culture française, Mme Baudoche décide de le conduire un jour à l'une des réunions de tous les Messins qui gardent le souvenir de la France.

Alors qu'il s'attache de plus en plus à la culture française, Asmus, juste avant son départ en vacances, demande la main de Colette, ce qui met la jeune fille devant un choix difficile à cause de l'identité allemande du jeune homme. « Asmus allait revenir, et la jeune fille, toujours irrésolue, attendait un appui à la messe des soldats du siège, pour laquelle son travail s'achevait, car l'inquiétude d'esprit nous dispose à la prière.» (*Baudoche*, p.366.) Elle compte sur la messe pour prendre une décision définitive parce qu'elle croit que la prière éclaircira son cœur. À Metz, pour honorer la mémoire des soldats français morts dans la Guerre franco-allemande de 1870, les Dames de Metz, une association de secours pour les blessés pendant la guerre et de l'entretien des tombes après la guerre, « demandent aux jeunes filles de composer les guirlandes qui décoreront la cathédrale pour la messe commémorative des soldats morts pendant le siège » (*Baudoche*, p.365.). Colette, partage aussi la tâche de décoration de la cathédrale. Quand le jour de la messe arrive, baignée dans la magnanimité de la cérémonie, Colette est profondément touchée par le sentiment patriotique de ses compatriotes. Enfin, après la messe, « la fleur messine » qui s'enracine dans l'honneur de la patrie, refuse l'amour d'Asmus. Pour Barrès, c'est une sorte de triomphe, le triomphe du latinisme contre le pangermanisme.

Dans *Colette Baudoche*, Barrès unit son idée de la mort avec son sentiment patriotique. À Metz, les habitants s'efforcent de conserver les monuments historiques pour rendre hommage aux morts. Se trouvant annexés, les Messins conservent au fond d'eux, en secret, la tradition de la France et l'amour pour la patrie. Après avoir subi la guerre cruelle et avoir vu les morts innombrables, l'esprit patriotique des Messins ne peut pas être distingué de leur culte des morts. Poussés par la conscience collective alsacienne, ils prient dans la messe commémorative pour les soldats morts dans la guerre de 1870 :

> Mais s'ils sont venus, ces Messins, dans la maison de l'Éternel, c'est d'instinct pour s'accoter à quelque chose qui ne meurt pas. Il leur faut une pensée qui les rassemble et les rassure [...] Une grande idée la commande, c'est qu'ils ressusciteront un jour [...] Honorons leurs reliques, puisqu'elles revivront ; conduisons-nous de manière à leur plaire, puisqu'ils nous surveillent, et sachons qu'il dépend de nous d'abréger leurs peines. (*Baudoche*, pp.368-369.)

Les Messins y voient un espoir de retour en France : « Cette nuit, pour les gens de Metz, signifie une dure vie sous le joug allemand, loin des douceurs et des lumières de la France, et pour eux l'idée de résurrection se double d'un rêve de revanche. Ils enrichissent de tout leur patriotisme une liturgie déjà si pleine.» (*Baudoche*, p.369.) Un peu plus loin du texte, le narrateur dit : «"Les morts ne sont plus comme nous, mais ils sont encore parmi nous." Quel repos, quelle plénitude apaisée !» (*Baudoche*, p.369.) D'après Barrès, cela exprime bien le sentiment des Messins face à l'invasion des Allemands : la colère contre les Allemands et l'espoir du retour en France. Dans le paragraphe suivant, Barrès écrit clairement la nature de la messe pour les Messins : « la messe de leur civilisation ». Dans la messe en l'honneur des morts, ils sentent l'élévation de l'âme, et éprouvent un sentiment sublime. Ainsi, à travers les Messins qui participent à la messe commémorative pour les morts, l'esprit patriotique de Barrès se montre clairement.

En outre, dans le roman, le mélange du patriotisme et de l'idée de la mort se voit aussi dans la pensée de Mme Baudoche lors de sa visite dans le lieu de son enfance. Juste avant le départ d'Asmus en Allemagne pour les vacances d'été, les dames Baudoche l'accompagnent pour visiter Gorze, à 20 kilomère de Metz, qui est aujourd'hui une commune française située dans le département de la Moselle. Ici, Mme Baudoche revoit sa jeunesse et entend la voix de ses ancêtres : « L'âme de deux siècles de vie française palpite encore dans ces demeures déchues. En se promenant à travers les jardins de Gorze, Mme Baudoche retrouve des fantômes modestes, des divinités rurales et potagères dont elle écoute pieusement les voix.» (*Baudoche*, p. 358.) Mme Baudoche leur raconte des histoires qui se sont passées dans ce lieu lors de l'invasion allemande. Ici, dans le « paradis de sa jeunesse », il y a désormais beaucoup d'absents: ses amis, ses proches et ses ancêtres. Même si l'ancien paradis devient « un cimetière », cette idée de la mort ne décourage pas la vieille dame, au contraire, un sentiment patriotique surgit dans son cœur, qui renforce sa volonté de prier pour les morts.

Un profond silence enveloppe notre cœur et nous sentons s'élever du sol tout un monde de poésie où domine l'idée de la mort. La vieille dame fit dans ce paradis de sa jeunesse une promenade assez semblable à une visite au cimetière, un jour de Toussaint. (*Baudoche*, p.358.)

Bref, *Colette Baudoche* peut être considéré comme un roman patriotique où se manifeste parfaitement le patriotisme de Barrès, surtout à travers les deux personnages: les Baudoche, qui résistent à la germanisation et s'attachent toujours à la France dans la ville annexée de Metz.

2.3.3 *L'esprit patriotique dans* Les Diverses Familles spirituelles de la France

La pensée de Maurice Barrès est bien liée aux événements de la société française à la fin du XIXe siècle et au début du XXe siècle. Elle évolue et se développe selon les contextes sociaux de son époque. Pendant la première Guerre mondiale, le patriotisme de Maurice Barrès est bien présenté. La guerre est pour Barrès un sujet de méditation, et il envisage les jeunes soldats comme des héros avec toutes les caractéristiques afférentes: idée morale, sens d'honneur, esprit de sacrifice, amour de la patrie... Les jeunes soldats deviennent alors un groupe rêvé, uniquement tourné vers les préoccupations de Barrès.

Jamais il n'y eut de soldats aussi conscients que les jeunes de 1914. Ils voulaient nettoyer de germanisme la pensée française, ils voulaient sauver les églises de France, ils voulaient restaurer les provinces françaises, ils voulaient remettre au premier plan les idées traditionnelles et morales, le sentiment de l'honneur, l'idée de sacrifice. Et cela, ils l'avaient fait par la pensée avant de le faire par l'épée. (*Cahiers*, t. XVIII, pp.292-293.)

Les réflexions de Maurice Barrès durant la première Guerre mondiale sont principalement rassemblées dans *Les Diverses Familles spirituelles de la France*. Dans le cahier en août 1917, Barrès parle de son objectif d'écrire cet ouvrage dans lequel il décrit les sacrifices des individus pour la patrie: « *Sur le volume des Familles spirituelles. Sacrifice de l'individu à une idée supérieure.* » (*Cahiers*, t. XVIII, p.310.) Quelques jours plus tard, Barrès réaffirme sa volonté d'écrire ce livre - montrer la vie spirituelle des soldats français: « J'ai essayé d'écrire une histoire spirituelle des soldats de 1914, j'ai cherché à montrer la vie de l'âme dans les armées de la délivrance. Ce livre vaut par la richesse des textes. » (*Cahiers*, t. XVIII, p.313.) Enfin, *Les Diverses Familles spirituelles de la France*, paru pour la première édition en mai 1917 chez Émile-Paul, analyse le caractère national de la France, surtout le sentiment des soldats français en guerre. Au point de vue de Barrès, les tranchées ont élevé la vue spirituelle des soldats, dans la souffrance mais aussi dans la volonté de sauver la France. À l'armée, les soldats meurent pour la patrie et leur esprit de sacrifice mérite d'être apprécié par tous les Français.

Dans ses *Cahiers*, les brouillons des *Diverses Familles spirituelles de la France* montrent les traces de sa pensée. Depuis le commencement de la Guerre en 1914, les querelles d'idées et de parti passent au second plan. Barrès exhorte ses compatriotes à l'Union sacrée « inspirée d'un nationalisme ouvert, réintégrant, à côté des catholiques, les protestants, les juifs et les libres-penseurs, unis par une commune passion de la patrie française[1] ». À son avis, il y a une chose beaucoup plus importante durant la guerre, c'est d'être Français, les gens peuvent bien s'entendre malgré leurs idées différentes, parce qu'ils ont tous un point commun: la patrie. Face au drame de la première Guerre mondiale, Barrès prend position et défend la morale des Français

---

[1] Michel Winock, *Maurice Barrès*, dans *Dictionnaire des intellectuels français: les personnes, les lieux, les moments*, Seuil, 1996, pp.113-114.

contre les Allemands et fait l'éloge du patriotisme. Il pense que le plus important dans cette période est le patriotisme.

> Chacun de nous, dans notre village, dans notre petit monde, nous cessons de nous classer en catholiques, en protestants, en socialistes, en juifs. Soudain quelque chose d'essentiel apparaît qui nous est commun à tous. Des Français! Cette guerre nous a révélé que nous avions au fond de l'être un principe commun. Nous avons reconnu que nous pouvions vivre en parfaite union quelles que fussent nos croyances. (*Cahiers*, t. XVIII, p.242.)

De plus, la divergence entre les partis et les pensées devient secondaire face à la guerre et la nécessité de défendre la France, puisque toutes les familles spirituelles sont nourries dans la terre de France. Aux yeux de Barrès, la défense de la France, c'est la défense de diverses idées. L'union sacrée de la patrie ne les fait pas disparaître, en revanche, les fortifie.

> C'est bien légitimement que nous avons déclaré que notre union était une union sacrée. Elle ne comporte aucun oubli de nos idées propres, mais au contraire une vue très forte de leur vie essentielle, de leurs racines et de leur avenir. (*Cahiers*, t. XVIII, p.244.)

De différentes familles spirituelles, tels que les catholiques, les israélites, les libres penseurs, les socialistes et les traditionalistes se rejoignent et font une amitié la plus agissante. Elles ont une même vision et coexistent paisiblement comme les diverses fleurs dans un jardin. Catholiques, protestants, juifs, côtoient sous la plume de Barrès d'autres groupes, des groupes politiques. Notamment, il évoque les socialistes et les traditionalistes. Dès que les socialistes s'engagent dans la guerre, ils s'y mettent bravement. Les ouvriers révolutionnaires font d'excellents soldats. Pour les traditionalistes, « le passé ne meurt jamais » (*Familles*, p.383.). Ils ont toute la tradition dans le sang et essaient de trouver l'appui dans leur traditionalisme au cours de la guerre. Les jeunes traditionalistes jouent un grand rôle dans la guerre contre les

Allemands. « Le régionalisme et la tradition, qui est la vie de l'âme, soutiennent de la manière la plus vraie nos armées.» (*Familles*, p.407.) Ils sont fiers d'être des soldats pour la France, ils veulent être dignes de leurs familles et de leur drapeau. Barrès prend l'exemple de Jacques de Laumont, sergent au 66e régiment d'infanterie, qui est tué par l'ennemi le 22 septembre 1915 à l'âge de vingt-trois ans. Le 14 septembre 1915, il écrit sa dernière lettre à son père, lettre citée par Barrès :

> Je vous demande, si je suis tué, à être enterré là où je suis tombé. Je ne veux pas que l'on m'enferme dans un cimetière où l'on étouffe. Je serai mieux et plus à ma place de soldat dans la terre de France, dans un des ces beaux champs pour lesquels je donne ma vie, je vous le jure, avec joie. J'ai appris à aimer cette terre française, ces pays magnifiques, qui sont nôtres ; depuis la guerre, en les parcourant, j'ai appris la poésie des grandes plaines sous le chaud soleil, ou la beauté d'un couchant sur les bois lorrains, et il m'est doux de penser qu'au moins pour une fois dans ma vie, j'aurai servi à quelque chose. (*Familles*, p.406.)

C'est une lettre pleine d'émotions, où Jacques de Laumont exprime ses méditations sur la mort, l'honneur de défendre la patrie et l'amour pour la terre. C'est un enfant noble qui ne reproche rien à personne et qui s'offre au destin pour le bonheur des Français. Au point de vue de Barrès, la guerre est une école pour les jeunes, mais à la perfection se mêle une sorte d'amertume, puisque la France perd grand nombre de ses enfants pendant la guerre.

Bref, dans ce livre, Maurice Barrès évoque l'état d'esprit des soldats français. Le sentiment patriotique et l'héroïsme se nourrissent pendant la guerre. L'amour pour la patrie joue un grand rôle chez les soldats français dans la première Guerre mondiale, qui leur donne une direction, une foi à combattre. Même si beaucoup de jeunes sont morts dans la terre française, ils ont participé à la vie spirituelle de la France, « c'étaient les traits éternels de la France » (*Familles*, p.438.). Le front est une école morale pour les civils et l'unité nationale de la France se forme au cours de la guerre. Les jeunes soldats français durant la guerre, sacrifient leurs vies pour la

France de demain. Leur splendide jeunesse, leur amitié, et leur fraternité constituent un trésor pour toujours. « En eux s'accomplit une glorieuse résurrection de nos plus belles époques et je ne sais quoi de plus grand.» (*Familles*, p.417.) En somme, ce livre montre bien la mentalité des Français, notamment l'esprit patriotique des soldats français, pendant la période difficile de la première Guerre mondiale.

2.3.4 *Jeanne d'Arc : figure symbolique de la France*

Dans l'œuvre de Barrès, les figures féminines sont extrêmement présentes : Jeanne d'Arc, Bernadette Soubirous, la Sibylle d'Auxerre. Parmi elles, Jeanne d'Arc compte le plus pour Barrès. A son avis, l'héroïne est une figure symbolique de la France.

2.3.4.1 Jeanne d'Arc dans la littérature

En France et même dans le monde, de nombreux écrivains, historiens et philosophes s'inspirent de la vie de Jeanne d'Arc pour créer tels que *Mémoires de Jeanne d'Arc* de Mark Twain en 1895, *Vie de Jeanne d'Arc* d'Anatole France en 1908, *La Tapisserie de sainte Geneviève et de Jeanne d'Arc* de Charles Péguy en 1912. Maurice Barrès se passionne aussi pour Jeanne d'Arc. Dans un cahier, il note sa lecture de *Jeanne d'Arc Médium* d'un philosophe spirite Léon Denis : « J'ai jeté un coup d'œil avec intérêt sur ma *Jeanne d'Arc spirite* de Léon Denis.» (*Cahiers*, t. XVI, p.277.) Il lit aussi l'*Essais de morale et de critique* de Renan et rédige des notes dans son cahier en 1918 : « Voir ce que dit de Jeanne d'Arc, Renan, *Essais de morale*, pp.406-407.» (*Cahiers*, t. XVIII, p.395.) Parmi les œuvres sur Jeanne d'Arc, Barrès préfère celle du poète allemand Schiller. En lisant les strophes de Schiller, il se sent « un immense plaisir » et l'enrichissement de son esprit :

Il faut bien que j'avoue, bien que je n'aie pas envie de m'en donner à moi-même la raison, que je suis d'instinct très satisfait de l'absurde Jeanne d'Arc de Schiller. Je ne dirai pas que je l'admire, ce verbe ne rendrait pas mon sentiment, je dirai que je la lis avec un immense plaisir et qu'elle permet à mes pensées sur Jeanne de se développer. C'est que Schiller a fait sa Jeanne d'Arc d'un mot de Shakespeare qui disait, non pas qu'elle était une sorcière, mais une enchanteresse, et que c'est cela que je pense de Jeanne bien plus que ce qu'en pense France, cela va de soi, car il veut nous faire croire que Jeanne c'était quelqu'un comme sa bonne, et plus même que ce qu'en pensent Michelet et Henri Martin et Hanotaux [...] (*Cahiers*, t. XVII, p.127.)

Dans son cahier, Barrès se pose la question de l'influence de Jeanne d'Arc dans la littérature. Il semble noter son importance dans l'œuvre de ses contemporains : « Jeanne d'Arc serait-elle en train de devenir pour nous un grand thème, comme le furent chez les Grecs certaines légendes nationales ? Voici que nos écrivains trouvent dans ce sujet le plus noble, le plus émouvant, le plus saisissant, un moyen de se définir. » (*Cahiers*, t. XVI, pp.264-265.) Aux yeux de Barrès, Jeanne d'Arc est une riche créature qui mérite l'éloge des écrivains dans leurs œuvres. Et sous sa plume, les portraits de Jeanne d'Arc sont toujours presque bucoliques.

Alors, quelle est la singularité de Jeanne d'Arc dans les écrits de Barrès ? Nous l'analyserons dans le texte suivant.

2.3.4.2 La singularité de Jeanne d'Arc

Ce qui attire Barrès en Jeanne d'Arc, ce sont ses grandes vertus. D'abord, c'est la bravoure. Aux yeux de Barrès, Jeanne d'Arc, qui s'engage dans une cause pour le bien de toute la France en suivant le guide de la puissance divine, est le symbole de la bravoure. Cette héroïne courageuse brise le cliché sur les femmes et commande même une armée. Afin de sauver la France, elle sacrifie même sa propre vie pour accomplir sa mission.

Jeanne d'Arc, par certains côtés, c'est le génie qui brise ses liens pour obéir à la puissance qui l'entraîne. Cela nous sort des pitoyables histoires de péronnelles qui veulent vivre leurs vies, des vies qui n'offrent aucun intérêt et dont elles attendent une jouissance basse et médiocre. Jeanne d'Arc, dans sa solitude, décide de rompre les amarres pour aller à la tempête et à sa mission douloureuse. Prodigieux accroissement de forces, prodigieuse impulsion vers les sommets! L'acceptation du risque, bien plus, la volonté du risque et de la grande aventure, [voilà ce qu'elle enseigne]. Non qu'elle les aimât peut-être. Mais elle s'obligeait à cet effort. (*Cahiers*, t. XIX, p.105.)

Et puis, c'est sa conscience nationale. Barrès fait grand cas de Jeanne d'Arc, une des raisons de cette admiration, c'est que Jeanne fait honorer la Lorraine et l'attache à la France : « L'histoire de Jeanne a bien des sens, un des plus droits et des plus forts, c'est que Jeanne figure la Lorraine toujours associée dans les batailles avec la France, aidant à créer la France. » (*Cahiers*, t. XV, p.359.) En effet, la patrie compte beaucoup pour Barrès qui, comme Jeanne d'Arc, fait tout ce qu'il peut pour le bien de la France. Sa campagne de défense des églises en France, ses discours encourageants aux Français pendant la première Guerre mondiale, etc., tout son engagement politique et littéraire est poussé par son amour pour sa patrie, et même sa pensée semble parfois plus patriotique qu'universelle. À ce point, Jeanne d'Arc interprète parfaitement le patriotisme. Tout ce qu'elle fait au XVe siècle, c'est pour suivre son cœur et pour sauver la France.

En Jeanne d'Arc se reflète un village lorrain. Il est possible qu'elle soit celtique. Elle est sûrement catholique. Inutile après tout de songer à la femme celtique, il y a la vierge Marie.

Le culte des fontaines? Non, elle va à Notre-Dame de Bermont. Elle n'a pas vu de fées, elle ne croit pas à la Mandragore; elle croit à sa créance, qui lui vient de sa mère, et à la France. (*Cahiers*, t. XIX, p.107.)

D'après Barrès, ce qui compte pour la glorification d'une nation, c'est l'amour de la patrie. Cette affirmation s'inspire de la légende de Jeanne d'Arc, puisque la valeur morale s'y incarne parfaitement en Jeanne :

Ce qui fut réalisé au quinzième siècle, nous pouvons maintenant le comprendre et le vouloir. Nous avons vécu dans les conditions où une Jeanne d'Arc est possible. Nous avons vu les masses entraînées et sauvées par les forts, par tous ceux qui ont le plus d'âme et de clairvoyance, bref par les héros [...] Notre nation a marché avec la vigueur du génie et s'est élevée au-dessus des peuples comme Jeanne d'Arc au-dessus des individus. (*Cahiers*, t. XIX, p.105.)

Le 20 janvier 1908, Barrès fait une conférence aux Annales sur Jeanne d'Arc en essayant de chercher l'âme profonde de la dernière. D'après lui, c'est une héroïne qui nourrit la conscience nationale, une figure symbolique des Lorrains et de toute la France : « Sa première jeunesse. Et aucune conclusion : ce sera assez s'il reste un peu d'elle dans votre conscience [...] Il faudrait trouver *l'âme de Jeanne d'Arc* sous son pittoresque. Où la trouver ? Chez elle.» (*Cahiers*, t. XV, p.275.)

Bref, en explorant la vie intérieure de Jeanne, Barrès est attiré par la bravoure, l'amour et l'esprit du sacrifice de l'héroïne. En fait, outre les vertus mentionnées ci-dessus, Jeanne d'Arc, selon Barrès, garde presque toutes les grandes qualités des êtres dans l'univers : la charité, la fraternité, l'amour, etc.

Alors, pour la fille avec plein de vertus précieuses, qui est mentionnée souvent dans la littérature et qui a joué un rôle important pour l'éducation morale de la France, Barrès a ses propres manières de lui rendre hommage.

2.3.4.3 L'hommage à Jeanne d'Arc

Jeanne d'Arc, aux yeux de Barrès, est une figure symbolique de la France. Cependant, cette héroïne à qui doit beaucoup la France a longtemps subi des insultes : « Elle tomba sur la berge du fossé et fut insultée par des Français. Ces injures se prolongent et furent renouvelées dans les mêmes termes au dix-huitième siècle : « Paillarde ». Elle n'est pas encore complètement réhabilitée.» (*Cahiers*, t. XVII, p.322.) Barrès, le compatriote de la Lorraine, ne peut pas supporter les insultes à Jeanne d'Arc. C'est une injustice pour cette héroïne qui a sacrifié sa vie pour la patrie. Ainsi, Barrès voudrait substituer la vérité sur Jeanne d'Arc à celle de ses ennemis.

Paillarde ! Ribaude ! Ce sont des Français qui lui jettent ces injures ! Elles ont retenti quatre siècles. Durant quatre siècles des Français ont traité l'héroïne de simulatrice, d'hallucinée, ou bien de débauchée. Il a fallu les travaux de Quicherat, il a fallu qu'on nous mît sous les yeux les textes mêmes du procès pour faire justice de ces calomnies et nous restituer la Pucelle dans sa vérité historique. Mais l'œuvre de réparation n'est pas achevée. Il y a encore des gens comme l'archer parisien de la porte Saint-Honoré qui la repoussent et la prennent pour cible. Oui, aujourd'hui encore, en plein Paris, j'ai vu, j'en entendu combattre Jeanne au Palais-Bourbon. (*Cahiers*, t. XVII, p.330.)

Peu après qu'il a écrit le texte ci-dessus, Barrès ajoute dans son cahier: « Vous attaquez Jeanne d'Arc, l'Alsace-Lorraine, parce qu'elles ont une valeur émouvante, une valeur motrice, donnent une impulsion, nous tonifient. » (*Cahiers*, t. XVII, p.340.) Il n'est pas difficile de comprendre la position de Barrès dans l'Affaire Thalamas[1]. Dans son cahier, Barrès parle partout de Jeanne d'Arc et fait son éloge. Par exemple, dans le cahier en 1920, il la compare à la « lumière ». C'est-à-dire, au cœur de Barrès, Jeanne d'Arc possède un grand statut important, et il considère la légende de Jeanne d'Arc comme la puissance morale de la France:

On dit toujours qu'elle a sauvé la France, qu'elle a donné sa vie pour sa mission. Ajoutez qu'elle était d'une abondance, d'une richesse, d'une prodigalité magnifique; ajoutez aussi qu'elle avait la grande qualité des anges, la lumière. Tout ce qu'elle dit, tout ce qu'elle pense, tout ce qu'elle fait, c'est en plein soleil, comme le premier jour quand elle entendit ses voix. Jeanne d'Arc, le mystère en pleine lumière. (*Cahiers*, t. XIX, pp.105-106.)

L'éloge de Jeanne d'Arc se manifeste partout dans l'œuvre de Barrès, surtout dans *Les Amitiés françaises* où il s'occupe de l'éducation de son fils Philippe. Considérant le développement de Philippe, Barrès conduit celui-ci à Domremy, à quelques kilomètres de leur maison pour y obtenir quelque nourriture spirituelle. À

---

[1] L'Affaire Thalamas fait référence à une manifestation des Camelots du roi, branche militante de l'Action française, contre le cours du professeur Amédée Thalamas et son approche « positiviste » du cas de Jeanne d'Arc, à la Sorbonne.

l'âge de six ans, « voilà quatre années que Philippe regarde avec plaisir les images de Jeanne d'Arc[1] ». Alors, l'enfant pose parfois des questions sur Jeanne d'Arc à son père, à la plus grande satisfaction de celui-ci : « Il se demande beaucoup de choses, mais le plus souvent il veut savoir si Jeanne sur ses bûches, eut bien mal. » (*Amitiés* , p.157.) À travers la réponse de son père, nous voyons l'appréciation de Barrès à la Pucelle d'Orléans. À son avis, c'est une fille « belle », « bonne » et « heureuse » :

> Et surtout je lui raconte que personne ne fut une petite aussi belle, aussi bonne et aussi heureuse que Jeanne, quand elle se promenait vêtue de drap rouge (oui, pareille au petit chaperon rouge) dans un bois plein de fées et sur les plus fraîches prairies du monde, avec la Mengette et la Hauviette, qui étaient ses deux amies, et avec tous ses camarades, les enfants de la Lorraine. (*Amitiés* , p.157.)

Plus loin dans le texte, Barrès développe son idée sur la figure de Jeanne d'Arc : c'est une fille qui « était née pour sauver la France » (*Amitiés* , p.157.) et qui sacrifie sa vie pour le bien de la France. La Pucelle montre une orientation vers l'élévation de l'âme. En bref, selon Barrès, c'est une vierge « éclatante » qui sert d'exemple moral pour les Français.

> Une jeune fille de dix-neuf ans, illettrée, nous oriente vers la plus poétique et la plus forte conception de la vie ! Souvent nous fûmes dans le sillage de telle femme éclatante, privée de cœur et de cerveau, mais par qui nous entendions les sourdes raisons de l'espèce ; rien ne peut être comparé au bénéfice qui nous augmentera si nous suivons la pure vierge que l'exaltation de son cœur et de son cerveau semble animer de folie : elle nous mène au trésor mystérieux, aux réserves de la Nature. Dans ces paroles de Jeanne fraîchissent les nappes souterraines de la vie, de la vie commune à tous les êtres. (*Amitiés* , p.160.)

---

[1] Maurice Barrès, *Les Amitiés françaises* , in *Maurice Barrès* , *romans et voyages* , Tome II, Paris, Robert Laffont, 1994 [1903] , p.156.

À Domremy, Barrès rend hommage à cette fille « toute bonne » qui fait tout pour la patrie. Il admire le paysage et les monuments liés à Jeanne d'Arc. Il trouve les traces de l'héroïne dans la fontaine dont l'eau sainte guérit la fièvre des malades, dans la chaumière où elle habita et dans l'église de Bermont où elle vint souvent prier. Et il espère que toute la France fasse tout pour se souvenir de Jeanne d'Arc : « Oui, tout simplement, je voudrais que, dans la claire fontaine où Jeanne, au pied du Bois-Chesnu, se plaisait, je voudrais que sous les murs de la chaumière, je voudrais qu'à l'ermitage de Bermont, la France suspendît de purs colliers de perles. » (*Amitiés*, p.161.) Sur la terre natale de Jeanne d'Arc, Barrès se contente de suivre les traces de la fille, s'exalte et se sent proche « du mystère » en regardant les objets qui gardent l'âme de l'héroïne :

> Quel délice si nous mettons nos pas dans ses pas, faciles à suivre, car, depuis qu'elle s'éloigna, son village vit pour se souvenir ! Quelle approche du mystère quand nous retrouvons, défaillants de vieillesse, mais tels encore que sa jeunesse les connut, les humbles objets inanimés dont son âme fut cliente !
> (*Amitiés*, p.165.)

Malgré sa mort, l'âme de Jeanne souffle toujours sur la terre de Domremy, sur le Bois-Chesnu, sur le village, etc. : « Terre de repos, car elle a fait sa tâche ; terre d'exaltation, puisqu'elle fit prophétiser la sibylle française [...] Dans l'un et l'autre lieu, la saison héroïque a passé, mais à Domremy Jeanne se respire encore. » (*Amitiés*, pp. 165-166.) Au cours de la visite, le petit Philippe s'émerveille de l'explication du Père sur la statue de Jeanne d'Arc. On le voit, Barrès tient à donner à son fils une éducation historique et morale, comme en témoigne cette visite à Domremy, en quelque sorte un exemple parfait de ce que veut montrer le père à son fils.

Jeanne d'Arc occupe une place tellement importante dans le cœur de Barrès qu'il lui rend hommage de différentes manières, soit par son envie d'écrire un livre qu'il lui consacrerait, soit par la méditation sur les deux procès concernant Jeanne, soit par la visite au pays natal de l'héroïne, soit par ses efforts pour mettre en place la fête nationale de Jeanne d'Arc.

A. L'interprétation de Jeanne d'Arc

Barrès veut faire de Jeanne d'Arc un symbole, le symbole de la nation, à travers son courage et sa force. Le point ici intéressant, c'est qu'il cherche à ce qu'elle soit honorée aussi bien de manière sacrée que de manière laïque, comme cela se fait à Domremy.

C'est certain que Jeanne sera louée et honorée dans toutes les églises de France, mais en dehors encore, tant que l'on voudra. Nous venons d'assister à une façon toute laïque de célébrer Jeanne d'Arc [...] Admirons comme il est juste et beau que ce soit Domremy, le berceau de la Pucelle, qui donne cet exemple, qui enseigne à la France comment l'on peut, à côté de l'église, d'une manière laïque, célébrer la sainte de la partie. Vive Domremy! Vive la vierge lorraine qui a sauvé la France! (*Cahiers*, t. XVII, p.221.)

Ainsi, le 12 août 1912, quand un drame historique de Jules Baudot *La Vocation de Jeanne d'Arc* est interprété à Domremy, Maurice Barrès prononce un discours sur la représentation de cette pièce. Au début de ce discours, il donne son appréciation à l'auteur et aux interprètes de cette pièce, et puis, il exprime sa vénération à l'héroïne de Domremy:

Mais nous éprouvons ici quelque chose de plus que le plaisir d'applaudir une belle pièce, nous ressentons cette sorte de contentement quasi physique qu'il y a à se sentir d'accord, tout rassemblés dans une même émotion de qualité noble. À cette minute nous affirmons notre admiration, notre vénération devant la jeune fille née ici même, de ce village: la vierge de Domremy, la sainte de la patrie. Il n'y a pas dans tout l'univers de nom qui rende un plus beau son que le nom de cette jeune fille qui s'est formée, il y a cinq siècles, sur le sol même où nous sommes assis et devant cet horizon que nous contemplons. (*Cahiers*, t. XVII, pp.220-221.)

Lui-même aussi, il exprime plusieurs fois sa volonté d'écrire un livre sur Jeanne d'Arc qui s'enracinerait en Lorraine : « J'aimerais écrire une Jeanne d'Arc du point de vue lorrain.» (*Cahiers*, t. XVII, p.122.) Et la raison est la suivante : « J'apprécie vivement le sentiment que nous avions de Jeanne d'Arc en Lorraine et notre manière de qualifier des exploits.» (*Cahiers*, t. XVI, p.366.) Plus tard, il projette d'écrire une pièce de théâtre l'*Enfance de Jeanne d'Arc* et esquisse le plan dans son cahier. Barrès se concentre sur l'enfance de Jeanne d'Arc en vue de chercher les détails sur « les préparations qui firent d'une humble petite fille cette fameuse héroïne » (*Mystère*, p.868.), et profondément passionné par cette héroïne, il attribue un sens sacré à la pièce :

Je repense à cette *Enfance de Jeanne d'Arc* que je voudrais écrire pour le théâtre. Le ressort tragique de cette pièce serait l'admiration. Il faudrait que le spectateur s'agenouillât devant un enfant vainqueur de son village, supérieur à toutes les belles choses troubles : l'arbre des fées, etc. — Jésus parmi les Docteurs.
La pièce de la pureté, de la raison, de la bonne volonté, la minute paradisiaque. (*Cahiers*, t. XIX, p.198.)

Le travail reste inachevé à cause de sa brusque disparition. Mais enfin, en 1926, trois ans après sa mort, la pièce inachevée est publiée dans son œuvre posthume *Le Mystère en pleine lumière*.

En vue d'exploiter l'âme profonde de Jeanne d'Arc, Barrès se rend à plusieurs reprises au pays natal de l'héroïne et médite sur ses deux procès.

B. Deux manières de connaître Jeanne d'Arc : méditer et visiter

Au point de vue de Barrès, il y a deux manières principales de connaître Jeanne d'Arc : « 1° Méditer les documents du procès ; 2° Aller à Domremy.» (*Cahiers*, t. XVI, p.363.) Dans ses *Cahiers*, il médite les textes des deux procès de Jeanne d'Arc : celui de la condamnation de 1431 et celui de la réhabilitation de 1456, qui racontent l'histoire sous la légende.

Le manuscrit du procès de condamnation regardé comme le meilleur (Manuscrit latins, n° 5960 que M. de l'Averdy a décrit sous le n° 2 de sa notice), c'est un recueil rédigé par l'ordre de l'autorité postérieurement à l'événement, d'après les pièces originales perdues depuis et dont il contient la traduction latine et un choix des plus importants. Le second manuscrit authentique, c'est le procès en révision. (*Cahiers*, t. XVI, pp.363-364.)

En outre, au début de *L'Enfance de Jeanne d'Arc*, Barrès reparle des deux procès qui donnent des informations sur la vie de cette héroïne et montrent la noblesse de son cœur. Ce sont des documents importants.

Quicherat est allé chercher Jeanne d'Arc dans le texte des deux procès de condamnation et de réhabilitation. Depuis quatre siècles, elle était enfouie dans ces pièces de procédure. On y trouve la matérialité des faits. Les questions de ses ennemis amènent Jeanne à donner sur toute sa vie d'innombrables détails, d'une authenticité certaine. Il y a là, par échappées, des réponses de la vérité la plus noble et la plus naturelle. Des mots qui ont la forme de son cœur. (*Mystère*, p.867.)

Outre la méditation, il y a une autre façon pour Barrès d'honorer son héroïne: s'approcher d'elle en suivant ses traces. Aux yeux de Barrès, les deux procès ne suffisent pas à expliquer l'exploit de cette héroïne, il y a des choses chez elle qui ne s'expliquent que par son origine et l'environnement.

Ce sont vraiment les Mémoires de Jeanne. Mais recueillis par ses ennemis. Au reste, se fût-elle expliquée en confiance, qu'elle n'aurait pas réussi à faire le plein jour sur elle-même. Toute la suite des faits qui composent sa vie ne nous rendent pas complètement raison de son héroïsme. Il y a de l'inexplicable, chez elle, et cet inexplicable, pour une grande part, se rattache à des croyances et à des faits locaux. (*Mystère*, p.867.)

Comme nous l'avons dit, pour bien connaître son héroïne, Barrès visite le pays natal de Jeanne d'Arc - Domremy. Voici ce qu'il écrit dans son cahier : « Pour connaître Jeanne d'Arc il faut maintenant se réfugier dans les parties de Domremy qui sont restées plus sauvages, plus inaccessibles à la piété un peu intempérante des dévots de Jeanne d'Arc.» (*Cahiers*, t. XV, p.276.) Il suit les traces de cette héroïne en visitant son village, sa maison et d'autres lieux qu'elle fréquente.

Je veux respirer avec vous l'atmosphère où fut préparée Jeanne. Nous visiterons la maison de ses parents et sa chambre basse, dont la faible lucarne s'ouvrait jadis sur le cimetière. Nous la suivrons dans cette église mitoyenne où plusieurs fois le jour elle entrait ; nous mettrons nos doigts dans la cuve de granit où elle prenait l'eau bénite ; nous vénérerons la sainte Marguerite de pierre, touchante de rusticité, qui a vu Jeanne agenouillée. (*Mystère*, pp.868-869.)

Quant à la maison de Jeanne d'Arc, Barrès la décrit en détail. Pour lui, c'est un lieu qui nourrit l'héroïne. De plus, la lucarne de la maison « s'ouvrait jadis sur le cimetière » (*Mystère*, p.868.), et on connaît le goût de Barrès pour les cimetières. Il y voit un signe.

La petite maison de Jeanne avec ses beaux sapins, sa cour sablée, sa grille circulaire est un cottage. Les morts de Domremy collaborent à ce gracieux confortable, car c'est sur le cimetière que pousse ce jardin. Que l'on est bien en mai à Domremy, dans le jardin de l'héroïne Jeanne sur le vieux cimetière. (*Cahiers*, t. XV, pp.279-280.)

À Domremy, tout le paysage inspire Barrès : les bois, les rivières, etc. Voici ce qu'il dit sur la vitalité des arbres dans ses *Cahiers* en 1901 : « Voilà le pays où elle écoutait aussi les arbres. S'il y a un long calme, un vaste désert autour de nous, j'entrevois que le frémissement de l'arbre est une vie, un geste, une parole.» (*Cahiers*, t. XIII, p.330.) Après sa visite à Domremy, il écrit dans son cahier :

111

Je n'ai aucune prétention de faire œuvre critique, je veux dire tout ce que j'ai vu, tout ce que j'ai songé, oui, tous les rêves par lesquels j'ai été assailli quand je circulais dans le pays de Domremy. Tout a été dit, bien dit, répété sur l'enfance de Jeanne d'Arc. (*Cahiers*, t. XVI, pp.367-368.)

En visitant le pays natal de Jeanne, Barrès essaie de pénétrer dans la vie intérieure de cette héroïne et de communiquer avec elle. À son avis, le paysage de Domremy et ses mœurs montrent non seulement la vie et les vertus de Jeanne, mais ils éduquent aussi l'âme des contemporains :

Quand je regarde cette vallée, la rivière et les côtes de Meuse, j'entends Jeanne qui parle ; je me répète les phrases toutes simples qu'elle dit à son procès, en réponse aux questions de ses juges et sous lesquelles semble palpiter la vie même de cette nature. Ces mœurs qui mûrissaient ici dans l'ombre, et la poésie familière domestique, exhalée aujourd'hui encore de ce paysage et que notre cœur y recueille, ont la qualité, le son de tout ce que nous savons de l'héroïne avant sa vie publique. (*Mystère*, p.870.)

En fait, tous les lieux liés à Jeanne d'Arc attirent l'attention de Barrès : il visite même la ville natale de la mère de Jeanne : « Je suis allé à Vouthon, le pays d'Isabelle Romée, la mère de Jeanne d'Arc.» (*Cahiers*, t. XV, p.278.) Plus tard, le 7 juillet 1908, quand il va à Rouen, il pense à Jeanne d'Arc, qui, selon lui, forme l'âme de la France : « *Rouen* - Les réponses profondes et spirituelles de Jeanne d'Arc [...] Sur le bûcher de Jeanne, on a forgé l'âme française.» (*Cahiers*, t. XVI, p.4.) Non seulement à Rouen, mais aussi à Orléans, Barrès suit les traces de Jeanne pour lui rendre hommage : « Cathédrale d'Orléans, une inscription qui relate que le 29 avril, devant cet autel principal Jeanne d'Arc s'est agenouillée. Ces cinq fenêtres de vitraux bleus, rouges et jaunes, si francs, si beaux, si forts, elle les vit.» (*Cahiers*, t. XVI, p.22.) En somme, tout ce que Barrès fait, est pour pénétrer dans la vie intérieure de Jeanne d'Arc, comme ce qu'il a fait pour son maître Pascal.

Il faudrait trouver l'âme de Jeanne d'Arc sous son pittoresque [...] De quel besoin Jeanne est l'expression. - Pour nous tous Jeanne est une fée, une sainte, une merveille. Il faudrait que nous n'eussions plus un cœur allègre pour cesser de l'aimer. L'arbre, la fontaine, l'église vivent par elle. (*Cahiers*, t. XVI, p.369.)

Barrès ne se contente pas de rendre hommage individuellement à Jeanne d'Arc, il cherche à en faire une figure pour la France. Ainsi, il propose à la Chambre de célébrer une fête nationale de Jeanne d'Arc, qui est finalement instituée en 1920.

C. La fête nationale de Jeanne d'Arc

Maurice Barrès s'attache à la vie morale et à la tradition spirituelle. D'après lui, Jeanne d'Arc, figure symbolique de la France, fait partie de la tradition spirituelle. Ainsi, en considérant la richesse incarnée en Jeanne, Barrès pense que, dans la société moderne, la France a besoin d'une fête nationale de Jeanne afin de maintenir les hautes qualités inspirées d'elle. Après la proposition d'une fête annuelle de Jeanne d'Arc du député radical Joseph Fabre en 1884 et en 1894, refusée par la majorité républicaine, Maurice Barrès relance cette proposition en déposant en décembre 1914 un nouveau projet de loi qui est voté le 24 juin 1920 par la Chambre. La « fête nationale de Jeanne d'Arc », autrement dit la « fête du patriotisme », est enfin instituée par la loi du 10 juillet 1920, qui a lieu le deuxième dimanche de mai, anniversaire de la délivrance d'Orléans.

En fait, Barrès s'efforce depuis plusieurs années de promouvoir le projet de la fête en honneur de Jeanne d'Arc. En 1910, il écrit dans son cahier son grand plaisir de s'engager dans cette tâche : « J'ai bien réussi à me faire nommer à la Chambre membre de la commission chargée d'examiner s'il y a lieu d'instituer une fête nationale sous le patronage de Jeanne d'Arc.» (*Cahiers*, t. XVI, p.363.) L'année suivante, le 15 mai 1911, il avoue aux *Marches de l'Est* son honneur de pouvoir traiter ce grand thème :

> Quel écrivain patriote n'a pas rêvé une fois dans sa vie d'écrire une Jeanne d'Arc? La difficulté c'est de trouver une raison d'oser, une excuse [...] J'aurais été heureux d'avoir à traiter un si grand thème du point de vue national, au nom de la religion, de la patrie, et pour le compte des représentants du peuple. (*Cahiers*, t. XVI, p.403.)

Au début de mai 1913, la Ligue des Patriotes organise une manifestation populaire suivie d'une matinée-gala pour fêter solennellement Jeanne d'Arc à Paris. Barrès fait un discours sur sa sainte ce jour-là. Au commencement de son discours, il exprime de nouveau son vœu d'instituer la fête nationale de Jeanne d'Arc:

> Nous avons déposé nos fleurs aux pieds de Jeanne d'Arc et maintenant nous voilà réunis pour exprimer le vœu que forment notre cœur et notre raison, le vœu d'une fête nationale où tous les Français, de tous les partis, s'uniront dans un grand mouvement fraternel autour de l'héroïne de la patrie. (*Cahiers*, t. XVII, p.329.)

Son vœu est exprimé non seulement au début de son discours, mais aussi à la fin:

> Camarades, avant de nous séparer, proclamons que le peuple de Paris exige la fête nationale de Jeanne d'Arc, et jurons de nous réunir chaque année en cortège pour obtenir du gouvernement que justice soit enfin rendue, après quatre siècles d'ingratitude, à la sainte de la patrie. (*Cahiers*, t. XVII, p.332.)

Dans l'interview à l'*Excelsior* du 16 avril 1920, Maurice Barrès commente la proposition de loi qu'il a déposée à la Chambre pour la fête nationale de Jeanne d'Arc. Même si chaque parti essaie de donner un sens allégorique à Jeanne, cette héroïne, à son avis, n'appartient à aucun parti, parce qu'elle est à toute la France, qu'elle est tout à fait nationale.

Jeanne d'Arc n'appartient à aucun parti: elle les domine tous, et c'est là son véritable miracle. Si pour les catholiques c'est une sainte, l'ange du sacre pour les royalistes, c'est la fille du peuple pour les républicains. Les jacobins, en 93, décoraient de son nom « La Bergère », le canon fondu avec le bronze de la statue du pont d'Orléans [...] Pour les rationalistes, elle est le triomphe de l'inspiration individuelle. Jamais voyante ne fut si clairvoyante. (*Cahiers*, t. XIX, p.108.)

Dans cette interview, Barrès loue les grandes vertus de Jeanne, passionnée et courageuse, et qui en même temps, possède les attributs de la femme — « tendre et pitoyable ». Cette héroïne entreprend sa mission par l'amour de la patrie :

Elle offre ce mélange d'impétuosité et de gaîté qui a toujours caractérisé le courage français. Et toutefois elle est femme, c'est-à-dire tendre et pitoyable. Elle fait la guerre par amour de la paix et du travail. Plus de factions ! Ni Armagnacs, ni Bourguignons, mais la France ! Boutez dehors l'envahisseur ! Chacun sa terre et paix à tous dans le travail. (*Cahiers*, t. XIX, p.108.)

Enfin, en juin 1920, quand Jeanne la Lorraine est proclamée Patronne de la France, Barrès se félicite de sa victoire : « On me demande quelquefois : "Qu'est-ce qui vous fait plaisir dans la vie?" Je réponds : "Rien que le travail. - Mais encore? Eh bien ! d'avoir contribué à donner à la France, hier, la Croix de Guerre, et aujourd'hui, le patronage de Jeanne d'Arc."» (*Cahiers*, t. XVII, p.408.) Barrès considère la fête nationale de Jeanne d'Arc comme un signe de la transformation de la France - un pays s'élevant vers l'éternité, qui apporte l'espoir et les forces à la patrie :

Cette fête est le signe et le germe d'une transformation.

La fête de Jeanne d'Arc, ce n'est pas seulement une exaltation lyrique, une journée de poésie française, c'est un pressant appel à toutes les parties de la nation pour qu'elles s'inspirent de la France éternelle, le mystère en plein soleil, c'est aussi comme un résumé des forces de la France d'aujourd'hui.

Il faut considérer comme une leçon de choses sans pareille que la France d'après la victoire se recueille et se symbolise. Comment n'être pas rempli d'espoir quand la France, sans rien renier, met Jeanne d'Arc dans son écusson? (*Cahiers*, t. XIX, p.104.)

De plus, il pense que la fête nationale de Jeanne d'Arc peut faire s'unir les Français, puisque toutes les grandes valeurs morales des Français s'incarnent dans la Pucelle d'Orléans : « Tout le monde veut cette fête. Qu'attendait-on pour se décider? Que nous soyons unis. Elle symbolise le courage de la France. Elle symbolise la France même (Bergson). » (*Cahiers*, t. XIX, p.168.)

Bref, la terre, la mort et la patrie, les trois thèmes constituent un univers typiquement barrésien. Il s'attache au pays natal en appréciant l'éternité de la Lorraine. Sur la terre, il développe son idée de la mort en dialoguant avec les ancêtres et en fréquentant les cimetières. La terre, les cimetières, les ancêtres, tout cela se mélange avec sa pensée patriotique. D'après Barrès, la patrie dépasse tout, il fait tout ce qu'il peut faire pour le bien de la patrie.

CHAPITRE III   LES INFLUENCES LITTÉRAIRES

Maurice Barrès bénéficie d'un important héritage littéraire. C'est à travers la tradition littéraire qu'il voit le bonheur, l'ordre, l'honneur et la continuité de la culture française comme une « force » qui traverse les siècles. Ainsi il espère que la littérature puisse continuer à « fleurir » en France, qui permettrait aux individus de sortir de leurs propres frontières et de vivre d'autres vies que les leurs :

J'entrevois quand je me baigne dans la tradition française, j'entrevois, je ressens mon plein bonheur. Je vois dans notre histoire, dans notre littérature où dominent l'*ordre* et le sens de l'*honneur* ma propre substance. Toute modification de ces forces porte préjudice à ma jouissance et nie des parties de moi-même. Je demande que la France, ou plutôt que l'idéal des Français, Ronsard, Racine, Chateaubriand, Corneille, Napoléon, continue de fleurir. (*Cahiers*, t. XIV, p.246.)

Dans le texte suivant, nous allons analyser l'influence des écrivains sur la pensée de Barrès, comme par exemple Blaise Pascal, Ernest Renan, Victor Hugo.

3.1   Barrès, fidèle de Pascal

La spiritualité est un terme fréquent dans l'œuvre de Barrès. En 1904, il écrit dans un cahier : « Au crépuscule, tous les soirs, mon âme se fait neuve. Elle veut quitter le monde physique pour entrer dans le monde moral. Elle rejette les copeaux de la journée qui l'encombrent et désire recevoir une empreinte spirituelle. » (*Cahiers*, t. XIV, p.165.) La spiritualité de Barrès garde toujours l'empreinte de

Pascal : « J'ai vu le rocher d'Athènes et quelle que fût mon admiration j'ai gardé l'empreinte de Pascal.» (*Cahiers*, t. XIV, p.210.) L'influence de Pascal sur Barrès est tellement profonde que ce dernier est omniprésent dans son œuvre. Pascal devient même une partie indispensable de la vie de Barrès : « *Pascal*. - S'il fallait vivre avec un seul livre, je prendrais Pascal. On ne l'épuise pas. On apprend à sentir sa supériorité. Et puis il y a l'homme, derrière.» (*Cahiers*, t. XIX, p.343.) Plus tard, en mai 1923, Barrès exprime à nouveau son admiration et son respect envers Pascal. L'existence de Pascal anime la vie de Barrès : «On ne peut faire à un écrivain de plus grand honneur que de l'inviter à prononcer l'éloge de Blaise Pascal. Si Pascal n'avait pas vécu, j'aurais eu moins de plaisir à vivre.» (*Cahiers*, t. XX, p.136.) Aux yeux de Barrès, Pascal représente la pensée de la France, comme Shakespeare l'Angleterre, Gœthe l'Allemagne et Dante l'Italie : « *Utilité de Pascal.* — Les autres peuples ont Shakespeare, Gœthe, Dante, Cervantes ou Calderon, Dostoïevski. Nous avons Pascal.» (*Cahiers*, t. XX, p.3.) De plus, selon Barrès, l'esprit de Pascal a déjà dépassé l'intelligence des hommes et le maître est comme un saint qui apporte le salut pour l'humanité : « Nous avons dans Pascal un saint qui hausse jusqu'à lui le pauvre, qui en fait son frère. Son idée de la charité. Nous sommes dans la ligne de Pasteur et de Saint Louis.» (*Cahiers*, t. XX, p.4.)

Aux yeux de Barrès, la figure de Pascal a un cœur pur. La vitalité de sa pensée, son esprit d'humanité, tout cela le touche beaucoup.

3.1.1 Pascal aux yeux de Barrès

3.1.1.1 Le culte de la douleur

Il est vrai que d'après Barrès, Pascal se sent seul dans ce monde, parce que son esprit atteint déjà un niveau tellement haut que les autres hommes ne peuvent pas le comprendre. Se trouvant dans une situation d'immense solitude, il fait des efforts pour trouver la vérité suprême et l'apaisement. Même les maladies physiques ne peuvent pas empêcher la vitalité de son esprit. En écoutant son cœur et son instinct, Pascal nie tout ce qui abaisse l'âme, et avec « le plus noble » esprit, il cherche la paix intérieure et l'éternité de l'univers :

Pascal aspire à vivre selon ses voix. De là, cette exaltation perpétuelle de l'honneur, de la fierté, du sacrifice. De là, cet idéal de renoncement à tout ce qui n'est pas le plus noble. Il rejette tout ce qui diminue, abaisse l'âme [...] Il veut se contraindre soi-même, s'imposer aux choses, résister à l'univers, ne pas se dissoudre, durer.[1]

Au point de vue de Barrès, Pascal aime même la douleur de la vie et accepte volontiers la souffrance : « Quand il connut la douleur, il l'accepta comme un héros, puis il l'aima comme un martyr. Il prêcha, pratiqua le culte de la douleur. » (*Cahiers*, t. XVI, p.113.)

Outre cela, il y a une autre qualité de Pascal qui attire Barrès, c'est son esprit d'humanité.

3.1.1.2 L'esprit d'humanité

D'après Barrès, il y a une force qui se trouve dans les œuvres, dans les expériences et dans les pensées de Pascal :

La force qu'il y avait dans Pascal à la minute où il a écrit « l'homme est un roseau », à ces minutes de nuit, de jour, elle ne se déployait pas uniquement dans ces billets, elle était dans sa nuit, dans ses expériences de physique, dans ses rapports avec le pauvre. (*Cahiers*, t. XVIII, p.337.)

Et cette force provient du fond de Pascal qui s'occupe toute l'humanité :

Bourget me faisait remarquer que le regard de Pascal (quand il parle de l'infiniment grand et de l'infiniment petit), le regard de Claude Bernard, ce n'est plus l'œil d'un individu, c'est proprement *l'œil de l'homme*. C'est notre espèce, c'est l'humanité qui se manifeste dans sa force. (*Cahiers*, t. XVI,

---

[1] Maurice Barrès, *Les Maîtres*, in *L'Œuvre de Maurice Barrès*, Tome XII, Paris, Au Club De l'Honnête Homme, 1967 [1927], p.62.

p.391.)

C'est un grand homme qui s'occupe du destin des pauvres et de toute l'humanité. Sa bonté et sa charité se manifestent naturellement dans son œuvre. On trouve ainsi dans les *Pensées*, rapportées dans les *Cahiers* : « J'aime la pauvreté parce que Jésus-Christ l'a aimée, j'aime les biens parce qu'ils donnent moyen d'en assister les misérables. » (*Cahiers*, t. XVI, p.112.)

Barrès apprécie l'esprit d'humanité de son maître. Il fait son éloge de Pascal, et fait de Nietzsche un repoussoir. D'après lui, le héros conçu par Nietzsche est inhumain, tandis que chez Pascal on trouve toujours la bonté : « Mais le surhomme de Nietzsche est un brutal insensé [...] Pour affirmer sa personnalité, Nietzsche sort de l'humanité. C'est bestial. Pascal est toujours dans l'humanité. » (*Cahiers*, t. XV, p.207.) Pascal garde l'amour universel dans son cœur, de là il trouve son plaisir, c'est un plaisir d'aimer le soi et d'aimer les autres.

La figure de Pascal est tellement importante aux yeux de Barrès que celui-ci le considère comme un tout-puissant : il recourt à lui quand il se sent douloureux. Barrès tente de chercher un appui spirituel chez le penseur, notamment pendant la période difficile de la première Guerre mondiale.

3.1.1.3   Un appui spirituel pendant la Première Guerre Mondiale

Barrès parle parfois de Pascal comme d'un saint, comme ici après une visite à son fils pendant la guerre :

Étant allé voir Philippe dans la Somme, au retour, plein d'angoisse, de la voiture je regardais vers dix heures du soir le ciel plein d'étoiles. Et pour la première fois, je compris le cri de Pascal : « Le silence éternel de ces espaces infinis m'épouvante. » J'avais cru jusqu'alors entendre cette pensée. Non, elle renfermait quelque chose qui était en déhors de mon expérience. Ainsi dans la mesure où ils sont supérieurs, les grands esprits nous sont incompréhensibles, ils pensent hors de notre portée. (*Cahiers*, t. XVIII, p.274.)

À travers ce texte, on voit l'influence de Pascal sur Barrès, les pensées de Pascal fonctionnent comme des paroles divines. Après la guerre, dans un cahier de 1923, Barrès repense à la sensation qu'il a éprouvée en novembre 1916 pendant la première Guerre mondiale : « *Mes Mémoires* ». — Un jour, pendant la guerre, j'étais allé, le soir, chez le général Anthoine.

Au retour, par la fenêtre de ma voiture, je regardais les étoiles dans le ciel.

"Le silence éternel de ces espaces infinis m'effraie." (*Cahiers*, t. XX, p.131.) Quand il regarde le ciel à ce moment-là, il pense à la parole de Pascal. Dans les conditions difficiles de la vie, les deux âmes se croisent à l'esprit, et le silence du monde invisible leur fait horreur. Ici, il y a une chose qu'il nous faut indiquer. La phrase de Pascal : « Le silence éternel de ces espaces infinis m'effraie. », est une phrase isolée dans les brouillons des *Pensées*. Donc il y a deux hypothèses, soit elle est parlée par quelqu'un d'autre, soit elle est dite par Pascal. Mais évidemment, Barrès la considère comme une phrase de Pascal et partage le sentiment du dernier : l'inquiétude sur le monde.

En effet, dans la période de la guerre, les hommes ont connu la misère et la douleur. À ce moment là, Barrès trouve un appui dans la parole de son maître : « Pascal : "C'est être misérable que de le sentir, mais c'est être grand que de savoir qu'on est misérable." » (*Cahiers*, t. XVIII, p. 277.). Torturé par la maladie, le maître souffre beaucoup pendant toute sa vie. Quant à la souffrance de Pascal, Barrès la décrit ainsi dans son cahier : « Nul homme n'a plus souffert que Pascal. On peut croire qu'il n'a pas passé un jour sans souffrir. Des névralgies. Il disait : "On verra après ma mort." [...] Pascal se mortifiait aussi. Vouloir supprimer le *vouloir vivre.*» (*Cahiers*, t. XIII, p.298.) Mais, le maître accepte sa douleur et s'affronte aux maladies : « Se faire mal avec la vie, se faire souffrir, se mettre en face d'elle. Pascal.» (*Cahiers*, t. XIII, p.349.) Influencé par Pascal, Barrès pense que c'est la douleur qui fait la perfection des gens : « La bête la plus rapide qui nous porte à la perfection, c'est la douleur.» (*Cahiers*, t. XVIII, p.276.) La souffrance est alors un symbole de l'adoration du Christ : « L'adoration du Christ, c'est la mise au point, le dégagement, l'adoration de ce qu'il y a de plus essentiel dans l'humanité : la souffrance.» (*Cahiers*, t. XIII, p.350.) Pendant la guerre, les soldats sacrifient leurs vies à la patrie. Selon Barrès, à côté de la souffrance, de la misère et même de la mort, il y a un sentiment de bonheur et de vivre une vie plus sublime, c'est l'attachement à la patrie.

« La France et l'honneur sont nos maîtres; nous nous soumettons à leur foi. La religion de la patrie et de l'honneur nous rendent aisé ce sacrifice et nous y font trouver le bonheur. » En se donnant à la souffrance et à la mort, ils ont le sentiment de vivre la vie la plus haute, la plus intense, la meilleure. Au milieu des angoisses, leur âme s'enivre d'accomplir sa vraie vocation. (*Cahiers*, t. XVIII, pp.293-294.)

Pascal, aux yeux de Barrès, est un saint, un demi-dieu et un tout-puissant. Il admire tout chez Pascal : sa vie pieuse, ses vertus, la richesse de ses talents, etc. Mais il y a un seul point sur lequel Barrès n'est pas d'accord avec son maître.

3.1.1.4   Un point de désaccord : l'ordre de l'amour et de l'ambition

Contrairement à ceux qui se refusent à porter un regard critique sur l'œuvre du grand maître Pascal, Barrès au contraire, justement à cause de son admiration pour celui qu'il considère comme son illustre prédécesseur, s'interroge sur un point de désccord : l'ordre de l'amour et de l'ambition. Au point de vue de Barrès, les vieillards comprennent mieux le sens de l'amour, tandis que les jeunes sont attirés plutôt par l'ambition, ainsi dans la vie c'est l'ambition d'abord et l'amour ensuite, « amour » étant ici à comprendre dans un sens large, l'amour universel.

Les Vieillards. Swedenborg a raison d'écrire : « Plus vieux sont les anges, plus les anges sont beaux.»
[...] Pascal a tort [de dire] : l'amour d'abord, l'ambition ensuite.
Non, l'ambition c'est l'affaire des jeunes gens, et le plus haut amour l'affaire des vieillards. (*Cahiers*, t. XX, pp.31-32.)

Plus tard, Barrès développe son affirmation dans un autre cahier :

Pascal : « Qu'est-ce qu'une belle vie? L'amour, puis l'ambition.»

Non. L'ambition, puis l'amour. Au début, le moteur, c'est de se faire estimer.

Ensuite, le moteur, c'est l'amour. (*Cahiers*, t. XX, p.102.)

Une remarque bibliographique d'abord : le jugement de Barrès est fondé sur le texte *Le discours sur les passions de l'amour*, texte qui aujourd'hui n'est plus considéré réellement comme émanant de Pascal. Toutefois, la recherche pascalienne n'avait pas établi ce point du temps de Barrès, c'est pour cela que celui-ci le considère bien comme un texte de Pascal.

Aux yeux de Barrès, Pascal est un génie brillant, puissant et érudit. Il l'aborde et fait son éloge partout dans son œuvre. Mais quelle influence Pascal exerce-t-il sur Barrès?

3.1.2 L'héritage

Pendant toute sa vie, Barrès est profondément influencé par Blaise Pascal, seul maître véritablement constant dans sa pensée et son œuvre. Par exemple, il récusera Renan à la fin de sa vie. Même l'individualisme de Barrès présente aussi une trace de Pascal : « Cette grande figure de Pascal d'où nous avons tiré depuis un siècle tant d'enseignements, peut encore nous apprendre ce que c'est que le véritable individualisme.»[1]

Dans le texte suivant, nous allons analyser l'influence de Pascal sur l'idée de la mort et l'attachement de l'âme de Barrès.

3.1.2.1 La mort sereine

Nous l'avons déjà vu, la mort est un terme récurrent chez Barrès, et ses héros de roman méditent souvent dans les cimetières. Par exemple, dans *Le Roman de l'énergie nationale*, les sept lorrains vont chercher du courage sur la tombe de

---

[1] Maurice Barrès, *Les Enfances Pascal*, dans *Les Maîtres*, in *L'Œuvre de Maurice Barrès*, Tome XII, Paris, Au Club De l'Honnête Homme, 1967 [1927], p.85.

Napoléon, et Sturel visite les cimetières de son pays natal pour y trouver un appui spirituel; dans *La Colline inspirée*, Léopold médite dans les cimetières et communique avec ses ancêtres; dans *Les Diverses Familles spirituelles de la France*, l'auteur aborde la mort honorable des soldats français au cours de la première Guerre mondiale. Mais d'où vient cette idée de la mort? Barrès la doit à son maître Pascal. Le 30 janvier 1897, Barrès écrit dans un cahier: « Aujourd'hui encore je pense à Pascal, Si nous pensons d'accord avec lui, c'est dans sa partie sceptique [...] Si nous l'aimons, c'est parce qu'il y a derrière chacune de ses visions de la vie l'image de la mort.» (*Cahiers*, t. XIII, p.84.) Selon Barrès, la pensée pascalienne est dans une certaine mesure une méditation sur la mort: « Pascal - Il pense avec Platon et tout l'Orient que la sagesse est une méditation de la mort. Spinoza, avec la Grèce, pensera que la sagesse est une méditation de la vie.» (*Cahiers*, t. XIV, p.295.) En Pascal, Barrès trouve une des sources de sa pensée de la mort.

Barrès encourage les gens à faire un culte aux morts: « Nous voulons même réparer la mort, construire sur notre tombe quelque chose qui émeuve, vive toujours.» (*Cahiers*, t. XVI, p.118.) Il pense que les gens peuvent ne pas être effrayés par la mort, la mort n'est pas la fin triste d'une vie. Dans un cahier, Barrès raconte l'histoire d'un vieillard qui n'a pas peur de la mort:

> Je me rappelle un vieillard illustre, très frivole et qui rencontrant peu de semaines avant sa mort un jeune homme, lui disait: « Mon cher enfant, je voudrais bien être mort, c'est la mort qui m'ennuie.» Voilà le sentiment humain.
> (*Cahiers*, t. XVI, p.121.)

Au point de vue de Barrès, les gens ont normalement un fort sentiment au dernier moment de la vie, alors que Pascal serait celui qui a réussi à vivre sa vie entière dans ce sentiment si fort que la plupart ne connaissent qu'aux portes de la mort. Au sujet de la mort, Pascal se comporte souvent avec le plus grand calme. Voici ce que Barrès note dans un cahier sur la réaction de Pascal apprenant la mort de sa sœur: « Lorsqu'il apprit la mort de Jacqueline, sa sœur de prédilection, il se contenta de dire: "Dieu nous fasse la grâce de mourir aussi chrétiennement."» (*Cahiers*, t. XVI, p.121.)

D'ailleurs, Barrès doit sa préférence de l'âme à son maître. Par rapport à la science, Barrès, comme Pascal, préfère la profondeur de l'âme.

3.1.2.2   La préférence de l'âme

Dans un cahier de 1909, Barrès décrit le talent du Pascal scientifique : l'invention de la machine à écrire, du baromètre, de l'omnibus, de la brouette, etc. Cependant, ce qui attire le plus d'attention de Barrès, c'est la contribution spirituelle de Pascal pour la civilisation humaine. En tout cas, aux yeux de Barrès, c'est un génie exceptionnel.

> S'il voit son père accablé par ses travaux de financier à Rouen, il invente la machine à écrire. S'il monte au Puy de Dôme, il en rapporte un baromètre ; s'il vient à Paris, l'omnibus ; à la campagne, la brouette. Voilà ce génie à la César, ce clair et rapide conquérant qui ne se perd pas en théories à l'allemande. Et s'il entend les querelles de ces Messieurs de Port-Royal, immédiatement il leur donne cette arme les Provinciales, et s'il médite sur la religion, il la réalise dans sa propre vie et devient un saint. (*Cahiers*, t. XVI, p.101.)

Mais au fond, c'est un fonctionnement remarquable que Barrès décrit ici, dans un style binaire, où la conséquence géniale vient immédiatement après la nécessité. Ainsi, admirateur de Pascal, Barrès désire aussi embrasser à la fois la raison et le sentiment comme Pascal. Voici ce qu'il écrit lors de son pèlerinage en Auvergne :

> Puisque je suis venu d'Auvergne dans la vallée du Rhin, je ne puis pas ne pas entendre ce que dit le Germain Luther « que la musique est la plus belle chose du monde — après la théologie », et qui confirme l'Auvergnat Pascal d'avoir embrassé la raison et la foi, le sentiment et la géométrie. Contre mon sentiment, je veux obéir à ma raison pour enrichir mon sentiment. (*Cahiers*, t. XIV, p.277.)

Pourtant, «Pascal était fatigué de ces sciences que l'homme peut construire avec sa raison seule. [...] mais il trouvait bien autre chose dans son esprit [...] C'est là qu'il voit "la grandeur de l'âme humaine".» (*Cahiers*, t. XIV, p.294.) Par rapport à la science, Pascal préfère l'immensité et la profondeur de l'âme. Dans ses *Pensées*, il fait l'éloge de la puissance du cœur : «C'est le cœur qui sent Dieu, et non la raison ; voilà ce que c'est que la foi : Dieu sensible au cœur, non à la raison.»[1] Selon Barrès, la pensée principale de Pascal est la doctrine du cœur. Il y a des zones dans l'âme que la raison ne peut pas atteindre. De plus, c'est le cœur qui se rapproche de la vérité suprême, et ça n'arrive pas avec la raison.

La pensée principale de Pascal me paraît être : « Le cœur a ses raisons que la raison ne connaît pas. On le sait en mille choses. Je dis que le cœur aime l'être universel naturellement et soi-même naturellement, selon qu'il s'y adonne ; et il se durcit contre l'un ou l'autre à son choix. Vous avez rejeté l'un et conservé l'autre : est-ce par raison que vous aimez? C'est le cœur qui sent Dieu et non la raison. Voilà ce que c'est que la foi : Dieu sensible au cœur, non à la raison.» (*Cahiers*, t. XVI, p.114.)

Barrès est profondément passionné par la pensée de Pascal. Comme Pascal, il pense que la science a ses limites qui l'empêchent d'entrer dans la zone où se trouvent l'âme et la morale : «La science ne peut rien connaître sur Dieu, sur le bien ou le mal moral, sur la vie future, sur l'âme, etc. [...] C'est du domaine de la foi.» (*Cahiers*, t. XIII, p.350.) Dans un cahier en 1907, Barrès réaffirme son opinion et accentue que le cœur doit être placée avant tout :

Pascal prend le mot cœur comme l'expression d'une aptitude à sentir et à se déterminer par ce sentiment seul. Alors il écrit cette pensée qui domine son œuvre : « Le cœur a des raisons que la raison ne connaît pas. » [...] Le sentiment, c'est-à-dire la foi... La foi, en face de la science et de la raison. La

---

[1]   Blaise Pascal, *Pensées de Blaise Pascal*, éd. Léon Brunschvicg, Coll. des grands écrivains de la France, Paris, Hachette et cie, 1904, t. II, p.201, pensée 278.

foi, c'est en quelque sorte l'énergie acquise que nous communiquent les forces composantes de la science, de l'expérience et du raisonnement. (*Cahiers*, t. XV, pp.282-283.)

3.1.2.3 L'amour pour tous

Influencé par Pascal, Barrès se préoccupe également du destin de l'humanité, notamment vers la fin de sa vie. Dans ses derniers livres, il préconise la coexistence entre les Français et les Allemands. A son avis, pour vivre harmonieusement dans le monde, on doit s'aimer les uns les autres, et on tient cet amour pour la perfection de l'esprit humain.

En fait, au début littéraire de sa vie, Barrès appelle déjà l'amour universel, mais d'une façon ou d'une vision plutôt négative. Par exemple, dans *Leurs Figures*, sans amour au cœur des hommes, et les bannis sont destinés à errer ou à mourir dans la solitude et la peur. Dans ce roman, nous ne sentons aucune sorte d'amour. Au contraire, la cruauté du milieu de la politique se diffuse partout. Quand une figure est tombée dans une impasse, personne ne donne de coup de main, ni les membres de la famille, ni les amis, ni les collègues. Les gens dans ce livre se détestent, Barrès décrit ci-dessous cette inhumanité:

> Il faut reconnaître une grande vérité d'où naissent les amertumes des hommes de parti: un soldat déteste plus son lieutenant que le lieutenant de l'armée ennemie. Les intolérables dégoûts qui saturent bien vite un homme plongé dans la politique lui viennent moins de ses adversaires que de ses coreligionnaires. (*Figures*, p.1201.)

Ainsi, plus les gens sont proches, plus ils sont amenés à se détester: le respect est absent, tout comme la charité ou le pardon. Quant au baron de Reinach, il est le premier attaqué dans l'affaire de Panama. Dans *les Déracinés*, il organise plusieurs soirées qui réunissent beaucoup de grandes figures du milieu mondain: des banquiers, des financiers, des députés, des hauts-fonctionnaires, des artistes, etc. Mais dans ce roman, quand il se trouve dans la difficulté, personne ne l'aide. Tout le monde le regarde sombrer dans l'abîme de malheur, même son ancien ami Rouvier ne fait rien pour l'aider. « Le baron rentra à dix heures du soir, sans avoir dîné, livide d'avoir couru dans cet égout. Il se débattait encore, mais sans méthode, avec les désordres d'un homme perdu. Il ne faisait plus que nager en chien. Amis et ennemis allaient s'entendre pour le noyer.» (*Figures*, p.1086.) Ici, on notera la même image du chien, la même image d'avilissement et d'humiliation utilisée pour Bouteiller. Le personnage ici est également abandonné, et la cruauté des hommes le poussera au suicide. Après le suicide du baron de Reinach, Rouvier est relevé comme un des chéquards. A son tour, il connaît le sentiment d'être abandonné par le monde : « Ils l'abandonnèrent ; il marchait au milieu de cinq cent quatre-vingts collègues et s'épongeait le front, coudoyant des amis qui tous détournaient les yeux.» (*Figures*, p.1123.) Pour Bouteiller aussi, quand son ancien élève Suret-Lefort le chasse hors du pari, « tous ses amis se rallient au médiocre et brillant Suret-Lefort, Bouteiller trahit dans son regard et jusque dans son teint terreux une extraordinaire puissance de tristesse.»(*Figures*, p.1202.) Bref, ce livre ne décrit aucun tableau sur l'amour, mais à travers les douleurs des personnages sans pitié, nous voyons que Barrès voudrait montrer ses idées sur l'amour. L'auteur décrit un monde misérable, sans amour, un monde de cruauté et d'inhumanité, c'est pour cette raison que nous n'y trouvons pas le bonheur.

3.1.2.4 La description de la souffrance

Barrès admire le courage de Pascal face à la souffrance. Quand Barrès lui-même se sent souffrant, il voudrait trouver un appui chez son grand maître. Sous l'influence de Pascal, Barrès décrit souvent la souffrance des personnages dans ses romans.

Nous prenons l'exemple des *Déracinés*. Dans ce roman, le narrateur s'emporte contre les intentions du professeur de philosophie et surtout critique l'acheminement vers la pensée abstraite, qui ne tient pas compte du milieu dans lequel les individus vivent et se construisent. C'est la pensée abstraite qui amène les jeunes étudiants à la souffrance et à la misère. Après leur installation à Paris, les sept Lorrains subissent de nombreuses souffrances, ils ne peuvent pas agir comme ils l'avaient imaginé. Quelques-uns luttent même pour vivre, pour ne pas mourir de faim : « Racadot et

Mouchefrin souffrent la faim, le froid, avilissent et martyrisent leur jeunesse, sans but noble et pour le seul espoir de gagner tout de même un jour quelque argent.» (*Déracinés*, p.113.) Après quelques années de lutte, Racadot se transforme, son visage blême apparaît comme « une page blanche » (*Déracinés*, p. 274.), et se dégrade finalement en « un pauvre diable » (*Déracinés*, p.315.). Quand il est arrêté par la police, il éprouve désespoir et impuissance, « elle (la porte) se referma sur lui, comme l'eau sur un noyé... Il était hors du monde et seul avec ses gardes : un faible avec des forts.» (*Déracinés*, p.324.) Mouchefrin de même, après l'assassinat, se cache tous les jours dans un taudis, effrayé par tout. « Mouchefrin n'est pas un homme, c'est un être submergé, une chose fuyante et rampante.» (*Déracinés*, p.339.) Le monde réel est cruel, il les transforme en diables et en des objets sans âme.

Dans *Leurs Figures*, nous voyons également les souffrances des personnages principaux. D'abord, c'est la peur qui prédomine tout au long de ce roman. Pour les gens qui ont fait du mal, la peur les suit toujours. Dans ce livre, Barrès exprime le sentiment de peur des hommes politiques à l'aide d'un remarquable rythme ternaire :

Un peu de peur, le matin, en ouvrant leur courrier, les journaux de leur arrondissement, les lettres de leur comité ; un peu de peur, dans les couloirs, s'il faut refuser tel vote, s'aliéner celui-ci, se différencier de celui-là ; un peu de peur même chez l'orateur le plus habile, quand il s'agit de prendre position à la tribune. Mais suffisent-elles, ces palpitations, à expliquer que tous les hommes politiques meurent d'une maladie de coeur?" (*Figures*, p.1055.)

Ainsi cette longue phrase écrite comme une période suggère encore davantage qu'elle n'affirme : certes la peur fait partie de la vie quotidienne des politiques, mais Barrès suggère à la fin de l'extrait que les maladies « de cœur » seraient dues peut-être à une sorte de châtiment divin. Raison de plus pour que l'affaire du Panama mette beaucoup de sénateurs, députés et de hauts fonctionnaires dans la panique. Ceux dont leurs noms sont relevés dans la liste des chéquards subissent d'énormes souffrances, la vie devient une catastrophe. Quelques-uns choisissent même le suicide. Le premier attaqué dans cette affaire, le baron de Reinach, « Sans amis,

sans horizon, sans dignité intérieure, plus triste qu'un chien perdu » (*Figures*, p.1101.),
s'empoisonne finalement. Au cours de l'enquête sur Rouvier, il se transforme
complètement par le malheur. « Une telle angoisse fait mal à voir. Il ne bougeait pas,
mais violemment congestionné, ses yeux, sa bouche tout agités, il semblait possédé
par un cauchemar d'où il n'entendait rien.» (*Figures*, p.1123.) Quant à Bouteiller
qui est exclu de son parti par son ancien élève Suret-Lefort, le coup si rude le met au
lit avec une forte néphrétique. « Comme un chien abandonné va flairer les maisons où
il eut sa soupe bien chaude, sa niche et les brutalités amicales d'un palefrenier,
Bouteiller, au cours de cette semaine où il fuyait la Chambre, passa plusieurs fois,
le soir, devant La République Française.» (*Figures*, p.1204.) Nous y voyons bien la
colère et le malheur de Bouteiller: la comparative initiale « comme un chien
abandonné va flairer les maisons où il eut sa soupe bien chaude » est particulièrement
éloquente ici, puisqu'elle montre le pire des avilissements. De même, la vengeance
de Sturel est vaine, puisqu'il subit en même temps l'échec de la politique et celui de
l'amour. « Suret-Lefort avocat du terrianisme lorrain, Mme de Nelles fiancée à
Roemerspacher: ces faits du jour consacrent le double échec de Sturel et le disposent
à la rêverie, à la solitude.» (*Figures*, p.1207.) Bref, tout ce roman est comme un
roman de douleur, tout le monde se trouve dans un état misérable, à cause de leur
cupidité.

Pascal est la figure importante de la vie et la pensée de Barrès. Son influence
sur Barrès est tellement grande que le dernier lui rend hommage à sa propre manière.

3.1.3 Les hommages

3.1.3.1 Des visites en Auvergne

Au début de ses *Cahiers*, Barrès écrit: « Mes quatre grands-parents. Un quart
d'Auvergne, trois quarts de Lorraine.» (*Cahiers*, t. XIII, p.5.) Les Barrès ont
toujours vécu en Auvergne jusqu'à son grand-père, un officier de la Grande Armée,
qui épouse une fille de Charmes-sur-Moselle en 1827 et y habite pour prendre sa
retraite plus tard. Dans le cœur de Barrès, l'Auvergne est toujours la terre de ses
ancêtres et il veut s'attacher à sa double lignée: lorraine et auvergnate. Là, il
cherche ses racines et sa visite est une sorte d'hommage à Pascal, comme il a pu le

faire pour Jeanne d'Arc. Dans un de ses discours à Clermont-Ferrand, « Barrès se félicite d'y avoir pour confrères d'érudits "pascalisants". Surtout, ses séjours sont l'occasion de pèlerinages pascaliens.»[1]

Dans la conférence en 1909, Barrès parle du rôle des lieux où vécut Pascal. Il redit, comme ce qu'il a dit dans ses deux articles « Peut-on conserver la maison de Pascal? » du 14 septembre et « Faut-il sauver la maison de Pascal? » du 18 septembre en 1900 dans l'*Écho de Paris*, l'importance des lieux pour connaître un auteur, un penseur, un homme :

Il y a beaucoup d'endroits où l'on peut aller songer à Pascal, où l'idée que nous nous faisons de lui prend de la chair, redevient humaine, vivante.

« Qui veut comprendre le poète, dit Gœthe, doit aller dans le pays du poète.» [...] Vous vous promeniez quelques heures, paisiblement, dans les fonds de Port-Royal. Mais c'est à Clermont que l'on peut le mieux se rendre compte des assises humaines de ce grand chrétien, distinguer ce qu'il y a de commun entre lui et nous, voir sa part française, bourgeoise et provinciale. (*Maîtres*, p.55.)

Dans cette conférence, Barrès raconte son séjour au pays natal de Pascal. Après la démolition de la maison natale de la rue des Gras, Barrès visite régulièrement le château de Bien-Assis en vue de chercher les traces de Pascal : sa famille, son entourage, son éducation, ses sentiments, etc. Il pense que c'est à Clermont-Ferrand que se forment Pascal et sa pensée.

Tous les ans, j'ai l'occasion de passer plusieurs semaines auprès de Clermont et de parcourir la terre natale de Pascal. J'ai vu et décrit les derniers vestiges de sa maison natale, au moment où l'on achevait de la démolir. Régulièrement, chaque été, je visite le château de Bien-Assis, qui appartenait aux Périer, parents et amis de sa famille. Je vais saluer, dans la salle des Actes de l'Hôpital

---

[1] Henri Gouhier, *Pascal et Barrès*, dans *Maurice Barrès : Actes du colloque organisé par la Faculté des lettres et des sciences humaines de l'Université de Nancy* (22-25 octobre 1962), Annales de l'Est, Nancy, 1963, p.310.

général, le portrait de sa sœur Gilberte, Mme Périer [...] Ah! Combien j'aimerais vous mener sur tous les points de cet horizon où Pascal se forma. Ces réalités pittoresques nous aideraient, je crois, à mieux fixer notre esprit sur cette bourgeoisie de Clermont, sur ces familles Pascal et Périer, sur les sentiments que Blaise Pascal a reçus de naissance. (*Maîtres*, pp.55-56.)

Ce n'est donc pas seulement un amour de la terre et des ancêtres pour eux-mêmes et en eux-mêmes, mais il semblerait aussi que la terre pour Barrès puisse elle-même dégager des énergies propres à former certaines formes d'humanités.

D'après Barrès, l'Auvergne est un lieu de pèlerinage, il y rend hommage à Pascal: « Je passe depuis des années une vingtaine de jours chaque été dans les stations balnéaires d'Auvergne. J'y ai vécu, comme je le dirai, de Pascal et de saint Odilon.» (*Cahiers*, t. XV, p.183.) Par rapport aux autres lieux, Barrès aime bien passer son temps là, parce qu'il s'y retrouve et que ses préoccupations sont toujours satisfaites:

En Auvergne et pas ailleurs. Quand j'imagine qu'on aurait pu m'envoyer dans certains pays d'ailleurs fort beaux comme la Suisse, la Bohême que j'ai traversés ou même dans certaines régions de la France, je vois clairement que j'y aurais perdu mon temps, que j'y aurais été comme séparé de moi-même. Ici, au contraire, je me retrouve; tout me ramène à mes préoccupations essentielles; et quand je m'en vais j'emporte en plus du bien-être physique le plaisir d'avoir bien travaillé. (*Cahiers*, t. XVI, p.31.)

Selon ses notes dans les *Cahiers*, nous voyons que durant l'été 1906, Barrès fait son pèlerinage pascalien en Auvergne. Il y cherche les traces de Pascal: visiter sa maison, parcourir les propriétés appartenant à sa famille dans les vallons et admirer les paysages que Pascal a regardés: «Juillet - août. Royat, 1906. Seul. Je parcourus tous ces vallons où les familles Pascal et Périer avaient leurs propriétés. Je montai au-dessus de la maison de cure d'air Petit. Pascal est venu là. Il regarda la nature, car "le silence de ces espaces infinis" [...] » (*Cahiers*, t. XIV, p.324.) L'année prochaine, en 1907, Barrès profite de sa visite à Bien-Assis pour chercher les traces de Pascal : « Bien-Assis ne fut pas une maison d'enfance pour Pascal mais construite du vivant de Pascal.» (*Cahiers*, t. XV, p.186.) C'est déjà la deuxième fois que Barrès visite la maison de Pascal à Clermont. Il visite aussi la chapelle de Bien-Assis, dont le rez-de-chaussée sert de bibliothèque. « C'est là que sont venus s'enterrer tous les volumes de Pascal et ses papiers et c'est de là qu'ils sont partis quand Mlle Périer a quitté Bien-Assis.» (*Cahiers*, t. XV, p.195.) Et puis, le 6 août 1908, Barrès revient en Auvergne et préside la séance de l'Académie de Clermont. Et dans cette académie de province son plaisir n'est pas moins grand ni moins sincère. Voici ce qu'il dit : «S'entretenir de Pascal à Clermont avec des hommes d'étude, c'est à mon goût le plus grand des plaisirs de l'esprit.» (*Cahiers*, t. XVI, p.31.)

En Auvergne, Barrès non seulement visite les maisons de Pascal, mais également communique avec les Auvergnats en vue de mieux comprendre la pensée de Pascal, et il enregistre leurs conversations dans ses *Cahiers* pour bien les conserver. Le 19 juillet 1907, Barrès s'entretient avec Marcellin Boudet[1] et voici ce qu'il en retient dans son cahier :

> Il me dit qu'il y a eu beaucoup d'auvergnat dans le jansénisme par Pascal, les Périer, les Arnauld (et que cette veine s'est prolongée, notamment dans la magistrature). Il ne voit pourtant pas dans cette dure religion (qui asservit l'homme, le désespère, laisse tout à la grâce) quelque chose d'auvergnat. (*Cahiers*, t. XV, p.183.)

Le 24 juillet 1907, Barrès aborde les origines de Pascal avec l'historien Élie Jaloustre (1846-1915). Ils cherchent à pénétrer dans les détails de la vie de Pascal pour bien le comprendre. Dans un style ici pressé, il retient quelques points biographiques :

> Le père de Pascal, en tout cas les Pascal, venaient d'Ambert, au pied de la Chaise-Dieu. Là sans doute quelques biens. Me faire préciser. La mère de

---

[1] Marcellin Boudet, conseiller à la Cour de Grenoble, président de la société *la Haute Auvergne*.

Pascal, native de Gerzat. C'était d'ailleurs une alliée des Périer. Les Périer enfin, une jolie fortune qu'on a pu rétablir. Ils la détruisent en soutenant les gens qui pensaient bien [...] Bien-Assis est une très ancienne propriété, antérieure aux Périer qui la remanièrent. Pascal en parle. (*Cahiers*, t. XV, pp.187-188.)

En Auvergne, lors de son séjour, Barrès médite sur la pensée de Pascal. Sa visiste constitue une occasion de méditation.

3.1.3.2   La méditation en Auvergne

Pour Barrès, ses séjours en Auvergne sont l'occasion de méditation et de réflexion. L'image de Pascal est gravée au cœur de Barrès et ce dernier dit en août 1907 : « Un de mes rêves serait de publier une iconographie de Pascal. J'y mettrais ce tableau. » (*Cahiers*, t. XV, p.219.) De plus, Barrès analyse l'état d'esprit de ce penseur dans ses *Cahiers*. Pascal s'abîme toujours dans l'angoisse, parce qu'il craint souvent l'abandon et désire un appui : « Pascal avait dû souffrir de longues angoisses, des agonies. Beaucoup de mystiques ont cru à une révélation extérieure tandis qu'il s'agissait de révélations intérieures (suscitées peut-être même par Dieu). C'est le résultat de longues méditations. » (*Cahiers*, t. XV, p.208.) Durant son séjour en Auvergne, Barrès réfléchit sur l'importance de l'esprit par rapport à la science. Il approuve l'idée de Pascal sur ce point : « Pascal disait que l'Écriture Sainte n'était pas une science de l'esprit, mais une science du cœur qui n'était intelligible que pour ceux qui ont le cœur droit et que tous les autres n'y trouvaient que de l'obscurité. » (*Cahiers*, t. XV, p.224.)

D'ailleurs, Barrès réfléchit également sur les œuvres du penseur qui sont riches, brillantes et profondes. Pour lui, c'est une manière de rendre hommage à Pascal. Dans un cahier en 1920, Barrès aborde les textes de Pascal. Il apprécie presque toutes les œuvres du maître, sauf les *Provinciales*. Voice ce qu'il écrit :

Pascal. — Sans doute, le plus grand des écrivains.
Le Mystère de Jésus, quel morceau de prose lyrique !

Il n'a pas eu le temps de gâter les *Pensées*. C'est le jet spirituel. On le voit penser. On habite son âme.

Les Provinciales, illisibles. Ne sont pas de lui. On lui a donné des éléments qu'il ne connaissait pas, avec lesquels il a travaillé. (*Cahiers*, t. XIX, p.234.)

D'abord, ce sont les *Pensées* qui présentent la pensée essentielle de Pascal, chef-d'œuvre du dernier contre les sceptiques et les libres-penseurs.

1) Les *Pensées*

Les *Pensées*, aux yeux de Barrès, sont une grande œuvre de Pascal. D'abord, Barrès pense que le livre montre la pensée principale de Pascal et le centre de sa vie. « C'est un livre d'apologétique. C'est surtout l'histoire de Pascal en présence de certains problèmes qu'il déclare qu'il connaît, qu'il sent comme les seuls problèmes [...] Je n'en prendrai qu'une, mais laquelle, le centre de sa vie.» (*Cahiers*, t. XVI, p.127.) C'est une « autobiographie » de Pascal et même le « commentaire » de son ravissement du 23 novembre 1654 : « Le fait du 23 novembre semble le fait dont les *Pensées* sont le commentaire. Pour qui connaît ce fait, les *Pensées* deviennent une autobiographie du cœur de Pascal. » (*Cahiers*, t. XVI, p. 123.) À travers les *Pensées*, Barrès sent la souffrance que Pascal a supporté toute sa vie : « Mettez, entre chacune de ses *Pensées*, de terribles crises de souffrance.» (*Cahiers*, t. XIX, p.198.) Mais le grand maître possède une force dans son âme. Et le mélange de force et de souffrance en Pascal, est ce qui attire le plus Barrès. Bref, pour lui, cette œuvre de Pascal représente la projection de ses idées et l'enregistrement de son mouvement de l'âme. Dans ce livre, Pascal montre ouvertement son âme, pas de sophistication, pas d'émotion insipide.

Les *Pensées* sont des notes de lecture, des songeries de malade, les réactions de Pascal. Nous y voyons les mouvements de son âme. Avec cela, on s'épuise à chercher le plan du livre qu'il voulut écrire. Mais rien ne me dit que toutes ces notes fussent prises en vue de ce livre. D'ailleurs, ce livre nous eût assommés. (*Cahiers*, t. XX, p.17.)

Dans son œuvre, Barrès aborde également sa compréhension du *Mémorial* de Pascal, un texte trouvé cousu dans l'habit de Pascal après sa mort.

2) Le *Mémorial*

Le 23 novembre 1654, d'environ dix heures et demie du soir jusqu'à environ minuit et demi, Pascal a une intense vision qu'il écrit immédiatement en une note, appelée le *Mémorial*. Ce texte est trouvé cousu dans l'habit de Pascal après sa mort, et c'est un texte qui continue d'intriguer les spécialistes de Pascal. Barrès écrit ainsi dans son cahier:

Le Mémorial. ... On a beaucoup discuté sur ce papier. Pour comprendre Pascal il n'est jamais rien de mieux, je l'ai toujours éprouvé, que de se rapporter à l'opinion, au jugement des personnes de son entourage. Toutes conviennent qu'elles ne pouvaient douter que ce parchemin, écrit avec tant de soin et avec des caractères remarquables, ne fût un Mémorial que Pascal gardait très précieusement pour conserver le souvenir d'une chose qu'il voulait toujours avoir présente à ses yeux et à son esprit. (*Cahiers*, t. XVI, p.124.)

Dans sa conférence *L'Angoisse de Pascal* en 1909, Barrès analyse en détail le contenu du *Mémorial* et fait sa propre interprétation. En fait, il y a deux originaux de ce texte, un sur un petit parchemin et l'autre sur un papier, mais l'un est une copie exacte de l'autre. Dans sa conférence, Barrès explique l'état de ces deux originaux et l'importance de ce texte pour Pascal:

De ces deux originaux, celui sur parchemin a disparu; l'autre, sur papier, est à la Bibliothèque nationale de Paris. Il forme la première page du manuscrit autographe des Pensées. C'est une feuille in-folio, où l'écriture de Pascal est plus soignée, mieux lisible qu'à l'ordinaire. On y remarque encore la trace du pliage subi dans le pourpoint. Évidemment, s'il tenait aussi cette feuille sur lui, c'est qu'il voulait avoir toujours à l'esprit le fait qu'elle lui rappelait. Il voulait garder toujours présents la sensation, l'état d'âme, le sentiment qui avaient, décidément, transfiguré sa vie. (*Maîtres*, p.68.)

Ce papier écrit dans la soirée du 23 novembre 1654 présente la scène de révélation. Aux yeux de Barrès, cette soirée d'illumination et d'extase, « c'est le plus haut sommet de la vie de Pascal » (*Maîtres*, p.75.). Cette nuit mystique a effectivement et profondément marqué Pascal, puisqu'il ne cesse d'y repenser, de la méditer et de la revivre. Ainsi, ce texte constitue un document important pour comprendre la pensée de Pascal. Au point de vue de Barrès, le papier de Pascal ne s'adresse à personne, c'est un texte dans lequel il parle à son soi-même, à son âme :

Ici, Pascal se parle à lui-même. Il ne se met pas à notre portée, à la portée des esprits inférieurs. Il parle à son génie, à son âme ; il lui parle de ce qui lui est le plus important. Une telle page, cette vision lyrique, cette vision divine, la vision par excellence, il ne la destine à aucun correspondant. (*Maîtres*, p.71.)

Dans la conférence, Barrès l'analyse phrase par phrase en vue d'expliciter l'état d'esprit de Pascal, même la petite croix entourée du feu que Pascal a dessinée en tête et au bas du *Mémorial* :

En tête du papier, vous voyez une croix. D'après la copie de l'abbé Périer, qui a été faite sur l'original disparu, cette croix était entourée de rayons de feu [...] Voilà déjà qui parle à l'imagination et qui nous invite à croire, ce que nous saurons plus loin, que la chambre où méditait Pascal fut éclairée par une lumière divine.

[...] Enfin, il dessine, au bas de son *Mémorial*, cette même croix flamboyante qu'il avait mise en tête, et qui dut présider à ces deux heures d'illumination. (*Maîtres*, pp.69-75.)

Dans le *Mémorial*, Pascal écrit : « Depuis environ dix heures et demie du soir jusque environ minuit et demi. Feu [...]» D'après Barrès, les extases miraculeuses ne sont pas méconnues dans la vie spirituelle, qui sont souvent accompagnées par l'image du feu. Quand les saints, surtout le Seigneur, parlent, on les représente souvent entourés de lumière. Ainsi, Barrès pense que la vision de Pascal est totalement divine.

> Ces hauts états ne sont que le développement du christianisme dans sa plénitude. Les Pères de l'Église ont minutieusement décrit cette union parfaite avec Dieu, qui est le premier mot de la contemplation. Ils en détaillent les caractères, et c'est toujours d'un enseignement accompagné de lumière qu'ils parlent. « Les paroles de la vision, écrit la grande prophétesse Hildegarde, ne ressemblent pas à ce que profère la bouche des hommes : elles sont comme une flamme brillante.» (*Maîtres*, pp.70-71.)

D'arpès Barrès, la vision de Pascal ne se voit que par l'amour et le cœur, et la raison devient impuissante devant elle :

> Celui qu'il salue, ce n'est pas le Dieu que l'on ne pourrait atteindre que par l'intelligence, et que celle-ci, d'ailleurs, est impuissante à saisir, mais c'est un Dieu qui a rempli l'âme et le cœur des justes. Cela revient à dire que l'on n'entre dans la vérité que par l'amour, par les mouvements du cœur. (*Maîtres*, p.71.)

Selon l'analyse de Barrès, la vision de Pascal atténue l'angoisse de cette grande âme, et lui apporte la joie et la paix. L'effarement de Pascal dans le monde est le silence éternel du monde mystique, et maintenant ce qu'il voit dans sa vision lui donne un appui spirituel :

> Il est un victorieux, celui que nous avons vu lutter si douloureusement. Il possède le bien-être, la joie et la paix, parce qu'il est devant le Dieu de Jésus-Christ. Il se sentait si loin, si abandonné, devant la cause des causes qui nous échappe éternellement! Il lui fallait un appui. (*Maîtres*, p.72.)

Et puis, après l'interprétation du *Mémorial* phrase par phrase, Barrès propose une petite conclusion : « Ce papier, c'est, évidemment, l'attestation de la lumière que Pascal a reçue, le mémorial de la réponse accordée à son cri d'angoisse, le bulletin de sa victoire sur les ténèbres, son action de grâce et son acte de ferme propos. » (*Maîtres*, p.75.) Bref, Barrès montre explicitement l'état d'esprit de Pascal à travers le *Mémorial*.

Presque vers la fin de cette conférence, Barrès explique l'influence de cette extase de la nuit du 23 novembre sur la vie de Pascal, qui constitue la seconde conversion ou la conversion totale de Pascal, puisque sa première conversion se déroule à Rouen à la suite de la visite des deux médecins pieux dans sa famille. Après la nuit mystique, sa vie se trouve désormais transfigurée et il s'intéresse de plus en plus à la vérité suprême. Barrès prend un exemple de la méditation de Pascal dans les dernières années de sa vie afin d'éclaircir la pensée de son maître après sa nuit d'illumination :

Dans les quatre dernières années de sa vie, comme la maladie l'empêchait de travailler, il avait un almanach qui l'instruisait des églises où il y avait des cérémonies particulières, des reliques exposées ou quelque solennité, et il s'y rendait. Il y méditait indéfiniment (et sans en épuiser le sens) tous les sentiments qui l'avaient assailli dans sa vision. Une âme religieuse dispose de deux sortes de prières. Elle peut répéter les prières liturgiques, dont les formes ont été fixées par l'Église. Elle peut aussi laisser un libre cours aux pensées de l'esprit et aux effusions du cœur. (*Maîtres*, p.76.)

Afin de rendre hommage à Pascal, Barrès fait son pèlerinage en Auvergne et réfléchit sur les œuvres de Pascal. Mais pour Barrès, cela ne suffit pas, il lit même les livres préférés de son maître.

3.1.3.3 La lecture sur Pascal

Barrès aime tellement Pascal qu'il aime aussi ce que Pascal aime : celui qui aime l'arbre aime la branche. Le Psaume 118 est un texte que Pascal lit et médite tous les jours. Le Psaume 118, Barrès le méditera aussi à la suite de Pascal. À la fin de l'année 1900, Barrès écrit dans ses *Cahiers* : « Un beau travail à faire : ce que Pascal aimait dans le Psaume 118.» (*Cahiers*, t. XIII, p.297.)

Selon Barrès, les *Pensées* et le *Psaume* 118 constituent l'esprit essentiel de Pascal : « Pascal faisait deux sortes de prières. Celle qu'il a consignée dans ses *Pensées* et la récitation du bréviaire. Dans toutes les deux, dit l'esprit de Port-Royal.» (*Cahiers*, t. XVI, p.126). Les deux s'éclairent l'un l'autre : « Tout ce psaume 118 interprété par les *Pensées* prend un sens spécial et réciproquement il illumine les *Pensées*.» (*Cahiers*, t. XV, p.204) Voici ce qu'il écrit dans un cahier : « Quel beau commentaire on pourrait faire des paroles qu'aimait Pascal : *Inclina*, *Domine*, *cor meum*. C'est du psaume 118. Il cite cette phrase jusqu'à deux fois dans ses *Pensées*.» (*Cahiers*, t. XVI, p.126.) De plus, après avoir lu le Psaume 118 et l'interprétation du texte dans les *Pensées*, Barrès le trouve fécond, touchant et universel :

> Tout le monde peut lire le psaume 118. Pour ma part, j'y trouve quelque chose de très touchant, c'est la dernière strophe, la 176e : « J'ai été égaré comme une brebis perdue, cherche ton serviteur, car je n'ai pas oublié tes commandements ». (*Cahiers*, t. XV, p.209.)

En tout cas, tout ce psaume pour Barrès est « *une ardente supplication* ». (*Cahiers*, t. XV, p.210.) En 1907, il écrit dans un cahier : « Chacun des moines alors savait le psautier par cœur et méditait notamment le psaume *Beata Immaculati* qu'aimait Pascal et qui est celui qui donne le plus à la vie intérieure.» (*Cahiers*, t. XV, p.192.) Et puis, dans la conférence de 1909 intitulée l'*Angoisse de Pascal*, Barrès parle de ce livret aux auditeurs comme un « amour sensible » de Pascal :

> Ce livret, sans simplifier outre mesure, il nous est permis de dire que c'est le Psaume 118, un long psaume que Pascal méditait chaque jour et pour lequel, nous dit sa sœur Gilberte, il avait un amour sensible. Il y voyait tant de choses admirables qu'il trouvait de la délectation à le réciter, et quand il s'entretenait avec ses amis de la beauté de ce psaume, il se transportait d'une telle manière qu'il paraissait hors de lui-même. (*Maîtres*, p.63.)

Au point de vue de Barrès, ce livret montre la direction de la voie divine à Pascal, ce qui peut atténuer son angoisse sur le chemin.

> Comme il serait intéressant de suivre, strophe par strophe, ce chemin que parcourait quotidiennement la pensée de Pascal! Ce Psaume 118 — *Beati immaculati in via*, « Heureux ceux qui sont intègres dans leur voie et qui marchent dans la loi de l'Éternel » — est, dans chacun de ses versets, une invitation pressante et répétée, la sollicitation d'une âme qui demande le chemin pour rejoindre Dieu. Il commence et finit en parlant des Voies du Seigneur, du Chemin de l'Éternel. (*Maîtres*, p.63.)

Du *Psaume* 118, l'intérêt de Barrès s'élargit dans tous les *Psaumes*. Dans un cahier en 1907, il analyse leur rôle pour les écrivains. Ils sont pour Barrès un des socles de la culture française, puisqu'il cite à cette occasion aussi bien Bossuet que Lamartine :

> Les *Psaumes* firent au premier rang l'éducation de saint Odilon. Les livres sapientiaux, l'*Ecclésiastique*. Bossuet y cherchait, y prenait surtout des images grandioses et puissantes. Lamartine les a aimés comme il a aimé la poésie sémitique [...] Dans quels sentiments Pascal lisait-il le Psaume 118? Il a dû méditer les testimonia apportés par les générations, le péché originel et la grâce. (*Cahiers*, t. XV, p.194.)

Il se situe lui-même sous cette influence, se plaçant du coup dans une certaine lignée littéraire : pour lui, c'est une « puissance magique des formules demi-obscures, mais très pleines, sur lesquelles on médite longuement, où l'on trouve une succession de sens superposés, concordants et appropriés aux siècles, aux âges, aux circonstances ». (*Cahiers*, t. XV, p.200.)

De plus, la fidélité de Barrès à Pascal se manifeste non seulement dans sa réflexion sur les œuvres du maître et sa lecture sur les livres préférés du penseur,

mais aussi dans sa lecture des œuvres sur Pascal. Dans le chemin vers son maître
Pascal, Barrès se documente, et prend constamment des notes. Par exemple, dans
les *Causeries du lundi*, Sainte-Beuve appelle Pascal « un réservoir de hautes pensées »,
et trouve que Pascal montre dans *Les Pensées* un idéal moral, même si on y entrevoit
aussi un désespoir. Barrès cite Sainte-Beuve dans un cahier :

> Le même jour où l'on a lu Childe Harold ou Hamlet, René ou Werther, on lira
> Pascal et il leur tiendra tête en nous, ou plutôt il nous fera comprendre et sentir
> un idéal moral et une beauté de cœur qui leur manque à tous, et qui, une fois
> entrevue, est un désespoir aussi. C'est déjà un honneur pour l'homme que
> d'avoir de tels désespoirs [...] (*Cahiers*, t. XIII, p.269.)

Plus loin dans les *Cahiers*, Barrès consigne ses réactions face à la lecture des
Considérations sur le dogme générateur de la piété catholique de Philippe Gerbet —
un écrivain et journaliste français. « *Mémorial. ...* Je puis lire avec profit le chapitre
Vie spirituelle du *Dogme générateur* de Gerbet. Pascal fut-il janséniste? Voir p.129 de
Gerbet. Il a connu, senti le mystère d'amour. Et puis il s'éloigne lui-même de
jansénistes et de jésuites, se met entre eux.» (*Cahiers*, t. XV, p.252.)

Pascal est partout présent dans la pensée et la vie de Barrès. Quand il parle avec
ses contemporains, il a tendance à mentionner ou même discuter la pensée de son
maître.

3.1.3.4 Discussions avec les contemporains

Parmi les écrivains qui l'influencent, Barrès considère Pascal comme un grand
maître qui lui donne la consolation et l'espoir. « Oui, je pense à Pascal. C'est une
rose de Jérusalem. S'il tombe dans ma pensée, il grandit, grandit et m'emplit. »
(*Cahiers*, t. XIII, p.235.)

Barrès parle souvent avec Jules Soury, un historien de la neuropsychologie, et
suit de temps en temps ses cours. Ils discutent de la pensée de Pascal, puisque tous
les deux sont influencés par ce grand penseur. Soury dit à Barrès : « Je n'aime plus la
science. Qu'est-ce que cela me fait tout cela. Ah! Oui, Pascal a raison.

Divertissement. Le chercheur n'est rien de plus que celui qui tire des lapins. »
(*Cahiers*, t. XIII, p.43.) « Je voudrais ne rien faire, lire seulement Pascal, mais
deux pages par jour [...] les méditer.» (*Cahiers*, t. XIII, p.44.) Comme Pascal,
Soury s'intéresse de plus en plus au sentiment plutôt qu'à la raison. Et il discute de
tout cela avec Barrès, si bien que Barrès s'interroge : « Ne tourne-t-il pas au
mysticisme? Puisque aussi bien derrière tout il y a l'inconnaissable, n'auraient-ils
pas raison? C'est l'argument de Pascal qui le hante.» (*Cahiers*, t. XIII, p.41.) Plus
tard, dans un cahier en 1907, Barrès enregistre leur conversation sur la vie de
Pascal :

> Pascal, il a eu les jambes prises. Après son accident de Neuilly, il fallait lui
> mettre des fauteuils près de lui pour qu'il ne craignît pas de tomber. Étant petit,
> il ne pouvait pas supporter de voir son père et sa mère l'un près de l'autre;
> c'était de la jalousie [...] Il avait des phobies. Il a eu une hallucination.
> (*Cahiers*, t. XV, p.147.)

Pascal en effet a beaucoup souffert durant toute sa vie, de souffrances physiques et
de souffrances psychologiques, qui n'ont cependant pas freiné son intelligence. Il
contribue non seulement aux théories économiques modernes et aux sciences
sociales, mais aussi à la philosophie. Barrès l'admire beaucoup, selon lui, « Pascal
n'est pas seulement la plus grande sensibilité littéraire, il est aussi l'écrivain le plus
raisonnable » (*Cahiers*, t. XV, p.135.). Ce que Pascal a subi dans la vie pousse
Barrès à réfléchir sur ses propres douleurs. D'après Barrès, c'est dans les souffrances
qu'il réfléchit plus et qu'il tend à accepter sa destinée : « Vient un choc. Échec
politique. Mort de ma mère [...] Nous avons vu que nous ne sommes pas maîtres
absolus de nous-mêmes; nous acceptons nos fatalismes.» (*Cahiers*, t. XV, p.157.)
Avec la douleur, Barrès comprend mieux Pascal : « Sous la violence du choc
opératoire (la mort d'un être cher, un désastre), crise mystique. Il s'humilie,
reconnaît ses misères, les misères de l'homme.» (*Cahiers*, t. XV, p.157.)
  Outre Soury, Barrès aborde Pascal avec d'autres contemporains. Par exemple,
dans la conversation du 18 juillet 1913 avec Jean Jaurès, Barrès évoque l'œuvre de

143

Pascal. D'après lui, Pascal exprime ses propres sentiments dans son œuvre, mais d'une manière ardente :

> Je sais bien que dans beaucoup de cas Pascal recourt à des manières saisissantes de s'exprimer. Pour le pari, cela saute aux yeux que c'est une manière de présenter un argument [...] Mais j'ai raisonné sur le *Mémorial*, sur un document déterminé, sur un certain soir où je crois bien qu'en effet Pascal raconte (dévoile) le drame authentique de sa propre conscience. (*Cahiers*, t. XVII, p.376.)

Les manières de Barrès de vénérer Pascal sont diverses et variées. En vue de rendre hommage à son maître, il projette d'écrire des textes ou des livres sur Pascal. Il a même noté les titres des ses projets dans ses *Cahiers*. Mais peut-être trop influencé par Pascal, il n'a jamais réussi à mener à bien ses projets.

3.1.3.5 Les projets d'écriture

En septembre 1900, il publie deux articles sur Pascal dans l'*Écho de Paris* : *Peut-on conserver la maison de Pascal?* (14 septembre 1900) et *Faut-il sauver la maison de Pascal?* (18 septembre 1900). Et puis en 1909, il donne une conférence *L'Angoisse de Pascal* publiée dans le *Journal de l'Université des Annales* (25 mai 1909) et qui constitue une suite des premières études. Plus tard, à l'occasion du troisième centenaire de la naissance de Pascal en juillet 1923, Barrès écrit *Les Enfances Pascal*, un article qui sera publié dans le recueil posthume *Les Maîtres*.

Barrès a toujours rêvé d'écrire un livre sur Pascal, mais trop influencé par lui ou trop impliqué, il n'a jamais réussi à mener ce projet jusqu'à son terme. Voici ce qu'il écrit dans son cahier : « Voici vingt ans que j'ai aimé *le pauvre de M. Pascal*. Un sujet sublime, que je ne suis pas capable de traiter. Ni moi, ni personne que je connaisse, d'ailleurs.» (*Cahiers*, t. XIX, p.262.) En 1907, Barrès écrit dans un cahier : « Un de mes rêves serait de publier une iconographie de Pascal. J'y mettrais ce tableau.» (*Cahiers*, t. XVI, p.219.) En 1909, dans une conférence à la Société de Géographie, Barrès réaffirme sa volonté. De plus, il note même ses projets de livres dans ses *Cahiers*. Voici ce qu'il écrit après la conférence sur Pascal en août 1908 : « Je viens de faire ma *Conférence sur Pascal* (aux Annales), mais surtout j'ai le sentiment que l'on pourrait faire trois choses : Pascal à Clermont. La Tentation de Pascal. Et le Pauvre de M. Pascal.» (*Cahiers*, t. XVI, pp.95-96.) Vers la fin de sa vie, il commence déjà à faire un livre sur Pascal. En marge des *Pensées*, Barrès écrit sa méditation et essaie de consacrer un livre à l'auteur de ce livre — Blaise Pascal. Ainsi il écrit dans son cahier vers la fin de l'année 1920 : « Il est un livre que j'aime passionnément, et j'ai écrit, en marge, un autre livre.» (*Cahiers*, t. XIX, p.262.) Ou peut-être, si on veut, nous pourrions aussi dire que *L'Angoisse de Pascal* est un petit livre de Barrès, puisqu'en 1910, l'auteur la publie sous forme d'une brochure chez Les Bibliophiles fantaisistes.

1) Des articles sur les deux maisons de Pascal à Clermont-Ferrand

En septembre 1900, Barrès écrit deux articles dans l'*Écho de Paris* pour protester contre la menace de la démolition des deux maisons de Pascal à Clermont-Ferrand. L'un du 14 septembre a pour titre *Peut-on conserver la maison de Pascal?* alors que l'autre est daté du 18 septembre : *Faut-il sauver la maison de Pascal?*. Les deux articles deviendront d'ailleurs deux chapitres d'une étude de Barrès publiée sous le titre *Les Deux Maisons de Pascal à Clermont-Ferrand* que l'on retrouve dans deux de ses œuvres : *L'Angoisse de Pascal, édition suivie d'une étude sur les deux maisons de Pascal à Clermont-Ferrand* (1918) et *Les Maîtres* (1927). D'après Barrès, les lieux où vivent les grands esprits, surtout leur pays natal, permettent de mieux comprendre leurs pensées, tels que « les Charmettes de Rousseau, le Saint-Point de Lamartine, le Combourg de Chateaubriand » (*Maîtres*, p.85.). C'est le même cas pour Pascal : « Nous nous attachons aux lieux où vécut le génie, qui le formèrent et qui nous aident à le comprendre.» (*Maîtres*, p.84.) C'est pour cette raison que Barrès ne veut pas laisser ruiner les maisons de son grand maître. Dans l'article du 14 septembre, Barrès décrit minutieusement la maison natale de la rue des Gras où est né Blaise Pascal, mais il regrette sa prochaine démolition :

Telle que je l'ai vue ces derniers jours, la maison natale de Pascal est un vaste quadrilatère à quatre étages, triste et malpropre. De ses trois faces libres, l'une s'étend sur une bonne voie, la rue des Gras; la deuxième est séparée de la cathédrale par un étroit couloir et se continue sur une place nommée la « place derrière Clermont »; enfin, la troisième borde la rue des Chaussetiers, mesquine et resserrée. (*Maîtres*, p.80.)

Dans un autre article du 18 septembre, il parle du château de Bien-Assis qui appartient à Mme Périer, la sœur de Pascal, Gilberte, et où séjourna Pascal. Le château, demi-ruiné, conserve « d'incomparables modèles pour la modération, le dignité, l'autorité morale » (*Maîtres*, p.88.) et reste un témoignage de l'enfance et de la maturité de Pascal.

C'est Bien-Assis, à demi ruiné et qu'on traite encore de château: c'est l'antique campagne de la famille Périer.

[...] C'est chez les Périer, dans cette maison fatiguée, mais toujours pareille à elle-même, que l'imagination, même la plus distraite, appréciera l'enfance d'un génie, dont la maturité demeure attachée au vallon intact de Port-Royal. (*Maîtres*, pp.87-88.)

Outre les deux articles de Barrès sur les maisons de Pascal, Barrès consacre un cahier spécial à son maître préféré.

2) Un cahier spécial sur Pascal

En 1909, Barrès écrit un cahier spécial sur Pascal qui s'intitule *Cahier Pascal* pour rendre hommage à ce grand penseur. L'objectif de ce cahier est de faire connaître Pascal aux lecteurs. Son discours sur Pascal est d'abord émotionnel. Comme souvent pour les figures historiques qu'il vénère, il en fait d'abord un saint, un héros, et le place dans cette position de supériorité qui l'amène encore une fois à parler de la « race »:

Il faut comprendre, aimer Pascal avec toute notre sensibilité de catholique. Je

146

ne dis pas de croyant, c'est une autre affaire. Mais l'aborder et l'aimer comme un des héros de notre espèce, de notre race, de notre sol, de notre culture, comme l'un des chefs de notre famille. (*Cahiers*, t. XVI, p.108.)

Ce qui intéresse Barrès, c'est la passion de Pascal. Une vie enthousiaste, pure et sublime, c'est la vie idéale rêvée par Barrès qu'il trouve chez Pascal. « Je n'étudierai pas le Pascal des savants et des philosophes. Mais celui qui nous intéresse, l'homme passionné, le poète, un cas magnifique de poésie, un témoignage d'héroïsme [...] Mais j'admire son état d'âme, sa passion. » (*Cahiers*, t. XVI, p. 108.) Outre l'enthousiasme de Pascal, Barrès est aussi attiré par son instinct de vénération, sa forte endurance, sa soif de connaissances et l'audace de sa pensée.

J'admire chez lui : « Instinct de vénération devant l'abîme où s'enfonce et se voile l'éternel principe du monde phénoménal.» «Soif d'endurance, curiosité de savant qui le pousse à tout éclaircir sans limiter d'avance la carrière et l'audace de sa pensée, à affronter l'inconnu sans égard à la majesté du mystère.» (*Cahiers*, t. XVI, p.109.)

D'après Barrès, Pascal est un symbole de la France et le guide spirituel de la nation. Puisque Barrès lui donne un statut de héros, on ne peut que l'admirer de loin :

C'est un homme de qui l'on n'ose pas dire qu'on l'aime, car il est un héros et un martyr plus encore qu'un écrivain. Plus qu'aucun solitaire de ce Port-Royal qui détestait la familiarité, il décourage d'un regard toute médiocrité, mais on se groupe autour de lui comme autour d'un foyer dans la nuit. On veille non loin de lui, sans oser l'approcher, sur une sorte de mont des Oliviers. (*Cahiers*, t. XVI, pp.108-109.)

À la fin de son cahier, Barrès explique pourquoi Pascal mérite d'être aimé malgré l'incapacité des hommes à comprendre toutes ses pensées. Pascal, un génie extraordinaire, donne une orientation à la destinée morale des êtres humains.

147

Et pourquoi l'aimons-nous, bien que nous soyons incapables de le comprendre pleinement, je veux dire de repenser toutes ses pensées, de les penser comme il a fait, agenouillé dans une chambre de maladie et d'exaltation? Nous l'aimons parce que cette sensibilité qui s'exhale de son œuvre c'est le chant de notre destinée morale, c'est un phare où s'oriente notre destin. Il nous propose une règle de vie. (*Cahiers*, t. XVI, pp.127-128.)

De plus, Barrès fait une conférence sur Pascal en vue de susciter l'intérêt des auditeurs, dans laquelle il aborde les vraies angoisses et les sources de la tendresse de Pascal.

3) *L'Angoisse de Pascal*

Dans ses *Cahiers*, Barrès prépare la conférence *L'Angoisse de Pascal* qui aura lieu le 8 mars 1909 à l'Université des Annales et sera répétée, peu après dans la salle de la Société de Géographie au profit de la Ligue des Patriotes. Il proclame que les pensées de Pascal méritent d'être longtemps méditées et qu'on ne peut pas les saisir par une seule séance de cours. Sa conférence sur Pascal a pour but de susciter les intérêts des participants:

Pascal. — En trois quarts d'heure, on ne peut pas faire connaître l'œuvre de Pascal, il y faut de la méditation et du silence, il faut y aller à vous seul. Mais peut-être qu'en trois quarts d'heure on peut éveiller, orienter chez vous, chez celles d'entre vous qui en sont capables, le respect et le désir vers Pascal. (*Cahiers*, t. XVI, p.41.)

Comme nous avons déjà dit, Barrès a toujours rêvé d'écrire un livre sur Pascal de son vivant, mais il craint de ne pas être à la hauteur du sujet. Cette crainte est exprimée dans sa conférence en mars 1909 sous le titre *L'Angoisse de Pascal*:

Il y a certains auteurs, Corneille et Pascal, au premier rang, que nous étudions non pas seulement pour nous y plaire, mais pour devenir meilleurs. Cela tient à la grandeur de leur âme. Mais précisément à cause de cette haute qualité, je suis inquiet, je crains de vous fournir une image de Pascal inférieure à celle que vous tireriez vous-même de sa lecture, je crains de diminuer la vertu de son œuvre par une interprétation médiocre. (*Maîtres*, p.54.)

Malgré la crainte de Barrès, il a bien analysé l'état d'esprit de Pascal dan sa conférence et a obtenu l'appréciation de ses contemporains. Voici ce qu'écrit le prêtre Adrien Vigourel à Barrès dans une lettre du 15 novembre 1910 après avoir lu *L'Angoisse de Pascal*:

Dirai-je que la lecture m'a plus profondément ému encore. Car il me semble lire dans cette pénétrante analyse de l'âme de Pascal l'expression de votre propre âme. Il ne me siérait pas d'en dire plus long, mais je prie Dieu de vous accorder cet instant de vivre lumière qui éclaire définitivement la vie. (*Cahiers*, t. XVI, p.378.)

Puisque le titre de la conférence est *L'Angoisse de Pascal*, Barrès tente d'éclaircir ce qu'est la vraie angoisse de Pascal et d'où vient cette angoisse.

a. La vraie angoisse de Pascal

Dans la conférence des 3 et 8 mars 1909 à l'Université des Annales, Barrès aborde *L'Angoisse de Pascal* afin d'éclaircir la crise morale de Pascal et d'orienter les auditeurs vers cette grande âme. D'après lui, l'angoisse de Pascal ne peut pas venir d'inquiétudes matérielles comme ce que croient certains: ce seraient des raisons « bien médiocres » qui déshonorent la grande âme de Pascal. Pascal: les choses mondaines ne peuvent la toucher:

On a mêlé de raisons bien médiocres les explications qu'on nous fournissait sur l'angoisse de Pascal, angoisse poussée jusqu'à la douleur. On a dit que, durant sa « période mondaine », il souffrait de la médiocrité de son nom et du manque de ses ressources, qui ne lui permettaient pas de traiter en égal les jeunes grands seigneurs qu'il fréquentait. C'est prêter à Pascal des froissements d'honnête fonctionnaire en province. Pascal souffrir du manque d'argent, du manque d'égards! Ces médiocrités peuvent-elles toucher une âme si forte! [...] Un Pascal se fait de l'univers une vie qui ne lui permet pas de connaître ces pointes et ces insolences de caste sur lesquelles un Julien Sorel ou bien encore une jeune Madame Roland vont s'ulcérer. Il ne peut pas voir les dédains des gens du monde [...] D'ailleurs, où qu'il pénètre, il est bientôt, d'une certaine manière, non pas l'égal, mais le plus noble. D'une noblesse qui ne se marque point par la place que l'on occupe à table. Il se fait reconnaître comme une supériorité dans l'ordre de l'esprit et du cœur; il devient l'objet de l'attachement et du respect partout où il y a de l'humanité.

[...] Croire qu'un Pascal pouvait être humilié faute d'argent et faute de naissance, c'est méconnaître la puissance rayonnante, aussi bien que le ressort intérieur du héros. (*Maîtres*, pp.58-59.)

Barrès parle ensuite des maladies dont a souffert Pascal pendant presque toute sa vie — la langueur, la phobie, la paralysie, les convulsions, etc. :

Il faut d'abord considérer que Pascal a été torturé de douleurs physiques, malade depuis sa plus tendre enfance jusqu'à sa mort. C'était une maladie mobile: il se disait *sujet au chargement*. À l'âge d'un an, il tomba en langueur et présenta des phobies [...] À vingt-quatre ans il se trouva dans une espèce de paralysie depuis la ceinture jusqu'en bas; il était réduit à marcher avec des potences; ses membres inférieurs, ses pieds surtout, étaient toujours froids comme du marbre [...] Après trente-cinq ans, des quatre dernières années ne furent qu'une perpétuelle langueur. Il souffrait de telles douleurs qu'il ne pouvait ni conserver, ni lire, ni travailler [...] Des convulsions le secouèrent et ne le quittèrent plus jusqu'à sa mort, qui survint en sa trente-neuvième année. (*Maîtres*, pp.59-60.)

Très tôt, Pascal est obligé de lutter contre ses douleurs physiques, et cette douleur l'assiège jusqu'à la fin de sa vie. Mais ces douleurs ne l'empêchent pas devenir un homme très savant : « Ces infirmités ne sont rien auprès des sublimes tristesses dont Pascal était la proie. Son véritable mal, l'angoisse de Pascal, c'est la rigueur et l'intensité de la pensée.» (*Maîtres*, p.60.)

Alors, pour Barrès, l'angoisse de Pascal ne vient jamais des choses mondaines, ni des douleurs physiques, par contre, elle vient de son cœur intérieur, de la rigueur de son esprit qui cherche la vérité : « À la poursuite de la vérité suprême, c'est un ébranlement de tout son être.» (*Maîtres*, p.61.) Pascal, un homme plein de curiosité et de persévérance, cherche la vérité pendant toute sa vie et son amour de la vérité se manifeste non seulement dans ses recherches scientifiques mais encore dans sa poursuite de la vérité. Dans la conférence, Barrès cite un témoignage de la sœur de Pascal, Mme Périer :

« Mon frère, dit Mme Périer, voulait savoir la raison de toutes choses... Et on peut dire que toujours, et en toutes choses, la vérité a été le seul objet de son esprit.»

[...] Quand on ne lui disait pas de bonnes raisons, il en cherchait lui-même, et il s'attachait à cette recherche jusqu'à ce qu'il eût trouvé une raison capable de le satisfaire. (*Maîtres*, p.57.)

Ainsi, la recherche de la vérité, devient le destin de Pascal, et au cours de cette quête, il ne cesse jamais d'y songer. Du coup, sa crise morale provient de son amour de la vérité totale et de l'intensité de sa pensée.

La douleur de Pascal ne vient pas du dehors. Elle ne peut naître que de son génie. C'est une grande tragédie intérieure, qui n'emprunte aucun ressort à la comédie bourgeoise. Cette âme forte et frémissante, quand elle se dirige vers la solitude des sommets, ne fait qu'accomplir sa destinée, obéir à la loi.

[...] Pascal était de ceux qui ne peuvent s'empêcher de songer. Il voulait que toutes les choses sur lesquelles son attention s'arrêtait lui devinssent

151

intelligibles. (*Maîtres* , pp.59-60.)

Selon Barrès, l'angoisse de Pascal n'est pas la peur de l'enfer, pas la mélancolie devant la mort, mais le sentiment d'impuissance. Dans le chemin de la recherche de la vérité, il se rend compte des limites de la faculté des êtres humains et de la science devant le mystère de l'univers :

> L'angoisse de Pascal, ce n'est pas la peur de l'enfer, comme l'a cru Barbey d'Aurevilly ; ce n'est pas non plus la mélancolie d'Hamlet devant la tête de mort ; et ce n'est pas davantage le vertige d'un philosophe qui se jette, par désespoir, dans la solution chrétienne. Pascal, c'est un esprit scientifique qui cherche la vérité totale, la vérité qui discipline le monde de l'âme, comme elle gouverne les phénomènes physiques. Il voudrait recevoir de l'univers une règle de vie, mais il constate l'impuissance de la science à nous livrer ce secret essentiel. Ce qui l'effraye, l'effroi de Pascal, c'est « le silence éternel des ces espaces infinis ».
>
> Pascal a fait la critique de nos facultés. Il a reconnu leurs limites et notre impuissance. Cet éternel *ignorabimus*, qui fait encore aujourd'hui souffrir les hommes prédisposés à la grande curiosité, c'est proprement le mal de Pascal. (*Maîtres* , p.61.)

La vie de Pascal n'est pas remplie que d'angoisse, Barrès essaie de trouver les sources de la tendresse chez Pascal.

b. Les sources de la tendresse de Pascal

Au point de vue de Barrès, quand les gens souffrent, ils ont besoin, pour être consolés, d'amour et de tendresse, sinon, ils ont l'impression de vivre dans un monde de ténèbres :

> Pascal est malheureux ; mais, aux yeux d'un chrétien, la douleur est précieuse.
> À condition, toutefois, qu'un mouvement d'amour vienne détendre, amollir

celui qui la subit. « Si l'amour ne se joint pas à la douleur, écrit l'abbesse de Sainte-Cécile de Solesmes, celle-ci nous entraîne dans les sombres demeures où habite l'esprit du mal.» Chez celui qui est atteint par la douleur, encore faut-il que les sources de la tendresse, de la bonté, de l'amour, viennent à s'ouvrir. (*Maîtres*, p.65.)

En ce qui concerne Pascal qui a subi beaucoup de souffrances physiques et psychologiques, Barrès est persuadé que les sources d'amour accompagnent le perfectionnement de ce grand esprit. Dans cette conférence, Barrès tente de les éclaircir et donne ici une grande importance à ses deux sœurs — Jacqueline et Gilberte Pascal :

Qui donc a ouvert les sources de la tendresse et de la vie du cœur chez Pascal? Qui donc a consolé ce héros malheureux? C'est ici qu'interviennent ses sœurs, Jacqueline, devenue en religion sœur Sainte-Euphémie, et Gilberte, devenue Mme Périer.
[...] Jacqueline et Gilberte ont participé, en l'adoucissant, au développement de cette longue crise d'angoisse (que j'ai essayé de rendre intelligible), par où Pascal s'acheminait vers cette soirée fameuse, vers cette veille remplie de toutes les ardeurs mystiques où il vit face à face la vérité sublime qu'il cherchait. (*Maîtres*, pp.66-68.)

Après cette conférence, les recherches de Barrès sur Pascal ne s'arrêtent pas. En 1923, dans un discours sur *Les Enfances Pascal*, Barrès remonte le temps pour analyser l'enfance de Pascal.

4) *Les Enfances Pascal*

Dans ses cahiers, Barrès explique qu'il est toujours attiré par l'enfance des hommes de génie, parce qu'à travers leurs enfances, il peut pénétrer dans la profondeur de leurs âmes et ainsi mieux comprendre leurs pensées. Selon lui, l'enfance, comme une terre riche mais mystérieuse, influence le développement de l'individu : « J'aime regarder les figures des enfants qui sont devenus des hommes de génie. Il me semble que je me mets aimablement et profondément en rapport avec les pures facultés qu'ils ont reçues du ciel. » (*Cahiers*, t. XIX, p.211.) Les notes de Barrès dans ses *Cahiers* montrent bien la raison pour laquelle Barrès souhaite étudier l'enfance de Pascal.

Le 8 juillet 1923, dans son discours au nom de l'Académie française qui est destiné à commémorer Pascal à Clermont-Ferrand, *Les Enfances Pascal*, Barrès raconte l'éducation de celui-ci en vue de chercher son cœur profond. Mais en fait, étant souffrant, il ne peut pas lui-même prononcer ce discours, qui sera lu par le poète français Pierre de Nolhac. Selon Barrès, afin de mieux comprendre la vie intérieure de Pascal, il faut bien connaître le milieu d'où est né et où a vécu Pascal :

> Mais ce n'est pas dans les dehors, c'est dans les profondeurs de l'âme de Pascal que l'on approchera de sa pensée, qu'on la comprendra. C'est dans le milieu d'où elle est sortie et où elle a été plongée que l'on verra la naissance et l'éducation de ses instincts (à Clermont et à Rouen). C'est dans ses monologues que l'on verra sa marche vers une intelligence plus haute et vers une mise en ordre des choses. (*Cahiers*, t. XVI, pp.107-108.)

Au début de ce discours, Barrès insiste sur la signification de la vie de Pascal pour la France et même pour toute l'humanité :

> Il y a trois siècles, Blaise Pascal naissait à Clermont-Ferrand. C'est l'événement que la France et toute la haute humanité commémorent aujourd'hui [...] L'accent des Pensées a quelque chose d'éternel et d'universel, et plutôt que la voix d'un individu, semble celle même de l'humanité. (*Maîtres*, p.45.)

Ensuite, il s'interroge sur le mystère de la naissance d'un tel talent. Dans le discours, Barrès regroupe les notes qu'il a déjà faites dans son cahier de mai 1923 :

> Quelle énigme quasi religieuse que l'apparition d'un génie ! Pourquoi de cet

enfant jaillit l'étincelle, et non de cet autre, né du même sang, sous le même ciel? Comment s'est constitué ce point de perfection, cet équilibre dangereux? Qu'est-ce que cet assemblage inouï d'un savant et d'un saint, d'un observateur et d'un visionnaire? Pascal applique les méthodes expérimentales, en même temps qu'il éprouve des faveurs surnaturelles [...] (*Maîtres*, pp.45-46.)

L'apparition de Pascal est présentée comme une énigme. En lui, il y aurait un équilibre parfait de l'esprit scientifique et de l'âme divine, parce qu'il est en même temps un savant et un saint, un observateur et un visionnaire. Dans le dessein de chercher les sources de cette perfection, Barrès fixe son attention sur l'enfance et surtout l'éducation que Pascal a reçue, qui permet de connaître les mouvements du grand esprit.

Dès sa tendre enfance, Pascal est considéré comme un enfant singulier par toute sa famille, y compris son grand-père, ses parents et ses sœurs. La bonne éducation familiale joue un rôle important pour son développement:

Il est enveloppé par l'amour de la famille la plus noble et la plus tendre. Son grand-père, son père, sa mère, qui n'a plus que peu de mois à vivre, son aînée Gilberte, le petit cousin Florin, le regardent avec émerveillement. Tous, ils ont eu très vite la certitude que leur Blaise était extraordinairement précieux. Ils l'ont deviné, avant nous tous, et dès son plus bas âge. (*Maîtres*, p.47.)

Dans ce discours, Barrès cite un exemple raconté par la nièce de Pascal, Marguerite Périer. Face aux facultés prodigieuses et même aux angoisses dont souffre cet enfant, « le grand-père Pascal se laissa aller à admettre qu'une sorcière avait jeté un sort à l'enfant, et par des menaces, il obligea une certaine vieille femme à venir réparer le mal qu'il lui fit avouer qu'elle avait causé » (*Maîtres*, p.46.). Pour l'éducation de Pascal, la figure la plus importante est son père Étienne Pascal, qui était le second président à la Cour des aides de Montferrand. À la mort de sa femme, Étienne Pascal quitte ses fonctions et éduque seul ses enfants. Le père décide de déménager à Paris en 1631 afin de placer ses enfants dans un climat plus intellectuel et plus savant:

Blaise n'a neuf ans qu'Étienne Pascal veut le transplanter dans un climat intellectuel plus riche et plus stimulant. Il se démet de sa charge, et tous quatre, le fils, les deux filles et le père, ils viennent à Paris, où celui-ci sait retrouver un milieu de savants, qui répond à ses goûts propres et qui doit l'aider plus tard dans son œuvre d'éducateur. (*Maîtres*, p.49.)

À Paris, malgré son jeune âge, Blaise Pascal impressionne et reçoit l'appréciation des grands savants de l'époque tels que les mathématiciens Gilles Personne de Roberval, Marin Mersenne, Pierre Gassendi et René Descartes. Ses contributions à la science telles que l'étude des fluides, l'invention de la pascaline et la résolution du « problème des partis », doivent à cette période de l'éducation : « Et l'enfant merveilleux pénètre dans le cercle des maîtres [...] Le voilà associé aux travaux de ce cénacle de mathématiciens qui, groupés autour du père Mersenne, a été le commencement de l'Académie des sciences [...] » (*Maîtres*, p.50.) Mais Pascal ne se satisfait pas de ces résultats scientifiques, il veut les épurer et les surmonter. Alors, il se met à se prolonger dans la sphère spirituelle : « Un tel esprit ne peut demeurer avec Le Pailleur. Il ira plus outre. Leur paix n'est pas la sienne. Que lui donnerait leur demi-science pour son sentiment ? » (*Maîtres*, p.50.) Huit ans après, en 1639, la famille Pascal s'installe à Rouen à cause de l'opposition d'Étienne Pascal contre les dispositions fiscales du cardinal de Richelieu. À Rouen, quand son père se casse les jambes et fait venir deux médecins pieux dans la famille, l'âme de Blaise Pascal est dirigée graduellement vers le surnaturel par les deux médecins. Après cet événement, il commence à méditer la vérité suprême. Dans le discours *Les Enfances Pascal*, Barrès analyse précisément l'influence de cet incident dans l'esprit de Pascal.

Voilà l'évolution de la pensée de Pascal. Comme enfant de génie, il a traversé successivement toutes les étapes et a réalisé enfin son ascension. Aux yeux de Barrès, c'est une expérience la plus belle et la plus poétique de l'humanité.

Il a passé de cercle en cercle, pour tendre toujours plus haut vers la vérité ; et de quelle allure ! On est saisi d'admiration à voir comment le héros sait se porter dans les profondeurs des milieux successifs qu'il traverse et y puiser sa nourriture royale. Puissance assimilative et tout ensemble créatrice, du génie qui court à son destin. Cette ascension, c'est le poème des plus hautes ambitions spirituelles de l'homme d'aujourd'hui ; c'est une épopée que nous pouvons opposer à celle où le Moyen Âge finissant a ramassé toutes les expériences les plus belles qu'il attend d'une grande âme ; c'est notre Divine Comédie, beaucoup plus humble, certes, à peine esquissée, mais combien plus actuelle ! (*Maîtres*, pp.51-52.)

Comme nous l'avons dit, le nom de Pascal parut de temps à autre dans l'œuvre de Barrès. Dans le texte suivant, nous allons voir comment Pascal pénètre dans son œuvre.

3.1.4 Pascal dans l'œuvre de Barrès

Si Barrès a indéniablement une sensibilité subtile, il trouve pourtant son bien dans la pensée pascalienne, parce que Pascal le touche beaucoup. Selon l'étude d'Henri Gouhier, « *La Colline inspirée* prolonge la méditation sur "le divin dans le monde" commencée dans le *Jardin de Bérénice*. Or, c'est au cours de cette méditation que Pascal va devenir un compagnon de route de plus en plus écouté.»[1]

En effet, l'influence de Pascal sur Barrès ne se limite pas à la conception de *La Colline inspirée*. Par exemple, dans *Un homme libre*, le Barrès pascalien est amené à la primauté d'un certain spirituel. Et dans la deuxième trilogie : *Le Roman de l'énergie nationale*, les trois volets sont empreints des traces de Pascal. D'abord, dans *Les Déracinés*, l'auteur mentionne de temps à autre les pensées de Pascal. Par exemple, quand les jeunes Lorrains cherchent à établir une association qui servirait de havre pour l'âme, ils s'attachent plutôt à la sensibilité : « Des hommes de vingt-deux ans intéressent peu leur raison dans la recherche de la vérité, mais leur sensibilité, que Pascal nommait "volupté" et "caprice".» (*Déracinés*, p.604.) Ici, l'auteur aborde

---

[1] Henri Gouhier, *Pascal et Barrès*, dans *Maurice Barrès : Actes du colloque organisé par la Faculté des lettres et des sciences humaines de l'Université de Nancy* (22-25 octobre 1962), Annales de l'Est, Nancy, 1963, p.313.

la conception de « la volupté » et du « caprice » de Pascal. Voici ce que Blaise Pascal écrit sur les deux termes dans *De l'art de persuader* rédigé vers 1660 :

C'est alors qu'il se fait un balancement douteux entre la vérité et la volupté, et que la connaissance de l'une et le sentiment de l'autre font un combat dont le succès est bien incertain, puisqu'il faudrait, pour en juger, connaître tout ce qui se passe dans le plus intérieur de l'homme, que l'homme même ne connaît presque jamais [...] De sorte que l'art de persuader consiste autant en celui d'agréer qu'en celui de convaincre, tant les hommes se gouvernent plus par caprice que par raison![1]

Nous trouvons également l'image de Pascal dans *L'Appel au soldat*. Quand Sturel et Thérèse de Nelles se promènent le long de la Seine, ils voient une inscription sur Pascal près du pont de Neuilly, allusion à un accident survenu à Pascal sur le pont de Neuilly à la fin de 1654 quand les chevaux de sa voiture plongent par-dessus le parapet. Pascal survécut à cet accident, qui constitua pour lui l'expérience d'une extase mystique. Ainsi, aux yeux de Barrès, le pont de Neuilly est un « lieu sacré » où il rend hommage à son maître Pascal : « [...] Ils lurent, à cinquante mètres en deçà du pont de Neuilly, l'inscription commémorative du fameux accident où Pascal en carrosse faillit être précipité. Lieu sacré qui favorisa la plus admirable folie et des accents désespérés! » (*Appel*, p.967.)

Enfin, c'est le tour de *Leurs Figures*. Dans le roman, quand Sturel cherche à se venger — puis échoue — en dénonçant le scandale de l'affaire du Panama, il demande secours à son ami Saint-Phlin et lui demande de l'argent pour continuer ses actions. Saint-Phlin refuse en citant l'idée de Pascal rapportée par sa sœur Mme Périer dans *La vie de Pascal*. Pascal pense que les grandes entreprises sont réservées à certaines personnes, comme l'assistance des pauvres. Et pour les gens ordinaires, ils ne doivent entreprendre que ce qui est à la mesure de leurs forces.[2] Donc, Saint-

---

[1]   Blaise Pascal, *De l'art de persuader*, dans *Pensée de Blaise Pascal*, Lefèvre, 1839, p.64.

[2]   Mme Périer (Gilberte Pascal), *Vie de Blaise Pascal*, in *Œuvres complètes de Blaise Pascal*, tome 1, Librairie de L. Hachette et Cie, 1869, p.14.

Phlin veut dire à son ami qu'il est prêt à secourir son pays, mais pas dans les « grands desseins » que projette Sturel. Voici sa lettre à Sturel :

> [...] Veux-tu me permettre de te citer Pascal (d'après Mme Périer)? [...]
> « Les discours de Blaise Pascal sur les pauvres excitaient parfois ses familiers à proposer des moyens et des règlements généraux qui pourvussent à toutes les nécessités : cela ne lui semblait pas bon et il leur disait qu'ils n'étaient pas appelés au général, mais au particulier, et que la manière la plus agréable à Dieu était de secourir les pauvres pauvrement, c'est-à-dire chacun selon son pouvoir, sans se remplir l'esprit de ces grands desseins qui tiennent de cette excellence dont il blâmait la recherche en toutes choses. » (*Appel*, pp. 1170-1171.)

En somme, Barrès reste fidèle à Pascal pendant toute sa vie. Il fait son éloge partout dans son œuvre. Selon lui, Pascal est un génie sans précédent qui représente la pensée de la France. Il lui doit son individualisme, son idée de la mort et son attachement à l'âme. De plus, afin de rendre hommage à Pascal, Barrès rend sa visite en Auvergne, réfléchit sur l'œuvre de son maître, lit des œuvres sur Pascal, entretient des discussions sur Pascal avec des contemporains, projette d'écrire des livres sur le grand penseur, etc.

3.2 Barrès, disciple indépendant de Renan

Comme l'une des grandes figures françaises du XIXe siècle, Ernest Renan est un écrivain, philologue, philosophe et historien, qui exerce une profonde influence tout au long du XIXe siècle. Dans *Taine, Renan, Barrès : étude d'influence*, Pierre-Henri Petitbon juge ainsi l'influence de Renan : « On lit *l'Histoire des Origines du Christianisme* comme jadis *Quatre-vingt-treize* et *Les Misérables*. On ne part pas pour Venise ou pour Florence sans, dans ses bagages, *le Voyage en Italie*. »[1] Quant à

---

[1] Pierre-Henri Petitbon, *Taine, Renan, Barrès : étude d'influence*, Paris, Les Belles Lettres, 1934, p.10.

l'influence de Renan sur Barrès, voici ce qu'il écrit : « À Renan, Anatole France doit son scepticisme, ses sourires, et la claire profondeur de ses phrases [...] Barrès par contre a subi toute sa vie l'influence de Renan et celle de Taine.»[1] Mais quelle sorte d'influence? Nous pourrions dire qu'à Taine, Maurice Barrès doit ses idées politiques, surtout celles du nationalisme; mais de Renan, il reçoit plutôt une influence à propos du style d'écriture. Voici le point de vue de Pierre-Henri Petitbon : « Mais c'est à Renan qu'appartiennent le dilettantisme toujours renaissant, le besoin de métamorphose, le goût de l'ironie, des jeux d'esprit et des coquetteries de style, les affirmations atténuées, les idées vagues, le vocabulaire incertain, les attitudes indécises.»[2] Cependant, dans les dernières années de sa vie, Barrès récuse l'influence de certains maîtres, y compris celle de Renan : « En mûrissant, en vieillissant [...] je n'excuse plus aujourd'hui cette sorte d'ivresse que me donnait la pensée renanienne.»[3] Malgré son détachement, l'influence profonde de Renan sur Maurice Barrès existe toujours bel et bien.

Barrès n'accepte pas aveuglement la pensée de Renan. Dans son œuvre, il exprime ce qu'il admire en Renan, mais en même temps il ne cache pas ses critiques.

3.2.1   Le jugement de Barrès sur Renan

3.2.1.1   L'acceptation des idées

Influencé par Renan, Barrès accepte certaines idées de son maître, même s'il le critique de temps en temps dans son œuvre, surtout dans ses *Cahiers*. Dans un cahier de juillet 1913, Barrès note son admiration pour Renan. Ce qu'il admire en Renan, c'est son enthousiasme pour la vie et son amour pour la Bretagne : « Vous ne pouvez pas m'empêcher d'aimer en Renan ce qui mérite de vivre, ce qui est fait pour vivre et propager la vie, ce qui demeure chez son petit-fils, une Bretagne, une âme religieuse.» (*Cahiers*, t. XVII, p.374.) Barrès partage aussi l'idée de Renan. Par exemple, dans un cahier plutôt, il écrit :

---

[1]   Pierre-Henri Petitbon, *Taine, Renan, Barrès : étude d'influence*, Paris, Les Belles Lettres, 1934, p.8.

[2]   Pierre-Henri Petitbon, *Taine, Renan, Barrès : étude d'influence*, Paris, Les Belles Lettres, 1934, p.141.

[3]   Maurice Barrès, Note des Éditeurs dans *Huit jours chez M. Renan*, Émile Paul Frères, 1913, p. XIII.

M. Renan croyait que les paroles d'Adam à la vue d'Ève et le discours de Dieu à Caïn et les bénédictions de Noé, tout le récit de la tour de Babel, bref la plupart des discours rapportés dans les premiers chapitres de la Genèse jusque vers le temps d'Abraham sont en vers. Ils sont d'un tour mystérieux, et pleins de jeux de mots qui paraissent avoir été l'élément essentiel de la poésie. Et M. Renan concluait : « Le genre humain a d'abord parlé en vers. » Parole qui m'émeut. (*Cahiers*, t. XV, p.139.)

Il approuve l'opinion de Renan et admire l'état primitif de l'humanité décrit par Renan où les êtres parlent en vers et rêvent du miracle et des choses merveilleuses. De plus, dans un autre cahier, Barrès cite un paragraphe d'*Étude sur Feuerbach* de Renan :

Le cadavre d'un Dieu mort [...] le Christ maigre, allongé, sanglant ; que l'on compte tous les os, qu'on le prenne pour un lépreux, un ver de terre et non un homme [...] L'amour a changé d'objet : à l'enthousiasme de la beauté a succédé l'enthousiasme de la souffrance, l'apothéose de l'homme de douleurs, savant en infirmités, du divin lépreux comme dit Bossuet. (*Cahiers*, t. XIII, p.176.)

C'est une représentation qui en effet répond à une des formes du goût de Barrès pour la mort. Mais à côté de cela, comme toujours, une certaine forme de légèreté est aussi mise en avant — légèreté qui assure toutefois la puissance.

3.2.1.2 La critique

Barrès critique de temps en temps Renan et exprime son désaccord avec le maître dans ses *Cahiers*. Par exemple, dans un cahier, Barrès critique le « petit courage » de Renan et pense que le maître ne s'acquitte pas de sa charge comme un héros de société puisqu'il réserve ses paroles qu'il a dû prononcer :

On peut faire reprocher à M. Renan de son petit courage civique. Il n'a pas dit tout ce que et tous ceux qu'il méprisait [...] Pour celui qui a le sens social, il sait le rôle superficiel des héros. Mais Renan a une petite âme serve. Je regrette seulement qu'il n'ait pas explicitement et amplement exprimé son mépris universel. (*Cahiers*, t. XIII, p.40.)

A travers ses critiques vers Renan, nous pourrions voir l'amour de Barrès pour la patrie et son grand sens de responsabilité pour la société. Barrès est assez sévère vis-à-vis de Renan. Il pense que celui-ci s'adonne à sa propre rêverie qui manque le sens pratique :

C'était un artiste ; il cédait à la rêverie. Il s'y est tout donné. Seulement il vivait avec Berthelot, il disait : « La science est austère, elle veut des faits.» ça, c'est l'attitude, la figure qu'il se faisait. En réalité, c'était un paresseux. Soury n'a jamais pu lui faire lire Spencer, Darwin. Il suivait ses rêveries comme on suit les nuages. (*Cahiers*, t. XIV, p.10.)

De plus, dans ses *Cahiers*, Barrès critique même certaines œuvres de Renan : « L'*Histoire des Langues sémitiques*, voilà le beau livre de Renan. Quand il a publié *La Vie de Jésus*, c'était un bon philologue, bien armé. Il est inouï qu'il ait trouvé un éditeur pour ce fatras, son *Histoire d'Israël*.» (*Cahiers*, t. XIII, p.47.)

Les critiques de Barrès sur Renan ne se limitent pas à ses monologues dans les *Cahiers*, elles sont aussi présentes dans sa correspondance. Par exemple, en mars 1922, l'écrivain français Eugène Montfort (1877-1936) écrit une lettre intitulée *Le XIXᵉ siècle, est-il un grand siècle?* à Maurice Barrès. Dans sa réponse, Barrès critique la surestimation d'Ernest Renan par Montfort. Il admet que Renan est un intellectuel brillant, mais sa place ne peut pas soutenir la comparaison avec celle de Pascal : ainsi il pense que c'est trop d'utiliser la « suprême intelligence » pour qualifier Renan :

N. -B. — Je vois que vous traitez Renan de « suprême intelligence ». Ah ! Non. J'aime beaucoup Renan, je lui dois beaucoup. C'est un esprit charmant, brillant, de plus grand intérêt, et dans ses livres il a le génie même de la conversation, nourri des plus riches études. Mais « suprême intelligence », Montfort, vous allez fort! Qu'est-ce que vous direz de Pascal? « Suprême? » Alors le haut royaume de l'esprit, les grandes profondeurs de la méditation, les pêches miraculeuses, les élévations dans les nues où se forme la foudre? Non, Montfort. Votre liste prouve qu'il faut mettre au point l'héritage du dernier siècle. (*Cahiers*, t. XX, pp.22-23.)

Jusqu'ici, nous voyons clairement l'attitude ambivalente de Barrès envers Renan. Quand certains proposent de transférer les cendres de Renan au Panthéon, Barrès refuse, non pas parce qu'il veut critiquer Renan ou qu'il ne l'apprécie pas, mais parce qu'il pense que la meilleure solution est de déposer les cendres de Renan dans sa ville natale, par respect pour le mort. La proposition de Barrès montre également sa pensée sur la terre: on doit s'enraciner dans le pays natal en vue de ne pas être déraciné.

3.2.1.3   Le refus du transfert des cendres au Panthéon

En février 1923, le sénateur François Albert (1877-1933), dépose une proposition de résolution de transfert des cendres de Renan, de Michelet et de Quinet au Panthéon. Quand Barrès apprend la nouvelle, il exprime ainsi son objection dans son cahier: « *Renan au Panthéon?* ». Même s'il n'a pas l'occasion de prononcer son texte, parce que la proposition de François Albert est finalement repoussée en mars 1923 en raison des protestations de certains milieux sociaux, l'opinion de Barrès sur Renan se lit entre les lignes de ses notes. Cette fois, il ne proteste pas fermement contre le transfert des cendres de Renan au Panthéon, comme il l'avait fait pour Zola. Dans ces notes, il exprime son respect pour Renan, mais il pense que mettre les cendres de Renan au Panthéon, c'est une manière de le dénaturer.

Au milieu de trente-six difficultés, j'aime Renan.

Je l'aime, non pour sa manière de dire, mais pour sa substance.

[...] De toute manière, je suis contrarié. Il m'est pénible de refuser mon témoignage à un homme envers qui j'ai de grandes obligations, mais je ne dois pas non plus le dénaturer, ni me dénaturer. (*Cahiers*, t. XX, p.123.)

Il donne ensuite ses raisons. Il pense d'abord que Renan mérite mieux que cela : « Votre Panthéon est une maison radicale-socialiste. Renan est mieux que cela. » (*Cahiers*, t. XX, p.123.) Et comme à chaque fois qu'il proteste contre une chose, il essaie de trouver une autre solution qu'il pense meilleure. Il pense que la meilleure manière d'honorer Renan serait d'ensevelir les cendres de Renan à Tréguier : « Je voudrais qu'il fût permis à l'homme qu'on veut honorer d'être enseveli dans la petite église de sa ville natale ou dans sa paroisse de Paris. Ah ! Si Renan pouvait être admis dans le cloître de Tréguier ! » (*Cahiers*, t. XX, p.124.)

En tant que disciple indépendant de Renan, comment Barrès décrit ou aborde son maître spécial dans son œuvre ?

3.2.2   Renan dans l'œuvre de Barrès

3.2.2.1   **Dans les romans**

Au début de la carrière littéraire de Maurice Barrès, pour lui, Renan est plus qu'un héros, qu'un maître, il est presque un dieu. En 1888, Barrès écrit une brochure intitulée *Huit jours chez M. Renan*, mais qui suscite le mécontentement de l'entourage de Renan. Vers la fin de sa vie, Barrès reparle de ce roman imaginatif : « Depuis quarante ans ! Eh ! Oui, je n'ai pas passé huit jours avec M. Renan, et comme il l'a dit, dans une heure de sévérité, il ne m'a pas offert un verre d'eau, mais voici près d'un demi-siècle que je vis familièrement avec ses plus intimes pensées. » (*Cahiers*, t. XX, p. 121.) Il admet être un « disciple indépendant » (*Cahiers*, t. XX, p.121.) du maître depuis quarante ans. Depuis *Le Culte du moi*, particulièrement dans les deuxième et troisème volets *Sous l'œil des barbares* et *Le Jardin de Bérénice*, Renan apparaît comme le Maître. Par exemple, dans le premier chapitre du *Jardin de Bérénice*, Barrès imagine la conversation de Renan avec l'écrivain Charles Chincholle : « Conversation qu'eurent MM. Renan et Chincholle sur le général Boulanger, en février 1889, devant Philippe. » (*Bérénice*, p. 189.) Ensuite, l'empreinte de Renan se trouve même dans *La Colline inspirée*. Comme

164

Renan, Barrès écrit aussi sa propre *Vie de Jésus*, et dans *La Colline inspirée*, d'une certaine façon, la vie de Léopold Baillard est une vie de Christ. Léopold lutte toute sa vie pour sa conviction. Il a aussi ses fidèles. Et comme Jésus, il se heurte aux pouvoirs établis, « il y a une Passion de Léopld Baillard, comme il y a une Passion du Christ ».[1]

Le nom de Renan paraît non seulement dans les romans de Barrès, mais aussi dans ses récits de voyage.

3.2.2.2 Dans les récits de voyage

La figure de Renan paraît aussi dans les récits de voyage de Barrès, telle que *Une enquête aux pays du Levant*. Au cours de son voyage en Orient, Barrès visite les lieux où habita Renan lorsque celui-ci écrivait *La Vie de Jésus* à Ghazir, un village de montagne libanais. Ici, Barrès imagine les traces de Renan en Orient:

De Ghazir, Renan avait une heure de cheval pour gagner ses fouilles de Gebeil. Sans doute, quand la route n'existait pas et qu'il chevauchait, aux côtés de sa sœur, vers Beyrouth et Sidon, vers Amschit et Amrit, ce devait être encore plus pittoresque. Mais laissons ces détails, pour jouir de ce paysage éternel. Qu'il fut heureux, ici! Il y retrouvait les thèmes de sa vie paysanne, une Bretagne illuminée, et puis les thèmes qui l'ont fait sortir du séminaire, la mutabilité des formes du divin. (*Enquête*, p.135.)

Outre les romans et les récits de voyage, Barrès prononce même un discours sur Renan, dans lequel il se prétend disciple indépendant, ce qui correspond bien à son attitude vers le maître.

3.2.2.3 Dans le discours de 1923

Le 18 février 1923, Barrès, au nom de l'Académie française, prononce un

---

[1] Pierre-Henri Petitbon, *Taine*, *Renan*, *Barrès*: *étude d'influence*, Les Belles Lettres, Paris, 1934, pp.127-128.

discours dans la célébration du centenaire de la naissance d'Ernest Renan à la Sorbonne. Dans le discours, Barrès remploie les deux mots qu'il a déjà écrits dans son cahier « disciple » mais « indépendant » pour décrire son sentiment envers Renan : « C'était là donner la parole à un disciple plein d'admiration, mais indépendant, qui, depuis quarante ans, fait en lui-même le procès de son maître, accueille toutes les objections et toujours les surmonte.» (*Maîtres*, p.163.) Toute la génération de Barrès est marquée par l'influence de Renan, et notre auteur ne fait pas exception. À ses yeux, Renan représente l'intelligence de son époque : « M. Renan était à nos yeux un des plus glorieux drapeaux de l'intelligence, mais à cause de cela même, nous commencions à être sévères à son égard ; nous nous attribuions un droit de surveillance sur sa conduite ; nous avions décidé qu'il avait à être une des vertus de la France.» (*Maîtres*, p.164.) Dans l'œuvre de Renan, on peut trouver les grandes âmes avec la puissance, l'esprit éternel, l'ardeur et la beauté pour la vie, bref tout ce qu'on peut attendre :

> Nous cherchions des esprits nobles et de grandes âmes, des âmes en qui fussent vivants les forts enthousiasmes. Nous avions besoin d'ardeur et de beauté. Nous appelions de hautes et puissantes natures, qui fussent en rapport avec l'esprit éternel. Nous trouvions leurs portraits dans l'œuvre de Renan. Le peintre les diminuait parfois, parfois même les plaisantait, mais enfin par lui nous les approchions ; nous sentions bien, sous ses ironies, sa complaisance secrète, son respect. En tout cas, ce respect, nous l'éprouvions. (*Maîtres*, p.164.)

Comme un disciple indépendant, Barrès admet l'influence de son maître sur lui, mais d'un autre côté, il se réserve le droit de lui faire des objections. Il critique la phrase tragique de Renan : « C'est lors de la réception de Cherbuliez que Renan a prononcé la tragique sentence : "Nous vivons d'une ombre, du parfum d'un vase vide ; après nous, on vivra de l'ombre d'une ombre."» (*Maîtres*, p.167.) Barrès pense que Renan est trop pessimiste, qu'il ne fait pas suffisamment confiance à ses contemporains et aux jeunes gens du monde futur. Mais les jeunes Français pendant la première Guerre mondiale, surtout les deux petits-enfants de Renan — Ernest et

Michel Psichari — complètent les travaux de leur grand-père:

> La France de demain et d'après-demain vivrait de l'ombre d'une ombre! En
> vérité, M. Renan manquait par trop d'espérance.
>
> Ernest et Michel Psichari, deux enfants qui furent deux héros de la Patrie et,
> l'un d'eux, un saint de l'Église, c'est à vous que nous pensons. Vous êtes venus
> rectifier et compléter le témoignage de votre aïeul. (*Maîtres*, p.168.)

À propos de ce point de vue, Barrès écrit un autre article le 24 décembre 1915 sur
Renan et son petit-fils Ernest Psichari *L'Enfant et le vieillard*. Ernest Psichari,
intéressé par la théologie, est tombé au champ de bataille pendant la première Guerre
mondiale. Selon Barrès, cet enfant sauve Renan et toute la France par sa mort: « La
guerre éclata au moment où le jeune lieutenant venait de décider qu'il irait à Rome
prendre ses grades de théologie. Elle l'empêcha de se faire ordonner pour la
rédemption de son grand-père; elle lui permit de se faire tuer pour la rédemption de
la France.» (*Maîtres*, p.173.) Le terme « rédemption » montre le patriotisme de
Barrès à l'égard du sacrifice d'Ernest Psichari.

En somme, nous avons analysé l'influence de Renan sur Barrès et cette
influence est plutôt particulière, parce que le dernier se qualifie disciple indépendant
du maître. D'un côté, il admet l'influence de son maître sur lui et sur sa génération.
De l'autre côté, Barrès se réserve le droit d'objection. Il lui reproche de ne pas
prendre sa responsabilité sociale en tant que grand maître, en refusant de guider les
contemporains jusqu'au bout.

3.3 D'autres écrivains

Si Blaise Pascal et Ernest Renan sont les auteurs les plus intimes de Barrès, il
reste cependant influencé par d'autres écrivains. Par exemple, dans un cahier du mai
1913, il analyse l'inspiration de son soi-même et affirme que ce sont les grands
écrivains tels que Baudelaire et Verlaine qui lui ouvrent la possibilité de suivre son
soi-même:

Et moi je suis content que Baudelaire, Verlaine aient été des ivrognes, car c'est ainsi qu'agréablement j'ai appris à vingt ans les secrètes pensées, les pensées profondes, une vie bien plus vaste que celle que les miens avaient vécue. Et souvent d'un mot ils m'ont donné une clef pour pénétrer dans des parties de moi-même qui m'étaient inconnues. (*Cahiers*, t. XVII, pp.343-344.)

Dans le texte suivant, nous allons analyser l'influence que Barrès a reçue de Victor Hugo, de Charles-Pierre Baudelaire, d'Henri Bremond et de Stanislas de Guaita. Ce sont aussi des noms récurrents dans l'œuvre de Barrès.

Un grand écrivain qui exerce une influence sur la pensée de Barrès est Victor Hugo. Barrès admire son âme pure, sa beauté morale et sa sincérité.

3.3.1 Victor Hugo

À l'égard de la spiritualité, Barrès écrit: « Il ne s'agit pas de dire: je suis spiritualiste, il s'agit de dire de telles choses que les âmes s'éveillent et se perfectionnent, il s'agit d'éliminer ce qui n'est pas de l'âme, ou plutôt de tout tourner au triomphe de l'âme.» (*Cahiers*, t. XVIII, p.7.) Par cela, on voit l'attachement de Barrès à l'âme et il s'efforce de la perfectionner. Alors, pour mieux comprendre la spiritualité, Barrès voudrait étudier de grands écrivains tel que Victor Hugo qui constitue à ses yeux la richesse de la civilisation.

Barrès fait ses recherches sur Victor Hugo (1802-1885) et le mentionne souvent dans son œuvre. Une des raisons de sa préférence est que ce grand écrivain, « est Lorrain ». (*Cahiers*, t. XIX, p.17.) Même si Hugo est à moitié lorrain, Barrès le considère comme un Lorrain. De même qu'il cherche à aller sur les pas de Pascal ou Jeanne d'Arc, Barrès cherche à entrer dans l'œuvre et l'âme de Victor Hugo par la marche:

Et de ses ancêtres? Rien. Bien souvent en pensant à Hugo, je suis allé me promener à Domvallier, pays de sa mère, et à Baudricourt. Ce sont deux villages voisins l'un de l'autre sur la route qui va de Mirecourt à Neufchâteau, non loin de la colline de Sion. Mirecourt est le pays de Pierre Fourier, Neufchâteau, le pays de Jeanne d'Arc. Pierre Fourier et Jeanne d'Arc sont des visionnaires. Hugo en est un autre. Non loin de Claude Gellée. (*Cahiers*, t. XIX, pp.18-19.)

Barrès apprécie la morale et la sincérité incarnées dans l'œuvre d'Hugo : « Hugo. - [...] On voit le rapport de son œuvre et de son cœur [...] Beauté morale. Transparente sincérité.» (*Cahiers*, t. XIX, p.9.) D'ailleurs, Hugo, comme apôtre, apporte la nourriture spirituelle et montre une direction lumineuse au grand public :

Il s'avisa très vite que son rôle était d'apporter aux hommes un message de rédemption. Ce n'est pas seulement dans la seconde partie de sa vie qu'il commença de voir du lumineux où nous ne voyions que de l'obscur. Avant qu'il devînt le prophète de Guernesey, puis le pape de l'avenue d'Eylau, il avait déjà des accents d'apôtre. (*Cahiers*, t. XIX, p.32.)

Ce grand écrivain s'efforce d'entreprendre sa vocation et de rejoindre l'éternité de la nature : « Il est possible qu'il ait pressenti dans ces moments des puissances et un appel. [...] Il rêvait d'identifier sa vie individuelle avec le dessein éternel de la nature.» (*Cahiers*, t. XIX, p.21.) De plus, Barrès apprécie la force en Hugo qui ne croit pas la disparition de son âme après la mort et qui se fait un être de spiritualité :

Quelqu'un soutenant à Victor Hugo que tout finit pour l'âme après ce monde il répondit : «Pour votre âme cela se peut, mais la mienne je la sais éternelle.» C'était conscience de son énergie intérieure. Telle était sa qualité de force, sa puissance d'âme, sa source intérieure si profonde, si pleine qu'il ne croyait pas que son passage terrestre suffît à l'épuiser. (*Cahiers*, t. XVIII, p.11.)

Barrès lui-même croit aussi à l'âme éternelle des hommes : « Moi, je sais que ce qui est accumulé en moi ne date pas de ma naissance. Mes souvenirs d'émotion sont infinis.» (*Cahiers*, t. XVIII, p. 11.) Ainsi, l'idée de la mort de Victor Hugo correspond à celle de Barrès.

À côté de Victor Hugo, l'influence de Baudelaire sur Barrès se manifeste dans la recherche du soi et l'exploration spirituelle. Il aborde l'esprit de Baudelaire, mais regrette que ce dernier se laisse aller au désespoir.

3.3.2 Charles Baudelaire

Vital Rambaud explique l'influence de Baudelaire (1821-1867) sur Barrès dans l'introduction du *Culte du moi* qui est compris dans *Maurice Barrès*, *romans et voyages* chez Robert Laffont. À son avis, même si Barrès ne mentionne pas directement le nom de Baudelaire dans sa première trilogie, les traces de celui-ci se voient dans l'ensemble de la trilogie. Par exemple, l'exploration spirituelle, la recherche du soi profond, et même le titre de cette œuvre sont inspirés par Baudelaire:

> Reste une dernière influence, plus déterminante encore sans doute que celle de Stendhal, mais que Barrès ne cite pas nommément: celle de Baudelaire, dont, dans une « méditation spirituelle » qu'il a finalement retirée du livre, l'auteur du *Culte du Moi* avait fait le troisième « intercesseur » dans son manuscrit d'*Un homme libre*. Pierre-Georges Castex a encore montré que la lecture des *Journaux intimes* de Baudelaire publiés par Crépet en 1887 et auxquels Barrès avait immédiatement consacré une chronique, a inspiré le chapitre V de *Sous l'œil des Barbares* (« Dandysme »), ainsi qu'un certain nombre de termes d'*Un homme libre* (*bohémianisme*, *acédia*, *intercesseurs*) et la citation anonyme: « Avant tout, être un grand homme et un saint pour soi-même. » Il faut ajouter que l'influence de Baudelaire n'est pas uniquement ponctuelle et qu'elle a vraisemblablement nourri de l'ensemble de la trilogie. Ne serait-ce pas en effet l'auteur de *Fusées* et de *Mon cœur mis à nu* qui, en parlant d' « auto-idolâtrie » ou de « culte de soi-même dans l'amour », aurait inspiré à Barrès l'idée, voire le vocabulaire même du « culte du Moi »?[1]

---

[1] Vital Rambaud, Introduction dans *Le Culte du moi*, in *Maurice Barrès*, *romans et voyages*, Tome 1, Paris, Robert Laffont, 1994, pp.11-12.

Barrès lui-même aborde aussi l'esprit de Baudelaire dans ses *Cahiers*. À son avis, il y a une lutte entre l'homme matériel et l'homme spirituel au cœur de Baudelaire. Au cours de la lutte, il se sent vaincu et son chef-d'œuvre *Les Fleurs du mal* est écrit dans ce sentiment déçu et désespéré.

> Baudelaire eut cette lutte au cœur de son être. En lui fut ce duel, cette rencontre de l'homme naturel et de l'homme surnaturel. Cette lutte jusqu'à l'aube avec l'inconnu, ce lutteur qui ne peut nommer la main qui le touche et par laquelle il se reconnaît vaincu, c'est toute la tragédie de ce grand livre, si imparfait, nommé les *Fleurs du mal*. La poésie de Baudelaire, c'est la lutte avec l'ange. (*Cahiers*, t. XIX, p.277.)

Mais aux yeux de Barrès, malgré « les adaptations imparfaites, les besoins, les déceptions, les mécontentements » (*Cahiers*, t. XIX, p.35), Baudelaire pourrait trouver ses forces et de dégager du désespoir. Les frustrations et les échecs sont des moyens de se rapprocher de la vérité et d'aller plus loin en quête de soi-même.

Et puis, dans un cahier d'avril 1920, Barrès reparle du poète et le trouve attiré par le « faux infini »:

> Le faux infini de Baudelaire.
>
> Il est attiré, tourmenté par l'infini, par un faux infini.
>
> [...] Mais [chez] nos Baudelaire, Noailles, etc. (Je peux bien m'y mettre, — dans ma jeunesse), n'est-ce pas le plus souvent l'attrait vers le tragique, le nouveau, peut-être vers l'inspiration?
>
> Ensuite, le tourment est dans le partage, l'indécision entre l'éternel et le sensible, entre le ciel et le siècle. Là est un ferment d'inquiétude.
>
> En regard de tout cela, il y a la paix. (*Cahiers*, t. XIX, pp.196-197.)

Le mot « infini » dans ce texte peut s'interpréter « l'éternité », et puis cet infini qualifié de « faux » cherche à décrire ce que Barrès voit dans un auteur comme

171

Baudelaire : une sorte de ratage tragique, l'aspiration était là, mais n'a pas atteint la cible que Barrès tient pour la seule vraie.

Outre les prédécesseurs, les contemporains de Barrès exercent également sur lui une influence.

3.3.3 Les contemporains

Malgré la campagne de Barrès pour défendre la science et les laboratoires scientifiques dans les dernières années de sa vie, sa passion reste dans le domaine spirituel. Voici ce que dit son fils Philippe Barrès au sujet de l'attachement de son père à la dimension spirituelle :

> Il sait parfaitement qu'un jour nous irons dans la lune et au-delà. Il sait aussi que ce n'est pas dans cette dimension-là (ici, Philippe Barrès veut dire la science) que nous nous donnerons une conception de la vie, une raison de vivre, un équilibre intellectuel, enfin que nous trouverons Dieu. Sur ce plan de l'âme, « rien n'est prouvé, autant rêver », dit-il, « car celui qui est le plus poète est aussi la meilleure source de toute pensée ».[1]

Maurice Barrès s'attachent à la patrie et à sa terre natale. Il travaille sur l'âme des êtres en souhaitant élever la morale de tout le pays. En communiquant avec d'autres figures, la pensée de Barrès est aussi influencée par ses contemporains. Parmi eux, le nom d'Henri Bremond ne peut pas être négligé.

3.3.3.1 Henri Bremond

Henri Bremond (1865-1933), ami proche de Barrès, est un historien et critique littéraire français, qui met une dizaine d'années de 1916 à 1933 à écrire *L'Histoire littéraire du sentiment religieux en France* (11 volumes). Après leur première rencontre à Athènes en 1900, Barrès se lie d'amitié avec lui. Comme il le

---

[1] Philippe Barrès, Notice de *Mes Cahiers* (*février* 1922 - *décembre* 1923), in *L'Œuvre de Maurice Barrès*, Tome XX, Paris, Au Club De l'Honnête Homme, 1968, pp. XIII-XIV.

raconte dans ses *Cahiers*, il voit souvent Henri Bremond pendant les vacances d'été et discute des questions morales avec lui, ce qui pousse Barrès à se plonger de plus en plus dans la quête spirituelle. En 1923, Barrès dédie même son œuvre *Une enquête aux pays du Levant* à Henri Bremond.

Barrès lit aussi les textes de Bremond et note ses réflexions dans ses *Cahiers*. Par exemple, dans un cahier de février 1922, il rend compte de sa lecture du tome IV de Bremond sur le terme « salut »:

> L'explication de ce fameux mot *Salut*, je la trouve à la page 361 et à la page 365 du tome IV de Bremond.
>
> Dans l'état mystique, le sujet s'empare de nous avec une extraordinaire puissance; émotion affective, intensité intellectuelle, ébranlement interne. Voir la page 368 du tome IV de Bremond. (*Cahiers*, t. XX, p.5.)

Un an plus tard, après avoir lu le tome VI de l'*Histoire littéraire du sentiment religieux en France* (1922), Barrès rend compte de ses impressions et de sa compréhension l'œuvre. Voici ce qu'il écrit dans son cahier de mars 1923:

> Tiré d'*Antoinette de Jésus* (Bremond). - Les mystiques se tiennent dans le silence devant la vie, qu'ils connaissent maintenant; ils ressentent une certaine honte des erreurs qu'ils ont commises et écrites, et n'essaient pas de se démentir et de peindre la vérité. Ils quittent la plume; leur silence, à bien les entendre, en exprime plus qu'ils n'en pourraient dicter. (*Cahiers*, t. XX, p.127.)

Bremond pense que les mystiques expriment plus dans leur silence que dans leurs écrits. Barrès est d'accord avec lui et et applique cette idée chez les écrivains. Dans ses cahiers, il cite l'exemple de William Shakespeare et de Jean Racine. À son avis, les deux grands écrivains éprouvent dans le silence l'immense puissance de l'âme qu'ils ne peuvent pas trouver dans les textes. Le silence, c'est une sorte de méditation, dans laquelle le vrai soi-même et l'impulsion primitive tendent à se présenter devant les yeux des individus.

Shakespeare, Racine s'enveloppent de silence.

Le silence est leur partage. Ils ne veulent plus écrire, ni réfléchir. Ils veulent sentir la poésie, vivre dans la poésie. Ils quittent leur rédaction, leur pensée propre, pour se mettre sous la puissance des belles émotions, ou plutôt dans la totalité de beauté qui opère en eux, et d'une manière à ne pouvoir ni vouloir rien exprimer. Ils vivent dans l'inexprimable.

Ils se trouvent remplis d'une plénitude de poésie et trop impuissants à rendre par le langage humain de telles harmonies intérieures. (*Cahiers*, t. XX, p.128.)

Quelques jours plus tard, Barrès écrit plus explicitement dans un autre cahier: « Il y a plus d'âme dans votre silence que dans vos récits.» (*Cahiers*, t. XX, p.130.) Il y a de l'âme dans le silence, ainsi, il compte plus que la parole.

Une autre figure de ses contemporains que Barrès mentionne de temps à autre dans son œuvre est un de ses camarades de classe Stanislas de Guaita, à qui il doit plus ou moins son style poétique de l'écriture, sa délicatesse de conscience et son goût pour les jardins, les monuments historiques, etc.

3.3.3.2 Stanislas de Guaita

Dans la deuxième partie d'*Amori et dolori sacrum*, Barrès parle de l'attachement aux poèmes et de l'enthousiasme pour l'occultisme de son ami Stanislas de Guaita (1861-1898). Ils sont camarades de classe au lycée de Nancy et se plongent ensemble dans la lecture de poèmes au cours des vacances d'été en 1880. Cette période demeure le temps « le plus beau de sa vie » (*Amori...*, p.52.). Le temps qu'il passe avec Stanislas de Guaita l'influence beaucoup: « Et pourtant rien de ce que j'ai aimé ensuite à travers le monde, dans les cathédrales, dans les mosquées, dans les musées, dans les jardins, ni dans les assemblées publiques, n'a pénétré aussi profondément mon être.» (*Amori...*, p.53.) Plus tard, Stanislas de Guaita est attiré par l'occultisme, et Barrès pense que le nouvel intérêt de son ami est lié à son instinct de poète qui veut chercher le mystère de l'univers et « se désincarner »:

Quand les hasards de lecture mirent Guaita en présence des vieux mythes qui déjà par leur pittoresque baroque devaient échauffer ses instincts imaginatifs de poète, il s'éprit de systèmes où étaient traduits les efforts de pures énergies spirituelles pour s'affranchir de la matière qui les emprisonne, pour s'élargir dans l'espace et le temps, pour se désincarner. (*Amori...*, p.56.)

S'intéressant à l'occultisme, Stanislas de Guaita s'efforce d' « entrer en communion spirituelle avec l'unité divine, enfin la propagande » (*Amori...*, p. 58.) et de propager le mysticisme. Même s'il pense que « Guaita s'enfermait dans la catégorie de l'Idéal » (*Amori...*, p.61.), Barrès préconise la délicatesse de conscience de son ami et s'enthousiasme à sa beauté morale. Dans la figure de Stanislas de Guaita, Barrès voit la volonté de se perfectionner : « Son effort continuel était de s'en faire une image plus épurée et pour cela de se perfectionner.» (*Amori...*, p.61.)

Bref, chez Barrès, le style poétique de l'écriture, la délicatesse de conscience, l'attachement à la morale, les efforts de se perfectionner, le gôut pour les cathédrales, les mosquées, les musées, etc., est plus ou moins influencé par son ami Stanislas de Guaita, à qui il est très attaché.

En somme, en cherchant la spiritualité des êtres humains, Barrès est toujours fasciné par le génie et la spiritualité des grands hommes. Parmi les grands hommes, il se qualifie de fidèle de Pascal, de disciple indépendant d'Ernest Renan, de compagnon de route d'Henri Bremond, et de condisciple intime de Stanislas de Guaita. Bref, ce qui marque, inspire et nourrit la pensée de Barrès, son héritage littéraire et spirituel est très riche.

CONCLUSION

Cette étude se base sur les deux sources de Maurice Barrès : nous étudions d'abord ses écrits publiques de différentes époques qui nous permet de suivre l'évolution de sa pensée ; ensuite, nous retrace ici notamment à travers la lecture précise des *Cahiers* qui le suivent toute sa vie, premier témoignage de sa pensée, comme premiers témoignages de ses œuvres, puisque ses *Cahiers* contiennent également ses brouillons, sur lesquels nous pouvons aussi nous fonder pour retracer un itinéraire de pensée.

Après l'analyse de cette étude, nous trouvons que les motifs patriotiques sont innombrables dans l'œuvre et la vie de Barrès : chez lui, l'attachement à la patrie et au pays natal apparaît au travers de l'image de la terre, des cimetières, des monuments historiques, etc. Barrès par ailleurs préconise le culte des ancêtres, des soldats, des figures nationales telle que Jeanne d'Arc. Il visite des monuments historiques de différentes villes tels que les édifices religieux perçus comme la principale source de la vie spirituelle ; il fait l'éloge de son pays natal et de sa colline de Sion ; il évoque sa représentation de la mort et son respect des ancêtres ; il s'intéresse aux valeurs morales et à l'univers mystique. Bref, l'esprit patrotique de Barrès et son attachement à la terre se manifestent partout dans son œuvre.

Mais cette constance ne doit pas faire oublier que sa pensée a évolué au fil du temps. Tout d'abord, l'esprit de Barrès dans les premières années est plutôt sceptique, le développement de soi reste sa plus grande préoccupation. Jeune homme d'une vingtaine d'années, il ne sait pas encore ce qui l'attendra dans l'avenir, mais son attachement au pays natal se montre dès le début de sa carrière littéraire. Plus tard, avec son engagement dans la politique, l'esprit patriotique va progressivement s'augmenter, jusqu'à faire de Barrès un fervent défenseur de la patrie. Ainsi, la pensée patriotique de Barrès est bien lié avec l'actualité, ou plus précisément avec la

176

politique de son époque, et même s'il en souffre, surtout dans la période de ses échecs électoraux:

> Une grande affaire, la grande affaire aura été pour moi de trouver dans ma vie active, parlementaire, électorale, bref dans la politique de quoi nourrir mon imagination, ma sensibilité, mon âme. Il ne me suffisait pas de m'y distraire, de m'y employer et dépenser. Il fallait que j'y reçusse quelque chose.[1]

Lors de la Première Guerre Mondiale, il tente de susciter le sentiment patriotique des Français qui fournisse notamment un grand appui spirituel sur le champ de bataille. Sur le plan politique, il s'engage dans des activités pour le bien de la France; sur le plan littéraire, il s'attache à élever la morale et la spiritualité des Français. Après la Guerre, sa vision du monde s'élargit. À travers ses écrits, on voit clairement la pensée de Barrès dans les dernières années de sa vie, il pose plutôt la question philosophique: d'où vient l'homme et où il va. Il s'attache toujours à la terre et à la patrie, mais il se trouve de plus en plus profondément passionné par des choses plus larges tel que le destin de l'humanité. On voit ici la propension de Barrès se fondre dans quelque chose de plus grand que lui, universel, ou groupe protecteur et stable. Cette pensée en mouvement comporte par ailleurs de très nombreux aspects singuliers et parfois surprenants: l'attachement à la force de la morale et à la quête de soi; le mélange du régionalisme et du patriotisme.

Mais de quelle littérature française ou auteurs Maurice Barrès s'inspire-t-il et comment s'inspire-t-il des auteurs antérieurs et contemporains? Il est influencé par diverses figures, tels que Blaise Pascal, Ernest Renan et Victor Hugo. Insistons encore sur l'importance de l'héritage de Pascal: Le grand penseur ne cesse d'intéresser Barrès, et les raisons de la fascination sont multiples: son esprit d'humanité, ses souffrances, et son bon sens agissant par voie intuitive et élevé à la hauteur d'une faculté proprement mystique. Aux yeux de Barrès, Pascal, homme plein de passion et d'amour, représente la civilisation française, comme Shakespeare en Angleterre, Goethe en Allemagne, Dante en Italie. Et c'est à sa propre manière

---

[1] Maurice Barrès, *Mes Mémoires*, in *L'Œuvre de Maurice Barrès*, Tome XIII, Paris, Au Club De l'Honnête Homme, 1968, p.23.

qu'il lui rend hommage. Quant à Renan, aux yeux du jeune Barrès, c'est un grand maître, un demi-dieu, même si au fil du temps, son avis se modifie, et qu'il se déclare « disciple indépendant » (*Cahiers*, t. XX, p.121). A propos de Victor Hugo, Barrès apprécie ce qu'il a fait pour l'élévation de la morale des Français en tant que grand maître de son époque. De plus, il partage l'idée de la mort de Hugo : malgré la disparition du corps, l'esprit persiste toujours.

Voici donc la pensée patriotique et l'attachement à la terre de Maurice Barrès, saisie au fil du temps et au fur et à mesure de ses expériences personnelles. Il y a un point qui reste à expliquer ici : l'univers de Barrès est tellement complexe que chacun voit parfois son propre Barrès à travers son œuvre, privilégiant l'individualiste sceptique, ou le nationaliste fervent, ou le patriote ambitieux, ou le traditionnaliste réservé. Certains éléments même se confrontent : sa passion de la politique et son dégoût de la scène politique, ses efforts pour promouvoir le développement des laboratoires scientifiques et sa curiosité envers le mystère de l'univers, sa fréquentation des cimetières et son angoisse de la mort, etc. Il est donc indéniable que la pensée de Barrès demeure difficile à cerner, complexe et tissée de multiples fils. Ainsi a-t-il introduit le romantisme dans son œuvre, malgré l'influence du rationalisme de Taine : par exemple, *Le Jardin sur l'Oronte*, et surtout *La Colline inspirée*, sont pleins de rêverie, d'imagination, qui sont là comme la puissance suprême de l'esprit. Au fond, l'expression de « bohémien de l'esprit » [1] de l'historien Paul Leuliot (1897-1987) semble bien caractériser Barrès. Cette complexité de la pensée de Barrès nous a conduit à présenter un Barrès beaucoup plus riche, instable et divers que ce que l'histoire en a retenu.

Malgré la complexité de la pensée de Maurice Barrès, l'amour de la patrie et de son pays natal peut être considérée comme la plus grande caractéristique de sa pensée. Toutes ses activités et toutes ses pensées, viennent à servir le bien de sa patrie. Le patriotisme, chez lui, est comme un arrière-plan, qui fait partie de soi-même et qui s'exprime naturellement ou même parfois inconsciemment dans son œuvre.

---

[1] Leuilliot Paul, *Littérature et histoire : Quatre jours chez M. Barrès*, In : *Annales, Économies, Sociétés, Civilisations*, 18ᵉ année, n° 2, 1963, p.334.

BIBLIOGRAPHIE

Œuvres de Maurice Barrès

I . Romans

Huit jours chez M. Renan, Émile Paul Frères, 1913 [1888].

Sous l'œil des barbares, in *Maurice Barrès, romans et voyages*, Tome I, Paris, Robert Laffont, 1994 [1888].

Un homme libre, in *Maurice Barrès, romans et voyages*, Tome I, Paris, Robert Laffont, 1994 [1889].

Le Jardin de Bérénice, in *Maurice Barrès, romans et voyages*, Tome I, Paris, Robert Laffont, 1994 [1891].

L'Ennemi des lois, in *Maurice Barrès, romans et voyages*, Tome I, Paris, Robert Laffont, 1994 [1893].

Les Déracinés, in *Maurice Barrès, romans et voyages*, Tome I, Paris, Robert Laffont, 1994 [1897].

L'Appel au soldat, in *Maurice Barrès, romans et voyages*, Tome I, Paris, Robert Laffont, 1994 [1900].

Leurs Figures, in *Maurice Barrès, romans et voyages*, Tome I, Paris, Robert Laffont, 1994 [1902].

Au service de l'Allemagne, in *Maurice Barrès, romans et voyages*, Tome II, Paris, Robert Laffont, 1994 [1905].

Colette Baudoche, in *Maurice Barrès, romans et voyages*, Tome II, Paris, Robert Laffont, 1994 [1909].

La Colline inspirée, in *Maurice Barrès, romans et voyages*, Tome II, Paris, Robert Laffont, 1994 [1913].

Un jardin sur l'Oronte, in *Maurice Barrès, romans et voyages*, Tome II, Paris, Robert Laffont, 1994 [1922].

Le Génie du Rhin, in *L'Œuvre de Maurice Barrès*, Tome X, Paris, Au Club De l'Honnête Homme, 1967 [1921].

Le Mystère en pleine lumière, in *Maurice Barrès, romans et voyages*, Tome II, Paris, Robert Laffont, 1994 [1926].

N'importe où hors du monde, in *L'Œuvre de Maurice Barrès*, Tome XII, Paris, Au Club De l'Honnête Homme, 1967 [1958].

II. Récits de voyage

Du sang, de la volupté et de la mort, in *Maurice Barrès, romans et voyages*, Tome I, Paris, Robert Laffont, 1994 [1894].

Amori et dolori sacrum, in *Maurice Barrès, romans et voyages*, Tome II, Paris, Robert Laffont, 1994 [1903].

Le Voyage de Sparte, in *Maurice Barrès, romans et voyages*, Tome II, Paris, Robert Laffont, 1994 [1906].

Greco ou le secret de Tolède, in *Maurice Barrès, romans et voyages*, Tome II, Paris, Robert Laffont, 1994 [1912].

Une enquête aux pays du Levant, in *L'Œuvre de Maurice Barrès*, Tome XI, Paris, Au Club De l'Honnête Homme, 1967 [1923].

III. Écrits politiques

Les Amitiés françaises, in *Maurice Barrès, romans et voyages*, Tome II, Paris, Robert Laffont, 1994 [1903].

La Grande Pitié des églises de France, in *L'Œuvre de Maurice Barrès*, Tome VIII, Paris, Au Club De l'Honnête Homme, 1966 [1914].

Les Traits éternels de la France, in *L'Œuvre de Maurice Barrès*, Tome VIII, Paris, Au Club De l'Honnête Homme, 1966 [1916].

Les Diverses Familles spirituelles de la France, in *L'Œuvre de Maurice Barrès*,

Tome VIII, Paris, Au Club De l'Honnête Homme, 1966 [1917].

Faut-il autoriser les congrégations?, in *L'Œuvre de Maurice Barrès*, Tome XI, Paris, Au Club De l'Honnête Homme, 1967 [1924].

Les grands problèmes du Rhin, in *L'Œuvre de Maurice Barrès*, Tome X, Paris, Au Club De l'Honnête Homme, 1967 [1930].

IV. Autres

Trois stations de psychothérapie, in *L'Œuvre de Maurice Barrès*, Tome II, Paris, Au Club De l'Honnête Homme, 1965 [1891].

Toute Licence sauf contre l'amour, in *L'Œuvre de Maurice Barrès*, Tome II, Paris, Au Club De l'Honnête Homme, 1965 [1892].

Examen des trois romans idéologiques, in *Maurice Barrès*, *romans et voyages*, Tome I, Paris, Robert Laffont, 1994 [1892].

La vérité sur la crise de conscience de M. Renan, dans *Le Figaro*, 1er mai 1896.

Mes Cahiers, in *L'Œuvre de Maurice Barrès*, Tomes XIII-XX, Paris, Au Club De l'Honnête Homme, 1968 [1896-1923].

Il ne fallait pas émigrer, Annexes d'*Au service de l'Allemagne*, in *Maurice Barrès*, *romans et voyages*, Tome II, Paris, Robert Laffont, 1994 [16 novembre 1901].

Aux orphelines d'Alsace-Lorraine, Annexes dans *Colette Baudoche*, in *Maurice Barrès*, *romans et voyages*, Tome II, Paris, Robert Laffont, 1994 [24 juin 1904].

La conscience alsacienne, Annexes d'*Au service de l'Allemagne*, in *Maurice Barrès*, *romans et voyages*, Tome II, Paris, Robert Laffont, 1994 [1er décembre 1904].

Le Temple de l'âme au village, dans *Le Gaulois*, 8 janvier 1907.

Conférence sur les instituteurs, Appendices dans *L'Œuvre de Maurice Barrès*, Tome VIII, Paris, Au Club De l'Honnête Homme, 1966 [1907].

Vingt-cinq années de vie littéraire, Librairie Bloud et Cie, Paris, 1908.

Discours de M. Maurice Barrès sur l'enseignement primaire, Appendices dans *L'Œuvre de Maurice Barrès*, Tome VIII, Paris, Au Club De l'Honnête Homme, 1966 [1910].

Un discours à Metz, Annexes dans *Colette Baudoche*, in *Maurice Barrès*, *romans et voyages*, Tome II, Paris, Robert Laffont, 1994 [15 août 1911].

Comment la critique catholique conçoit le rôle de l'artiste, dans *L'Écho de Paris*, 15 août 1922.

Réponse à Robert Vallery-Radot à propos du Jardin sur l'Oronte, dans *La Revue hebdomadaire*, 7 octobre 1922.

Préface des *Souvenirs d'un officier de la Grande Armée*, in *L'Œuvre de Maurice Barrès*, Tome XX, Paris, Au Club De l'Honnête Homme, 1968 [1923].

Les Maîtres, in *L'Œuvre de Maurice Barrès*, Tome XII, Paris, Au Club De l'Honnête Homme, 1967 [1927].

Études sur Maurice Barrès

I . Ouvrages

Bancquart, Marie-Claire, *Les Écrivains et l'histoire*, Paris, Nizet, 1966.

Barbier, Joseph, *Les Sources de "La Colline inspirée"*, Nancy, Berger-Levrault, 1957.

Bergeron, Patrick, *Aspects de la mort chez Maurice Barrès*, Mémoire de master, l'Université Laval, 2000.

Godo, Emmanuel (éd.), *Blaise Pascal et l'Auvergne : le Lycée Blaise Pascal et le canton de Blesle* / Textes de Maurice Barrès et préface d'Emmanuel Godo, Clermont-Ferrand, Au signe de la licorne, Collection Histoire et régions, 1999.

Blanc-Péridier, Adrienne, *La Route ascendante de Maurice Barrès*, Paris, Spes, 1925.

Bremond, Henri, Introduction à *Vingt-cinq années de vie littéraire*, Paris, Bloud, 1908.

Chiron, Yves, *Barrès et la terre*, Paris, Éditions Sang de la terre, coll. Les Écrivains et la terre, 1987.

Duhourcau, François, *La Voix intérieure de Maurice Barrès*, Paris, Grasset, 1929.

Frandon, Ida-Marie, *L'Orient de Maurice Barrès*, Publications Romanes et Françaises, 1952.

Godfrin, Jean, *Barrès mystique*, Neuchâtel, La Baconnière, 1962.

Massis, Henri, *Barrès et nous*, *suivi d'une correspondance inédite* (1906-1923), Paris, Plon, 1962.

Mauriac, François, *La Rencontre avec Barrès*, La Table ronde, coll. La Petite Vermillon, 1994.

Mercanton, Jacques, *Poésie et religion dans l'oeuvre de Maurice Barrès*, Thèse de doctorat, Lausanne, Imprimerie la Concorde, 1940.

Moreau, Pierre, *Barrès*, Paris, Desclée de Brouwer, coll. Les Écrivains devant Dieu, 1970.

Petitbon, Pierre-Henri, *Taine*, *Renan*, *Barrès*: *étude d'influence*, Paris, Les Belles Lettres, 1934.

Provost, Charles-Eugène-Marie-Camille, *Médecine et notion du " Moi " — le Moi barrésien*, thèse de doctorat, Bordeaux, Cadoret, 1930.

Thibaudet, Albert, *La vie de Maurice Barrès*, dans *Trente ans de vie française*, t. II, Gallimard, 1921.

Tronquart, Georges, *La Lorraine de Barrès*, *mythe ou réalité?*, Publications de l'Université de Nancy II, 1980.

Winock, Michel, *Maurice Barrès*, dans *Dictionnaire des intellectuels français*: *les personnes*, *les lieux*, *les moments*, Seuil, 1996.

II . Articles critiques

Bompaire-Évesque, Claire, « *La figure de Renan dans l'imaginaire barrésien* » suivi de « *La pièce Renan*, *notes inédites de Barrès* », Études renaniennes, juin 2000, n° 106, pp.1-56.

Bompaire-Évesque, Claire, *Les récits de voyage de Barrès ou "l'art de découvrir le divin dans le monde"*, dans *Travaux Littéraires* (Vol. XXI): *La Spiritualité des écrivains*, Genève, *Droz*, 2008, pp.337-352.

Bompaire-Évesque, Claire, *Renan au miroir de Barrès*, dans *Renan*, *éclairages latéraux*, *Études renaniennes*, n° 113, février 2012, pp.9-22.

Bompaire-Évesque, Claire, *Roman balzacien, roman "idéologique" : les choix de Barrès dans La Colline inspirée*, Revue d'Histoire Littéraire de la France, n° 4, 1998, pp.583-616.

Bordeaux, Henry, *Le Retours de Barrès à sa terre et à ses morts*, dans *La Revue des Deux Mondes*, 1er janvier 1924.

Boylesve, René, *Barrès le magnanime*, dans *Les Nouvelles littéraires*, 8 décembre 1923.

Charasson, Henriette, *Dossier de la dispute sur l'Oronte*, dans *les Lettres*, 1er février 1923.

Corpechot, Lucien, *M. Maurice Barrès en Orient*, dans *Le Gaulois*, 7 juillet 1914.

Davanture, Maurice, *Le Pascal de Barrès*, dans *Les Pensées de Pascal ont trois cents ans*, Clermont-Ferrand, G. de Bussac, Collection Écrivains d'Auvergne, 1971, pp.105-117.

Garcin, Philippe, *Les deux Barrès*, dans *La Revue Critique*, n° 175, décembre 1961.

Godo, Emmanuel, *Barrès, le maître et ses ombres*, dans *Maurice Barrès, la Lorraine, la France et l'étranger*, Peter Lang, 2011, pp.11-26.

Godo, Emmanuel, *Mettre au service de son œuvre les forces invisibles : Maurice Barrès et le culte de Jeanne d'Arc*, dans *La Sacralisation du pouvoir, images et mises en scène*, éditions de l'Université de Bruxelles, coll. Problèmes d'Histoire des religions, 13/2003, pp.183-198.

Godo, Emmanuel, Un homme libre *ou l'impossible intériorité*, dans *De soi à soi, l'écriture comme autohospitalité*, Presses Universitaires Blaise Pascal, Clermont-Ferrand, Coll. Littératures, 2004, pp.173-190.

Gouhier, Henri, *Pascal et Barrès*, dans *Maurice Barrès : Actes du colloque organisé par la Faculté des lettres et des sciences humaines de l'Université de Nancy* (22-25 octobre 1962), Annales de l'Est, Nancy, 1963.

Guyard, Marius-François, *Les Dettes barrésiennes et la génération de 1895*, dans *Maurice Barrès, colloque de Nancy*, 1963.

Le Grix, François, *Lettre ouverte à Maurice Barrès, à propos du* Jardin sur l'Oronte, dans *Revue hebdomadaire*, n° 38, 23 septembre 1922.

Leuilliot, Paul, *Littérature et histoire: Quatre jours chez M. Barrès*, dans *Les Annales, Économies, Sociétés, Civilisations*, 18ᵉ année, n° 2, 1963.

Massis, Henri, « *Un Jardin sur l'Oronte* », dans *la Revue Universelle*, 1ᵉʳ août 1922, pp.360-369.

Maurois, André, *Maurice Barrès, un des plus grands historiens français*, dans *l'Historia*, n° 187, juin 1962.

Parent, Monique, *Les Images dans* La Colline inspirée *de Barrès*, dans *Les Travaux de linguistique et de littérature*, Tome I, Strasbourg, 1963.

Rambaud, Vital, *Culte du moi et culte des jardins dans l'oeuvre de M. Barrès*, dans *Jardins et intimité dans la littérature européenne* (1750-1920), Actes du colloque du Centre de recherches révolutionnaires et romantiques des 22-24 mars 2006, Université Blaise-Pascal, Clermont-Ferrand, impr. 2008, pp.401-410.

Thibaudet, Albert, *La mort de Maurice Barrès*, dans *La Nouvelle Revue française*, janvier 1924.

Thibaudet, Albert, *Les jardins sur l'Orient*, dans *La Nouvelle Revue française*, août 1922.

Vallery-Radot, Robert, *Lettre ouverte à Maurice Barrès à propos du "Jardin sur l'Oronte"*, dans *La Revue hebdomadaire*, 23 septembre 1922.

Vincent, José, *Victor Giraud: "Les maîtres de l'heure: Maurice Barrès"*, dans *La Croix*, 9 juillet 1922.

III. Autres

Barrès, Philippe, Notices in *L'Œuvre de Maurice Barrès*, Tomes I à XX, Paris, Au Club De l'Honnête Homme, 1965-1968.

Dutourd, Jean, Préface de *L'Œuvre de Maurice Barrès*, Tome XII, Paris, Au Club De l'Honnête Homme, 1967.

Guillain de Bénouville, Pierre, Préface de *L'Œuvre de Maurice Barrès*, Tome VIII, Paris, Au Club De l'Honnête Homme, 1966.

Leymarie, Michel et Passini, Michela, Introduction de *La grande Pitié des églises de France*, Paris-Lille, INHA-Presses universitaires du Septentrion, 2012.

Milza, Pierre, Présentation des *Diverses Familles spirituelles de la France*, Paris, Imprimerie nationale, coll. Acteurs de l'histoire, 1997.

Rambaud, Vital, Notices in *Maurice Barrès*, *romans et voyages*, Tomes I et II, Paris, Robert Laffont, 1994.

Autres références

Foucart, Claude, « *Cette vivante énigme* »: *Jeanne d'Arc*, dans *Les Cahiers de Recherches médiévales et humanistes*, 11/2004, pp.19-29.

Genette, Gérard, *Palimpsestes*: *la littérature au second degré*, Paris, Éditions du Seuil, 1982.

Michelet, Jules, *Jeanne d'Arc*, Paris, Librairie de la Hachette et Cie, 1853.

Pascal, Blaise, *Pensées de Blaise Pascal*, éd. Léon Brunschvicg, Coll. des grands écrivains de la France, Paris, Hachette et cie, 1904.

Pascal, Gilberte, (Mme Périer), *Vie de Blaise Pascal*, dans *Oeuvres complètes de Blaise Pascal*, Tome I, Librairie de L. Hachette et Cie, 1869.

Luce, Siméon, *Jeanne d'Arc à Domrémy*: *recherches critiques sur les origines de la mission de la Pucelle* (1887), Kessinger Publishing, 2010.

Renan, Ernest, *Souvenirs d'enfance et de jeunesse*, Calmann Lévy, Paris, 1897.